명탐정 견
마사의
사건 일지

KOKORO TOROKASU YONA - MASA NO JIKENBO
by MIYABE Miyuki
Copyright ⓒ 1997 MIYABE Miyuki
All rights reserved.
Originally published in Japan by TOKYO SOGENSHA Co., Ltd., Tokyo.
Korean translation rights arranged with OSAWA OFFICE, Japan
through THE SAKAI AGENCY and SHINWON AGENCY CO.
Korean translation rights ⓒ 2010 by SALLIM PUBLISHING CO. LTD

이 책의 한국어판 저작권은 유리장 에이전시를 통한
저작권자와의 독점계약으로 ㈜살림출판사에 있습니다.
저작권법에 의해 한국 내에서 보호를 받는 저작물이므로
무단 전재와 무단 복제를 금합니다.

명탐정 마사의 사건일지

미야베 미유키 지음 · 오근영 옮김

살림

차례

제1장 마음을 녹일 것처럼 ············· 7

제2장 손바닥 숲 아래 ············· 87

제3장 백기사는 노래한다 ············· 137

제4장 마사, 빈집을 지키다 ············· 213

제5장 마사의 변명 ············· 339

마음을 녹일 것처럼

1
일의 발단은 모로오카 신야였다.

이는 매우 부정확한 표현이고 문법에 어긋나는 서두인지도 모르겠다. 그러나 굳이 그렇게 말하는 이유가 있다.

나는 항상 인간들이나 우리 견족(犬族)이나, 따지고 보면 결국 두 종류로 나눌 수 있다고 생각한다. 그 두 종류란 싫고 좋고에 상관없이 '일을 벌이는' 유형과 일어난 일을 '처리하는' 유형이다. 이건 바둑돌처럼 분명하게 구별이 되고, 오델로 게임의 패처럼 도중에 뒤집히는 일이 거의 없다.

모로오카 신야는 분명 전자에 속하는 유형이다. 만약 나에게 인간의 말을 구사할 수 있는 목과 혀가 있어서, 그렇게 말해 줄 수 있다면,

"나도 좋아서 말썽을 일으키는 건 아니라고."

말수 적은 그 꼬마 녀석은 이렇게 반론할 것이다. 그러나 사실은 사실이다. 신야는 정원의 두 배를 태운 만원 전차 안에서 일부러 조직폭력배의 발을 밟아 버리는 유형의 인간이다. 그것도 런던 부츠(1970년대 유행한 부츠의 한 종류. 구두 굽이 전체적으로 두껍고, 힐의 높이가 10센티미터 정도 된다-옮긴이)를 신고.

자기소개가 늦었는데 내 이름은 마사. 하스미 탐정사무소의 경호견이다.

백과사전적인 분류에 의하면 나를 가리켜 '저먼셰퍼드'라고 하는 모양인데, 사전의 설명에 의하면 일반적으로 맹견(猛犬)으로 알려져 있다. '저먼'이라는 건 독일을 뜻하는 것 같은데 나는 그곳에 가 본 적도 없거니와 앞으로도 갈 것 같지 않아 어떤 곳인지는 잘 모르겠다. 그러나 이토코가 단골로 다니는 상점가의 빵집 중에 '저먼 베이커리'라는 가게가 있고 거기서 만드는 빵은 그녀의 말에 의하면 '무지막지하게 맛있고 싸다'고 하니까 '저먼'이라는 곳은 맛있는 빵을 구워 내고, 용맹하고 충성심이 넘치는 개들이 사는 곳일 것이다. 바람직한 일이다.

하스미 사무소에서 나를 받아들여 주기 전에 나는 경찰과 한솥밥을 먹었다. 평화로운 생활을 하는 사람들이라면 텔레비전 뉴스에서만 봤을 '경찰견'이었다는 말이다.

은퇴한 지가 벌써 만 5년이 지났다. 가끔 옛날이 그리워질 때가 있다. 그러나 아주 잠깐 스치는 생각일 뿐이다. 자다가 꿈을 꿀 정도는 아니다.

자유로워지고 나서 처음 1년은 어떤 검시의(檢屍醫) 선생의 집에서 신세를 졌다. 이 선생은 인간들이 종종 말하는 '샌님 학자'라는 인상을 주는 사람이었는데 나에게 잘해 주었고 매일 산책시키는 것도 잊지 않았다. 나는 거기서 경찰견 시절에 알았다면 좋았겠다 싶은 일들을 많이 보고 들었다.

그런데 겨우 겨울 한 철 동안 나와 함께 지낸 그 선생이 병으로 쓰러졌다. 다행히 목숨은 건졌지만 심장에 문제가 있어 병원 생활이 길어졌다. 선생은 부인과 둘이서 살았는데, 그 부인이 병원에서 지내게 되면서 나를 보살펴 줄 시간적인 여유도 마음의 여유도 없어진 건 당연한 일이다.

부인은 그 점을 몹시 마음 아파했다.

"미안, 또 집을 지키게 만들었구나." 이렇게 사과하면서 병원으로 가곤 했다.

나는 '너무 걱정을 끼치지 않게 슬며시 사라져 버릴까'라고 생각했다.

그런 상황에서 나를 만나, '우리 집에 데려가서 키우고 싶다'라고 나선 사람이 하스미 고이치로 씨였다. 바로 이곳 하스미 탐정사무소의 소장이다.

소장은 선생의 대학 동창이다. 그래서 선생을 문병하러 병원에 왔을 때 부인으로부터 내 이야기를 들었던 모양이다.

"우리 집 딸들이 전부터 개를 키우고 싶다고 했습니다. 하도 졸라 골치가 아플 지경이었지요."

이야기가 순조롭게 진행되어 나를 맨 가죽 끈을 들고 싱글벙글 집으로 향하는 소장의 뒤를 따르면서 솔직히 나는 불안했다. '딸들'이라 불리는 사람들은 대체 어떤 아가씨들일까?

"얘들아!"

자택 문 앞에서 소장은 큰 소리로 불렀다.

"개가 왔어!"

내가 온 게 아니고 자기가 데리고 온 거 아닌가, 이런 생각을 하고 있는 내 앞에 기다렸다는 듯 날쌘 몸짓으로 튀어나온 사람이 있었다.

하스미 이토코였다. 뒤이어 웃으면서 쫓아 나온 사람이 가요코였다.

그 무렵 가요코는 전문대 2학년으로 취직 활동에 여념이 없었다. 일곱 살 아래의 이토코는 아직 중학교 1학년. 뺨이 붉고 통통했다.

지금은 소장이 이 아가씨들을 두고 '딸들'이라고 했던 의미를 나는 이해할 수 있다. 쑥스러웠기 때문이다.

가요코도 이토코도 나를 환영해 주었다. 그러나 '대환영'은 아니었다. 나름대로 이유가 있었다.

"좋은 개네. 그런데 강아지가 아니잖아."라고 했던 이토코의 한마디로 설명이 된다.

인간도 그렇겠지만 독립적인 입장을 확보하고 나서—그것도 나처럼 하나의 역할을 마친 연배가 되고 나서—시작하는 공동생활이라는 건 꽤 힘들다. 하스미 가의 식구들이 검시의 선생 부부와 마찬가지로 따뜻한 인품의 소유자들이라는 사실은 짐작할 수 있었다. 하지만 나는 아직 자매의 주변을 빙빙 돌면서 조심스럽게 다가가고 있었다. 자매도 비슷한 느낌이었다. 집에서 기르는 개가 번쩍 안아 들고 볼을 비벼 줄 수도 없는 덩치로 성장해 버리면 여러 가지로 불리한 점이 많다.

첫째, 당시 나는 이름도 없는 순진한 개였다. 검시의 선생은 나를 경찰견 당시의 호칭으로 불렀는데, 하스미 자매는 그것이 답답했을 것이다. 이런저런 이름을 생각했지만 낯설어하는 나에게 딱 들어맞는 이름을 찾지 못하고 '우리 개'라는, 지극히 정확하지만 애매하고 품위 없는 호칭으로 불렀다.

그런 '애매함'을 없애 준 것은 이토코였다.

그 무렵 나는 하스미 가 자매가 작은 마당 한 귀퉁이에 마련해 준 집에서 지내고 있었다. 그런데 희한한 일이 있었다.

이토코가 매일 밤 나를 들여다보러 오는 것이었다. 툇마루 창을 조금 열고 살며시 고개를 내밀고. 소장도 잠이 든 후니까 밤도 꽤 깊었다. 이토코는 항상 잠옷 차림으로 추운 듯 목을 잔뜩 움츠리고 있었다.

'뭐 하는 거지? 저 아가씨'라고 생각하면서 나는 태연한 얼굴로 엎드려 있었다. 그러면 그녀는 30분 정도 있다가 사라졌다. 그런 날이 되풀이되었다.

열흘째 되던 날 창가에 서 있는 이토코의 어깨에 가요코가 손을 얹었다.

"매일 밤마다 여기서 뭐 하는 거야?"

이토코는 언니를 올려다보더니 작게 중얼거렸다.

"언니, 알고 있었구나."

"응. 이상하잖아. 매일 밤 이불을 빠져나가는 게. 왜 그래? 무슨 걱정거리라도 있는 거야?"

어둠 속에서 이토코는 내 쪽으로 얼굴을 돌렸다. 그녀가 입고 있는 잠옷이 희뿌옇게 보인다.

"학교에서 들었어." 이토코가 말했다.

"뭘?"

"다른 집에서 오래 기르던 개를 데리고 오면 전 주인이 그리워서 도망치는 경우가 있대."

"목줄을 잘 묶어 놨으니까 괜찮아. 아무 데도 가지 않아."

"하지만." 이토코는 눈을 깜빡거렸다. 입술이 떨리기 시작하더니 울먹이는 목소리로 변했기 때문에 나는 깜짝 놀라 귀를 쫑긋 세웠다. 이토코가 단숨에 말했다.

"나이 든 개는 있잖아, 돌아가고 싶은데 돌려보내 주지 않으면 슬퍼서 밥도 먹지 않고 죽어 버리는 일도 있대. 마쓰다네 개가 그랬대. 아침에 일어나 보니까 죽어 있더래. 언니, 우리 개는 죽지 않을까?"

이토코는 언니의 잠옷 자락을 잡고 있었다. 간절한 목소리였다.

"이토코, 너 그럼 우리 개가 밤중에 혹시 죽어 버릴지도 모른다는 걱정 때문에 밤마다 이렇게 보러 나온 거야?"

이토코는 울상이 되어 고개를 끄덕였다.

나는 가슴이 뭉클해졌다.

"괜찮아." 가요코가 위로했다. "우리 개는 죽지 않아. 건강한 개잖아."

그래서 나는 오랫동안 잊고 있었던 행동을 개시했다. 아직 젖비린내가 가시지도 않은 강아지처럼 열심히 꼬리를 흔들어 댔던 것이다.

"저 봐, 죽지 않는다니까."

가요코가 나를 보고 생긋 웃었다. 내가 가까이 가자 이토코는 갑자기 엉엉 울면서 내 머리를 쓰다듬어 주었다.

이렇게 하여 우리는 진짜 친구가 되었다. 그들은 내게 '마사'라는 이름도 지어 주었다.

그로부터 4년 동안 하스미 탐정사무소에는 여러 가지 일이 있었다. 많은 사건을 다루었고 조사원 수도 불어났다. 사무소 건물을 다시 짓고 이사를 하는 경험도 했다. 이토코는 고등학생이 되었고 꽤 이름이 알려진 미술전 주니어 부문에서 특선을 차지하면서 본격적으로 그림 공부를 시작했다.

무엇보다 큰 사건은 가요코가 소장 밑에서 여성 조사원으로 일을 하기 시작했고, 내가 그녀의 파트너가 되었다는 사실이다. 가요코라는 이 아가씨, 탐정 경험은 별로 없지만 감 하나는 예리하다. 정말 훌륭한 사람이다.

그럼 여기서 이야기를 모로오카 신야에게로 돌려 보겠다.

그와 하스미 자매는 어떤 사건으로 인연을 맺게 되었다. 3개월 정도 전에 일어난 사건으로 그는 친형을 잃고 괴로운 시간을 보냈다. 그만한 일로 인생을 망치는 허약한 친구는 아니지만 뭐니 뭐니 해도 아직은 어린애였기 때문에 하스미 가의 식구들은 그를 가족처럼 보살펴 왔던 것이다.

특히 이토코는 그와 마음이 잘 통하는 것 같다. 그녀가 한 살 위라 그럭저럭 동생 같기도 하고 남자친구 같기도 한 존재였던 셈이다.

거기까지는 용납이 된다. 그러나 무슨 일이나 정도라는 게 있다.

내 분노를 이해해 주길 바란다. 그것 때문에 이렇게 장황하게 옛날이야기를 늘어놓은 것이다. 내게 있어서 하스미 자매는 보물처럼 소중한 아가씨들이고 내 꿈은 어느 날인가 가요코와 이토코가 걸맞은 상대를 만나 웨딩드레스를 입은 모습을 보고, 그녀들이 손에 든 부케의 상큼한 향을 맡고, 그리고 그녀들을 시집보낸 뒤에 소장과 같이 돌아서서 남몰래 남자의 눈물을 흘리는 것이다.

나는 그렇게 머리가 굳어 버린 개가 아니다. 적어도 젊은이를 이해하려는 노력은 하고 있다. 그러나 하스미 자매와 관련된 일에서는 단연코 감정적이 되어 버리는 것이다.

미리 말해 두지만 이토코는 열일곱 살이다. 처녀다.

나는 화가 난다.

모로오카 신야라는 녀석이 나의 소중한 이토코 짱을 동반하고 감히 아침에 귀가하는 엄청난 짓을 저지른 것이다.

2

"오해라니까." 신야가 말한다. "결백하다니까. 믿어 줘."

가요코는 그에게서 대여섯 걸음 떨어진 곳에 서서 팔짱을 끼고 있다. 이 두 사람과 이등변삼각형을 그리는 위치에 이토코가 무릎을 가지런히 세우고 소파에 앉아 있다.

여기는 하스미 가의 거실이다. 3층짜리 작은 빌딩 1층을 사무소로 사용하고, 위층은 주거 공간이다. 가요코 일행이 심각하게 이야기를 나누는 짬짬이 아래층에서 전화벨 소리가 끼어들었다. 그 전화를 받는 조사원의 목소리도 들린다. 오늘은 일요일이지만 탐정사무소에는 토요일이나 공휴일도 사원 포상여행도 없다.

"언니." 이토코는 조금 지쳐 있었다. "몇 번을 설명해야 알아듣겠어? 왜 우리가 하는 설명을 이해하지 못하는 거야?"

"알아들었어." 가요코가 말했다. "하지만 그 설명 갖고는 도저히 아버지를 납득시킬 수 없을 거야."

"아버님의 사고방식이 고루해서요?"

"아니. 부모이기 때문이야."

신야는 한 손으로 머리를 헝클어뜨리더니 벌떡 일어났다. 창 옆으로 가서 머리 뒤로 양손을 대고 크게 기지개를 켰다.

어라, 이 녀석 키가 더 컸네, 하고 나는 생각했다. 이 녀석 또래의 사내아이는 놀랄 정도로 쑥쑥 자란다. 신야가 자고 있을 때 옆에 가까이 가서 귀를 기울이면 아마 삐걱삐걱 뼈가 자라나는 소리가 들릴 것이다.

"아아!" 하고 그는 하품을 했다. "졸려."

그야 그렇겠지. 어젯밤에는 제대로 자지도 못했을 테니까, 하고 생각하니 다시 화가 치밀었다.

"피차 마찬가지야." 가요코도 덩달아 작게 하품했다. 그녀도 나도 어젯밤에는 아무리 기다려도 돌아오지 않는 두 사람이 걱정되어 한숨도 못 잤다.

더구나 오늘도 푹푹 찌는 무더위가 계속됐다. 9월도 중순이 지났건만 여름은 아직 미련이 남았는지 이 도시에 눌어붙어 있다. 그렇다고 한여름처럼 군불을 때듯이 더운 건 아니기 때문에 에어컨을 켜면 이번에는 냉기가 너무 과하다는 것이 늦여름의 고약한 점이다.

이토코와 신야를 데리고 여기로 올라왔을 때 가요코는 우선 베란다 창을 열어 놓았다. 이건 기온 탓만이 아니라 이야기가 답답해질 것을 예상했기 때문이 아닐까.

"믿어 주지 않으면 우리도 어떻게 할 도리가 없어. 그렇잖아. 우린 거짓말을 하는 게 아니라고."

이토코가 자못 서글프다는 듯 말했다. 나도 안타깝다. 믿어 주고 싶은 마음은 굴뚝같아, 이토코…….

이야기는 어젯밤으로 거슬러 올라간다.

한가로운 밤이었다. 요즘 들어 가요코는 비교적 시간 여유가 있는 편이다. 어제 낮에도 어떤 소극단의 연극을 보러 갔다 왔을 정도다. 전에 그곳 주최자가 말썽을 일으켰을 때 가요코가 도와준 적이 있어서 그 이후로 공연 때마다 꼬박꼬박 초대장을 보내온다.

그때 전화가 걸려왔다. 가요코가 받았다.

목소리의 분위기로 볼 때 상대는 친한 친구인 듯했다. 잠깐 동안 빠른 어조로 대화를 나눈 다음,

"알았어. 20분 정도면 갈 수 있을 거야. 거기서 움직이면 안 돼. 알았지."라며 전화를 끊었다. 그러더니 가볍게 혀를 차면서 전화기를 바라보더니 다시 수화기를 들고 단축번호를 삐, 삐 눌렀다.

"여보세요, 마스터세요? 안녕하세요. 하스미 가요코입니다."

오호, '라 시나'에 전화를 했다는 걸 깨닫고 나는 일어섰다. 라 시나는 신야가 아르바이트를 하는 작은 스낵바 이름이다. 이곳 주인이 범상치 않은 인물이라 하스미 가의 식구들과도 친하게 지낸다. 물론 나도 마스터를 좋아한다. 그래서 전화를 향해 꼬리를 흔들었다. 가요코가 나를 보며 웃었다.

"오랜만에 전화를 해서 미안합니다. 미안한 김에 한 가지만 더, 바쁘신데 죄송하지만 잠깐 신야 군을 빌릴 수 있을까요?"

전화를 바꾼 것 같았다. 가요코는 다시 "여보세요?"라고 말하더니 용건을 꺼냈다.

"근무 중에 미안해. 부탁이 있어. 갑자기 전화로 이런 부탁을 해서 미안한데 지금 이토코를 데리러 가 줄 수 있겠어?"

가요코는 간단히 설명했다.

"그 아이 지금 가을 작품전 때문에 학교 작업실에 남아 있어. 가족이 데리러 간다는 조건으로 남게 해 줬대……. 응, 그래. 사실은 내가 가기로 되어 있었는데 방금 갑자기 친구한테 전화가 왔어. 내 친구 둘이서 술을 먹다가 한 명이 택시를 탈 수 없을 정도로 고주망태가 되었나 봐……. 응, 그래. 제일 가까이 있고 자동차 운전을 할 수 있는 사람이 나밖에 없어서 그런다고 울면서 애원을 하잖아. 으응. 그래……. 응? 아버지? 어제부터 출장이셔. 내일 오후에나 돌아오실 것 같아……. 응, 그래. 미안해. 살았다."

이렇게 하여 가요코는 나를 데리고 친구를 구하러 집을 나섰다. 같은 무렵 신야도 오토바이를 타고 이토코의 학교로 향했다. 그녀를 뒷자리에 태우기 위해 예비 헬멧도 하나 챙겨서.

여기까지는 눈에 선하다. 왜냐하면 이런 식으로 신야에게 이토코의 마중을 부탁한 적이 전에도 한 번 있었기 때문이다. 그렇기 때문에 가요코도 나도 그를 완벽하게 신뢰할 수 있었던 것인데.

그런데 12시 반경 주정뱅이를 보호하고(나는 그녀가 시트 위에 토하면 어쩌나 조마조마했다) 집까지 데려다 준 나와 가요코가 집에 돌아와 보니 집 안은 캄캄하고 이토코는 아직 귀가하지 않은 채였다.

"둘이서 라 시나에 있는 건가?" 가요코가 혼잣말을 하면서 다시 마스터에게 전화를 걸었다.

그런데 마스터는 두 사람이 여기에 있는 줄 알고 있었다.

그로부터 한 시간 동안 가요코는 두 사람이 오기를 기다렸다. 그다음 한 시간은 학교로 가 보기도 하고 자동차로 근처를 돌아보기도 했다. 그리고 또 한 시간을 기다렸다. 그러고 나서 결국 출장을 간 소장의 숙소로 전화를 걸었다.

멀리 떨어진 곳에서 자기 집에 사건이 발생했다는 소식을 듣는 것만큼 당황스러운 일은 없다. 나는 얼마 남지도 않은 소장의 머리칼이 눈처럼 하얗게 세어 버리는 게 아닐까 싶었다.

"아무튼 아침까지 기다려 봐. 당황해서는 안 돼." 이것이 소장의 지시였다. 가요코는 시키는 대로 날이 샐 때까지 기다렸다. 여기저기 짐작이 가는 곳을 찾아다니던 마스터가 전화를 걸었다. 그러나 두 사람을 발견하지는 못했다. 어디에서도.

참새들이 요란하게 지저귀기 시작할 무렵, 가요코는 다시 한 번 차를 움직였다. 그녀는 학교 쪽의 신야가 다닐 만한 길을 천천히 돌면서 줄곧 입술을 굳게 다물고 있었다.

"사고가 났다면 어딘가에서 연락이 와도 왔겠지?" 가요코는 나를 향해 중얼거린다. 그렇다. 신야는 면허증을 갖고 다닐 것이고, 이토코는 교복 차림일 테니까 신원을 밝히지 못할 이유가 없다.

신원도 확인할 수 없을 정도로 끔찍한 사고가 아닌 이상.

가요코는 학교를 중심으로 동심원을 그리면서 밖으로, 더 밖으로 차를 몰았다. 그리고 드디어 주택가에서 꽤 떨어진, 만안(灣岸)도로로 진입하는 가로등 근처에서 두 사람을 발견했다. 새벽 5시 20분.

신야도 이토코도 '퀭한' 얼굴을 하고 있었다. 둘이서 오토바이를 밀며 어떤 건물에서 나오는 참이었다.

그 건물 간판은 만안도로에서도 잘 보이도록 파란 하늘을 향해 우뚝 솟아 있었다. 네온사인은 꺼져 있었지만 밝은 색은 뭐든지 다 끌어다 쓰는 독특한 미의식으로 채색된 간판은 열 손가락 가운데 하나만 매니큐어를 바른 것처럼 도드라졌다. 그 간판에는 이렇게 쓰여 있었다.

'호텔 사랑의 성(城).'

그 순간 나는 신이 나의 세계를 모조리 칠해 뭉개 버렸으면 하고 기원했다.

"적어도 나는 말이에요. 가요코 누나. 이런 복잡하고 구질구질한 거짓말을 생각해 낼 정도로 머리가 좋지가 않다고요."라고 말하는 신야.

'복잡하고 구질구질한 거짓말'이란 그때 가요코가 그 자리에 벌떡 일어설 듯이 클랙슨을 울리자 그 소리를 듣고 두 사람이 동시에 입을 딱 O자 모양으로 쩍 벌린 채 한동안 망연자실하고 나서 지금 이 시간까지 기관총 같은 기세로 떠들어 댄 '사정 설명'을 말한다.

어젯밤에 신야가 '라 시나'를 나온 건 11시 40분경이었다고 한다. 50분이 지나 그는 이토코의 학교에 도착했다. 이토코를 태우고 학교를 나온 게 12시경.

신야는, 가요코가 몇 번이나 차로 찾으러 돌아다닌 것과 똑같은 길을 지나 하스미 가족의 집으로 향했다고 한다. 학교를 반 바퀴 돌아 간선도로로 나와 5분 정도 달렸을 때 강을 따라 나 있는 일방통행 골목길로 꺾어 들었다. 빼곡하게 들어찬 아파트를 왼쪽에 두고 낮은 제방을 오른쪽으로 보며 달리는 길인데, 전철로 역 하나 정도를 직진하면 다시 간선도로로 나오게 된다. 거기서 하스미 가족의 집까지는 오토바이를 타면 그야말로 눈 깜짝할 정도의 거리밖에 되지 않는다.

그런데 멀리 떨어진 만안도로 방향까지 가 버린 이유는······.

"그 일방통행 길에서 여자아이를 발견했어. 초등학교 고학년이나 기껏해야 중학교 1학년 정도나 되었을까. 그쪽에 있는 아파트 뒤에서 나와 노상주차한 차 방향으로 걸어가는 거야. 그것만이라면 아무 일도 아니지만······."

그 여자아이가 자동차 트렁크를 열고 안으로 들어갔다는 것이었다.

"아무리 생각해도 이상하잖아? 그리고 무엇보다 위험하잖아. 그래서 그 차 옆에 나란히 오토바이를 세우고······."

여기서 이토코가 끼어들었다.

"나는 '왜 그래?' 하고 물었는데 어떤 여자아이가 멈춰 서 있는 자동차의 트렁크로 들어갔다는 거야. 그 말을 듣고······."

둘은 오토바이에서 내려 자동차로 다가갔다. 트렁크 뚜껑은 조금 열려 있었다고 한다. 말을 걸면서 신야가 트렁크를 열었다. 그러자…….

"그랬더니 여자아이가 거기 누워 있더라고요. 나를 보고 깜짝 놀라는 거예요. 저 역시 잠깐 동안 목소리가 나오지 않아 겨우 '뭐 하는 거야?'라고 물었더니."

여자아이는 신야에게 "아빠!"라고 하더란다.

"그래서?" 가요코가 물었다.

"그게 다라니까요." 신야는 두 손을 벌렸다. "거기서 기억이 뚝 끊겼어요. 정신을 차리고 보니까 그 유치한 호텔이었고 옆에는 이토코가…… 이토코 씨가 있었던 거라고요."

빤히 쳐다보는 가요코에게,

"분명히 말하지만 난 바닥에 누워 있었어요. 이토코는 침대에 있었지만."

그게 자신의 방어선이라는 듯 못을 박아 말했다.

"깨어났을 때는 그랬다는 거겠지." 가요코는 단호하게 말했다. 두 사람은 즉각 항의했다.

"언니! 무슨 소리야?"

"가요코 누나, 저기 있잖아요."

"알았어. 알았다고." 가요코는 두 사람을 제지하고 이마로 흘러내린 머리칼을 귀찮은 듯 쓸어 올렸다.

여기까지만 들으면 이토코와 신야가 하는 말이 전적으로 거짓말이라고 단정 짓는 건 심하다고 여기는 사람이 많을 것이다. 진술은 구체적이고 예기치 않은 사태의 발생을 추측하게 하는 설명으로 가득 차 있다. 그 여자아이는 누구란 말인가? 그 아이는 트렁크 안에서 뭘 하고 있었던 걸까. 게다가 '아빠!'라는 건 문자 그대로 그 아이의 아버지를 의미하는 걸까…… 등등.

그런데, 그런데 말이다.

이것은 가요코도 이토코도 신야도 그리고 나조차도 처음 들은 이야기가 아니다.

텔레비전 드라마였다. 한 달 전인가 신야가 하스미 가족의 집에 저녁을 먹으러 왔을 때 같이 봤던 프로그램이었다. 소녀 유괴사건을 다룬 것으로 상당히 재미있었고 잘 만들어진 드라마였다.

"오랜만에 손에 땀을 쥐게 하는 드라마였어."라며 소장도 칭찬했을 정도다.

그중에 두 사람이 이야기하는 내용과 똑같은 장면이 있었다. 소녀가 집에서 유괴되는 장면. 그녀는 자동차 트렁크에 갇히게 되지만 우연히 지나가던 사람이 이상하게 여기고 뚜껑을 열어 준다. 그녀가 "살려 줘요!"라고 외치며 도망치려 하는 순간, 다시 돌아온 범인의 제지를 받고 트렁크를 열어 준 사람과 함께 잡히게 된다.

소녀가 '아빠!'라고 소리를 질렀다는 것만 빼면 똑같은 상황이라고 해야 하지 않을까. 이 줄거리라면 머리가 좋지 않아도 말할 수 있다.

그런 일이 있었기 때문에 가요코도 두 사람을 흘겨보지 않을 수 없었을 것이다. 관자놀이에 한 손을 대고 두통약이라도 씹고 있는 듯한 표정을 하고.

"우연이라는 것도 있어. 정말이라니까. 정말 그 드라마랑 똑같은 일이 일어났는걸."

이토코의 호소에도 대꾸하지 않고 가요코는 창 쪽으로 눈길을 돌렸다.

"두 사람 모두 머리가 나쁘다고 생각하지는 않아." 가요코는 한숨을 내쉰다. "나름대로 사리분별도 충분히 할 수 있는 사람들이라고 생각해. 하지만……."

"하지만?"

가요코는 팔짱을 끼고 두 사람을 향해 생긋 웃었다. 그게 대답이야, 하는 느낌으로 보였다. 다시 말해 '이런 일만큼은 누가 뭐라고 말할 수가 없어. 그건 나도 잘 알고 있으니까'라는 의미일 거라고 나는 상상한다.

나는 또 다른 의미에서 안타까움을 느끼고 있었다. 내가 알지 못하는 가요코의 표정이 얼핏 내비쳤기 때문이다. 가요코도 내가 하스미 가에 들어오기 전 아마 이런 문제에 부딪힌 적이 있었을 거라고 생각했다.

"내가 조사해 볼게."

이토코가 불쑥 말하며 얼굴을 들었다.

"조사한다니, 뭘?"

"우리가 거짓말을 하는 게 아니라는 걸. 그 증거를 반드시 보여 줄 테니까. 그러면 아빠도 안심할 거 아냐. 나도 이런 누명을 쓰고는 가만히 있기 싫어."

소파 팔걸이에 앉아 있던 신야가 날카롭게 휘파람을 불었다.

"그래. 맞아. 그거야."

이제야 평소의 이 녀석다운 활기가 돌아왔다.

"괜히 주눅이 들어 가만히 있으면 안 된다는 말이지. 나랑 같이 하자고, 그 조사. 뭔가 사건의 냄새도 나잖아. 안 그래?"

가요코는 두 사람의 얼굴을 번갈아 보고 나서 팔짱을 낀 팔을 들어 올렸다. 이 건에 관해서는 그녀는 항상 두 손을 어떻게 처리할지 거북해하는 것처럼 보인다. 끊임없이 팔짱을 끼거나 머리카락을 쓸어 올리거나, 의미도 없이 주변의 물건들을 이리저리 움직이거나 한다. 그렇게라도 손을 움직이지 않으면 눈앞에 있는 두 사람의 따귀를 때리거나 머리를 쓰다듬어 버릴 것 같아 불안한 건지도 모른다.

"너희 둘이서 그걸 조사하겠다고?"

"응." 이토코가 신야를 힐끗 쳐다보고 나서 고개를 끄덕이며 대답했다.

"그게……."

"두 번 창피한 일이라고 말하고 싶은 거예요?" 하고 신야가 끼어들었고 이토코가 정확하게 그 얼굴을 향해 쿠션을 던졌다. 가요코가 웃음을 터뜨렸다.

"창피하다고는 생각하지 않지만 효과가 없다고 생각해."

"그럼 어떻게 하면 되지?"

가요코가 검지를 세워 입술과 콧잔등을 가볍게 두드리면서 잠시 생각하다가 이윽고 입을 열었다.

"내가 너희 두 사람의 변호인이 되어 줄게. 무혐의 증거를 찾는 변호사 말이야. 그럼 되겠지?"

이토코와 신야는 얼굴을 마주 보았다. 여기로 온 후로 처음이었다. 그때까지는 서로의 얼굴에 봐서는 안 되는 뭔가가 묻어 있기라도 하듯 애써 시선을 피하고 있었던 것이다.

"정말요?"

"그래, 내가 맡아 줄게."

"그럼, 돈 받는 거야?"

"바보. 이건 공적인 일이 아니니까 그런 걱정은 하지 않아도 돼." 가요코는 웃으며 가볍게 신야의 팔꿈치를 쿡 찔렀다.

"고마워, 언니."

이토코가 중얼거리며 꼭 다문 입가를 아래로 삐죽 내리는 듯한 표정을 하며 미소 지었다. 내가 아주 좋아하는 표정이다.

"도울 일이 있으면 뭐든지 말해 줘요. 예?"

신야가 시원스럽게 말했다. 사태가 여기에 이르르자 나는 드디어 실력 행사를 했다. 컹! 한 번 짖었더니 그는 튕기듯 벌떡 일어섰다.

"쳇, 이 녀석은 여전히 나한테만 까칠하군. 늙어 가지고는!"

따지고 보면 이토코를 안전하게 집까지 데려다 주는 역할을 맡았던 네 녀석이 제대로 역할을 다하지 못한 게 잘못이야.

"이토코, 아버지께는 일단 내가 이야기를 해 둘게. 일이 해결될 때까지 너는 아버지랑 직접 이야기하지 않아도 돼. 괜히 복잡해지기만 할 거야."

신야를 집에 돌려보내고 가요코와 둘이 남게 되자 이토코가 갑자기 풀이 죽은 얼굴을 했다.

"아빠가 걱정 많이 했어?"

"당연하지. 뻔하잖아? 나도 살아 있을 거라고 생각하지 않았으니까."

"미안해, 언니."

무릎 위에 놓인 손을 들여다보며 이토코가 말했다. 가요코는 이토코의 옆으로 와서 나란히 앉더니 어깨를 안아 주었다.

"그래도 아무튼 무사해서 다행이야. 우선은 그게 제일 중요해. 배고프지? 뭐 좀 만들어 줄까? 뭐 먹고 싶어?"

이토코는 그 말에는 대답하지 않고 언니의 얼굴을 물끄러미 올려다보았다. "우리 개도 죽지 않겠지?"라고 물었을 때와 똑같은, 진지하기 짝이 없는 표정이었다.

"언니, 솔직히 어떻게 생각하고 있어?"

"뭘?"

"내가 신야랑 진짜 밤을 같이 보내고 들어왔다고 생각해?"

가요코는 이토코에게서 몸을 떼고 나서 얼굴을 가까이 대고 대답했다.

"모르겠어."

이토코는 소파에 드러누웠다. 가요코는 그 엉덩이를 탁 하고 때렸다.

"그렇지만." 이토코는 쿠션에 대고 말했다. "그게……, 그렇게 나쁜 짓일까?"

"뭐라고?"

큰 소리로 묻는 가요코를 향해 일어나 앉은 이토코가 진지한 얼굴로 말했다.

"그렇잖아. 언젠가는 있을 일이잖아?"

"그야 그렇지만……."

"언니는 언제였어?"

가요코는 갑자기 정곡을 찔린 듯 대답하지 못했다. 나는 하느님이 내 귀를 멀게 했으면, 하고 빌었다.

"그런 이야기는 말이지."라고 말하는 가요코. "너랑 마주 앉아 술을 마실 수 있는 때가 되기 전에는 할 수 없는 거야. 알았어?"

이토코의 뺨이 불룩해졌다. "쳇, 치사해."

"이토코. 지금 같은 이야기, 아빠 앞에서는 절대로 하면 안 돼. 알았지?"

맞아. 이토코. 시대를 막론하고 아버지와 집에서 키우는 개는 보수적인 동물이란다. 특히 양쪽 모두 나이를 먹었을 경우에는.

"알았어. 변호사한테 맡길게." 하고 어깨를 움츠려 보였다. "하지만 아빠는 어떻게 생각하실까……."

3

소장은 아무 말도 하지 않았기 때문에 어떻게 생각하는지는 나도 알 수 없다.

그가 출장에서 돌아온 건 2시가 지나서였다. 가요코는 즉각 사정을 설명하고 앞으로의 예정을 이야기하더니,

"아무튼 지금은 이토코를 화나게 하지 마세요."라고 덧붙였다.

"알았다." 소장이 고개를 끄덕였다. 내가 걱정했던 것만큼 백발은 늘지 않았지만 눈 밑에 커다란 그늘이 자리를 잡고 있

었다.

"그래도 일단 이토코의 무사한 얼굴을 보면 안 될까?"

아버지, 미안해요. 아니다, 괜찮다, 무사하다면. 이런 대화가 오간 후 이토코는 방에서 꼼짝도 하지 않았고 소장과 가요코는 업무로 돌아갔다.

그날 밤 8시경 버번위스키 한 병을 들고 라 시나의 마스터가 찾아왔다.

처음 있는 일이었다. 당연히 그 문제와 관련하여 마스터도 걱정이 되었을 것이다.

"저희 가게가 오늘은 정기휴일이고 하스미 씨가 한잔 하고 싶은 기분이 아닐까 싶어서 찾아뵙기로 했습니다."

"송구스럽습니다."

소장은 갑자기 풀이 죽은 표정이 되어 등을 잔뜩 굽힌다. 훤칠한 키에 탄탄한 체격의 마스터와 비교가 되어 가련할 정도다.

"이토코 씨는 어떻게 하고 있습니까?"

거실에 자리를 잡고 가요코와 소장을 마주한 자리에서 마스터는 입을 열었다. 가요코는 이토코의 방이 있는 쪽으로 힐끗 시선을 주었다.

"계속 방에만." 이렇게 대답한 후 두 사람의 주장에 대해 그리고 두 사람을 대신하여 조사하게 된 사정을 설명했다. 마스터가 굳어 있던 표정을 풀고 웃었다.

"그랬군요……. 아, 그렇다면 안심입니다. 조사라면 가요코 씨는 프로니까."

"이번 일에 대해 마스터는 어떻게 생각하십니까?"

마스터는 가요코가 얼음과 함께 따라 준 버번위스키 잔을 들고 잠시 생각했다. 그러고 나서 차분한 어조로 말했다.

"저는 두 사람의 말이 사실이라고 생각합니다."

맑은 호박색 액체를 한 모금 마시고 나서,

"두 사람 모두 만약에 정말 그럴 생각이 있었다면 좀 더 들키기 어려운 거짓말을 했을 겁니다. 게다가 신야는 보기엔 그래도 제법 로맨티시스트니까요."

그는 말해 놓고 나서 스스로 웃음을 터뜨렸다.

"내가 이런 말 한 걸 알면 그 녀석 펄쩍 뛰며 덤벼들겠지만요."

"러브호텔 같은 데는 가지 않을까요?"

가요코도 웃고 있다. 소장 혼자만 버번위스키와 절친한 친구가 되어 마시고 있다. 마스터가 말을 이었다.

"우리 가게 단골 중에 꽤 큰 러브호텔 체인점 오너가 있습니다. 그 사람이 전에 신야에게 퀴즈를 낸 적이 있습니다. '너도 알지, 러브호텔이라는 건 아무리 장사가 잘돼 손님이 연달아 들어온다 해도, 다음 손님이 들어갈 때는 바로 전에 들었던 손님의 흔적이 조금도 보이지 않게 치워져 있지. 욕실에는 물방울 하나 남아 있지 않아. 그거 어떻게 청소하는지 알아?'라고 물었지요."

"시트로 닦는 거 아닌가요?" 가요코가 대답하자 소장은 갑자기 버번위스키와의 우호조약을 파기했다.

"가요코, 네가 어떻게 그런 걸 알아?"

"텔레비전에서 봤어요."

얼른 대답하며 소장의 잔에 얼음을 하나 넣어 주었다.

"그래서?"

"신야는 그 대답을 몰랐습니다. 그래서 그 오너가 가르쳐 주니까 '웩,' 하더라고요. '아무리 나중에 세탁을 한다고 해도 그 시트를 다시 사용할 거 아냐? 그걸로 청소를 하다니……' 이러면서."

가요코가 그다음 말을 냉큼 낚아챘다. "'더러워!' 그랬죠?"

마스터와 가요코는 동시에 웃고 소장은 버번위스키를 홀짝거렸다.

"아주 미묘하네."

"뭐, 그것만으로는 증거가 되지 않지만."

그래도 나는 조금이나마 안심이 되었다.

"하지만 두 사람이 사실을 말하고 있는 거라면 그 트렁크 안의 아이 건은 어떻게 되는 겁니까……. 난 오히려 그게 더 걸립니다. 술에 취한 대학생 그룹이라면 모르지만 보통은 사람을 트렁크에 태우는 일은 없지 않습니까. 더구나 여자아이를."

"예, 하지만 그 아이는 자진해서 트렁크 뚜껑을 열고 들어갔다고 하지 않았어요? 장난을 치느라고 그랬던 거 아닐까요?"

"한밤중에?"

가요코는 손에 든 유리잔 안의 얼음을 달그락달그락 흔들고 있었다.

"글쎄요…… 누구인지 몰라도 그 자리에 있었던 건 그 아이만은 아니었던 거잖아요? '아빠!'라고 불린 인물이 있었고, 그 인물이 이토코와 신야를 그 호텔로 옮겨 놨다……?"

"그렇게밖에 생각할 수가 없어요. 두 사람 모두 의식을 잃었던 거잖아요? 이런 일에 아주 이골이 난 인물이라고 생각합니다. 심하게 상처를 주지도 않고 그러면서도 멀쩡하게 살아 있는 사람을 기절시키는 건 쉬운 일이 아닙니다. 경험상 그렇게 생각합니다."

나는 마스터의 하얀 티셔츠와 햇볕에 그을린 얼굴을 바라보았다. 미남은 아니지만 보기 좋은 얼굴이었다. 산전수전, 그것도 격렬한 폭력사태를 이겨 내면서 완성된 얼굴이다.

"모쪼록 조심하십시오. 사실 오늘은 그 이야기를 해 드리고 싶어서 이렇게 찾아온 겁니다."

가요코는 웃으면서 고맙다고 말했다. 마스터는 멋쩍었는지 반 정도 남은 술잔을 단숨에 비웠다.

"솔직히 말해 조사한다고 하지만 뜬구름 잡는 거나 비슷합니다. 이토코는 신야 뒤에 있었기 때문에 여자아이를 직접 본 것도 아니고, 신야 역시 여자아이의 얼굴도 차에 대해서도 거의 기억하지 못한다고 하고. 다시 보면 기억이 나겠지만 그냥은 어떤 얼굴이었는지도 제대로 설명하지 못하겠다고 하니. 대충 그런 상황입니다만."

"그때 정신이 들었던 호텔은 어떻습니까? 뭐 그런 곳은 손님의 얼굴을 보지 않는 장사니까 믿을 수는 없지만 두 사람을 운반해 온 인물을 누군가 기억하지 않을까요?"

가요코는 키득키득 웃었다.

"사실 오늘 오후에 가 봤어요. 그런데 허사였어요. 완전 자동식이라 손님은 입구에 표시되어 있는 빈 방을 골라 돈을 넣게 되어 있어요. 그러면 일회용 카드 키가 나오는 그런 곳이었어요."

"저런……." 마스터는 짧게 깎은 머리를 긁었다. "세상이 편리해진 건지 불편해진 건지 알 수가 없군."

"정말 그래요. 결국 두 사람이 트렁크에 들어가는 여자아이를 봤다는 장소부터 시작하는 수밖에 없을 거예요."

"그 차, 색깔은?"

"아마 흰색이었던 것 같다고 했어요."

"장소는 알아요?"

"예, 대충은."

마스터는 잔을 놓았다.

"노상주차 중이었던 차였다고요. 그러니까 확실하게는 말할 수 없지만 만약 그 차가 그 부근에 있는 아파트 주민 것이라면 단서가 있을 거라 생각합니다."

가요코가 눈을 부릅떴다. 소장을 보니 소파 등받이에 고개를 젖히고 반쯤 졸고 있다.

"그날 밤에 집을 나와 이토코 씨를 데리러 가기 직전까지 신야는 마늘을 자르고 있었어요."

"마늘이요?"

"예. 회식을 마친 회사원 그룹이 스파게티 벨도라를 주문했습니다. 6인분. 그래서……."

여기서 부연 설명을 하자면 라 시나가 제공하는 '스파게티 벨도라'는 버섯과 죽순을 듬뿍 넣고 일본식 양념으로 맛을 낸 것인데, 그 맛이 끝내준다. 가요코는 라 시나에 술을 마시러 가면 마지막에는 반드시 이 스파게티로 마무리했고, 수행 임무를 맡은 나도 당연한 권리로 맛을 본 적이 있다. 그리고 이 독특한 맛을 내는 요령은 충분한 올리브유와 대량의 마늘에 있다는 것을 전에 마스터가 이야기해 주었다.

"아하!" 가요코가 눈을 깜빡거렸다. "그렇다면 손에 마늘 냄새가 배어 있었겠군요."

"맞아요. 냄새 지독하네, 하면서 나갔으니까요. 신야가 열었다는 문제의 차 트렁크 주변에 그 냄새가 남아 있을지 모릅니다. 사람의 후각으로는 맡기가 무리겠지만 이 녀석 코를 이용하면……."

마스터는 내 머리에 손을 올렸다. 지당하신 말씀!

"그리고 또 하나." 마스터가 검지를 세우며 말했다.

"가요코 씨, 누가 되었든 우리가 찾는 인물은 첫째 오토바이를 탈 줄 알 겁니다. 신야와 이토코가 '호텔 사랑의 성'에서 정신이 들었을 때 오토바이도 버젓이 거기에 와 있었다고 하니까요."

"예, 그건 저도 생각하고……."

말을 하다가 말고 가요코는 고개를 갸우뚱했다.

"갑작스럽게 벌어진 상황이라 오토바이를 실을 차를 준비하고 있었다고 볼 수는 없고, 승용차로 끌고 가는 것도 힘들겠지요? 와이어나 적당한 장비가 없으면 불가능한 일이고. 하지만 오토바이를 탈 수 있는 사람으로 한정하는 건 좀 그렇지 않을까요? 시간은 있었을 테니까 호텔까지 밀고 갈 수도 있지 않을까 싶은데요."

마스터는 고개를 가로저었다.

"가요코 씨, 오토바이 타 본 적 있습니까?"

"아니, 한 번도. 만져 본 적도 없어요."

"역시. 그러니 그렇게 생각하는 것도 무리는 아닙니다. 하지만 예를 들어 자전거의 경우를 생각해 보세요. 한 번도 타 본 적이 없는 사람에게는 그냥 밀고 가는 것만으로도 힘듭니다. 게다가 오토바이는 무겁습니다. 원동기 자전거도 생각처럼 쉽게 밀고 갈 수 없을 겁니다. 하물며 신야의 보물 1호인 그 오토바이는 400cc나 되니까 자칫하면 스탠드를 젖힌 순간 그 밑에 깔려 버릴 수도 있습니다. 오토바이를 움직일 수 있으려면 아무리 초보자라도 오토바이를 탈 수 있는 사람이라야 합니다."

오토바이 여행이 취미이고, 신야와도 오토바이 동호인을 통해 알게 된 마스터의 말에 가요코는 크게 고개를 끄덕였다.

가요코가 취해서 몸을 가누지 못하는 소장을 위층 침실까지 부축하는 걸 도와준 후 마스터는 돌아갔다. 자정이 다 된 시간이었다.

소장이 술을 이렇게 많이 마시는 일은 드물다. 아무래도 아직 어린 줄만 알았던 막내딸의 아침 귀가에 대한 충격이 크게 작용했을 것이다. 나는 왠지 곁에서 함께 자고 싶었다.

가요코는 소리가 나지 않도록 조심하면서 이불을 덮어 주고 아래층 주방에서 주전자와 컵을 얹은 쟁반을 가지고 와서 소장의 머리맡에 놓았다.

불을 끄고 침실을 나가려고 했을 때 잔뜩 잠긴 목소리로 "가요코."라고 부르는 소리에 발을 멈췄다.

"왜요. 아빠."

가요코가 살며시 쪼그리고 앉아 얼굴을 들여다보니 소장은 눈을 감고 있다. 그리고 중얼거렸다.

"너, 이토코의 이번 일 조사하지 않아도 된다."

가요코는 소장의 머리맡에 똑바로 앉아 가만히 그 얼굴을 들여다보고 있다. 잠시 후에 소장이 말했다.

"이토코도 이제 절반 이상은 어른이니까……. 신야도 좋은 아이인 것 같고, 아빠는……"

"알았어요." 가요코가 작게 대답하고 아버지의 이불을 다시 매만져 주었다. "안녕히 주무세요."

"…… 여러 가지로 걱정이다. 하지만." 소장은 입속으로 우물거리듯 말했다. "어떤 친구가 있는지, 그리고 이토코는 그림쟁이가 되고 싶은 모양인데 예술가라는 사람들은 괴짜가 많으니까. 이상한 녀석들하고 사귀게 되면 어쩌나. 그런 걱정이."

"알았어요. 아빠."

"…… 너도 그렇다. 아빠 직업을 이어받겠다고 나서는 건 좋지만 위험한 일도 있고 다른 딸들처럼 신나게 놀러 다닐 기회도 적고……"

"전 이 일이 좋아요."

"너 역시 외롭지는 않은지, 시원치 않은 남자한테 걸려들거나 유부남하고 연애를 하면 어쩌나, 이런저런 걱정이 많아."

하스미 자매의 어머니는 두 딸이 어릴 때 세상을 떠났다. 소장 혼자 두 딸을 키워 온 것이다. 게다가 세상의 어두운 면만 보는 직업이다. 평소에는 말이 없지만 가슴 깊은 곳에서 쌓여 가는 걱정이 버번위스키의 힘을 빌어 표출되었을 것이다.

"아빠, 저도 이토코도 아빠를 슬프게 할 일은 하지 않아요. 약속할게요."

가요코는 아버지 얼굴을 들여다보듯 하며 말했다. 그대로 5분 정도 있었을까. 소장은 코를 골기 시작했다. 호박색 안개 너머로 가요코의 손을 잡고 이토코를 업고 동물원에 가던 무렵의 꿈이라도 꾸고 있는 건지도 모른다.

4

쇠뿔도 단김에 빼겠다는 심정이라고나 할까. 차 주인이 세차하기 전에 가요코와 나는 그날 밤중에 조사에 착수했다.

어쨌거나 그 일방통행 길에 노상주차하는 차가 몰리는 것은 야간뿐이다. 우리는 터벅터벅 걸어 현장으로 갔다.

이 부근에 빼곡하게 들어찬 아파트는 약속이라도 한 듯이 모두 1층이 주차 공간으로 되어 있었다. 그렇게 하지 않으면 주차 공간을 확보할 수 없기 때문이다.

그렇게까지 확보해 놓은 주차장도 아파트 입주 세대의 자가용을 모두 소화할 수가 없다. 원래 절대 공간이 부족하기 때문에 전용주차장을 빌리려면 제비뽑기를 해야 하니 기가 막힐 노롯이다.

그것마저 여의치 않은 입주자는 그럼 어떻게 하는가? 아파트에서 떨어진 곳에 따로 주차장을 빌리거나 도로에 세우게 된다. 준법정신이 투철한 사람이라면 전자를 선택할 것 같지만, 막상 차가 필요할 때 몇 블록 떨어진 주차장까지 한참을 걸어가야 하는 신세가 된다. 따로 주차공간을 빌리자니 다달이 내야 하는 월 주차비를 무시할 수도 없다.

도쿄에서는 공공질서보다 편리함과 돈 계산이 먼저다. 잘난 준법정신은 계산기의 영악함에 밀려 군마 현 주변까지 날아가 버렸다.

그래서 모두들 1억 엔에 가까운 아파트에 살면서 차는 길가에 세우는 모양새가 된다. 야간의 후미진 길은 그런 차들의 집합소가 된다.

이런 상황을 생각하면 노상주차 상태였다고는 하지만 문제의 차가 이 부근 아파트 거주자의 소유일 가능성은 상당히 높다고 생각한다. 첫째, 타지에서 온 차가 이 도로에 세우려고 해도 차선을 완전히 막아 버리지 않는 한 끼어들 여지가 없기 때문이다.

그건 그렇고 마늘 냄새가 나는 차를 찾으라니. 〈위험한 짭새(텔레비전 드라마 제목-옮긴이)〉에도 없을 이야기다(나는 이 드라마 재방송을 자주 본다. 이토코가 탤런트 시바타 교헤이의 팬이기 때문이다).

그런 건 중요하지 않다. 차는 찾았느냐고? 물론 찾았다. 번쩍번쩍 빛나는 하얀 슈퍼살롱이었다.

이제 차 주인을 찾아야 한다.

차 주인을 찾기 위해 가요코가 한 행동은 그다지 칭찬받을 만한 것은 아니다. 그녀는 자동차 공구 하나를 들고 가서 내 코가 발견한 차의 옆구리를 가볍게 두드려 파이게 만들었다.

그리고 이튿날 아침 일찍 그 차의 주인이 회사원이라는 가정하에 대략적인 출근 시간을 가늠하여 다시 가 보았다. 현관 주위를 청소하는 관리인을 발견하고 물어보았다.

"죄송합니다. 저는 부근에 사는 사람입니다만, 어젯밤에 이 아파트 뒷길을 지나다가 실수로 주차되어 있는 차에 부딪혔습니다. 소유주가 누구인지 아십니까?"

관리인은 빗자루를 들고 가요코에게 다가왔다.

"어떤 차요?"

"이건데요."

관리인은 허리에 손을 얹고 찡그린 얼굴로 슈퍼살롱을 지긋이 바라보았다.

"아, 이 차는 우에쿠사 씨 겁니다."

"여기 사시는 분입니까?"

"맞소. 405호. 연락해 드릴까요?"

"부탁합니다."

관리인은 가요코를 한동안 관찰하더니 빙긋이 웃었다.

"아가씨도 참 쓸데없이 정직하시군. 도망가서 모른 척하면 누가 안다고. 나 같았으면 그랬을 거요. 이거 수리비가 상당히 비싸요."

여기에 또 준법정신을 니가타 현쯤에 던져 버린 양반이 한 명 있었다.

잠시 후에 관리인은 한 남자를 데리고 왔다.

그 남자의 풍채나 분위기를 표현하기 위해 나는 한참을 생각해야 했다.

나이는…… 50대 후반 정도나 될까. 왜소하지만 반듯한 몸집에 여분의 지방이라고는 붙어 있지 않다. 관자놀이 주변의 머리칼이 하얗게 세었는데 그것이 오히려 품위를 느끼게 했다. 평상복인 듯한 바지에 셔츠 차림인 걸 보면 회사원은 아닐지도 모른다. 좀 더 여유롭게, 돈이 돈을 벌게 하는 직업을 가진 사람 같았다.

하지만 '눈이 어둡군'이라는 인상을 받는다. 예를 들어 말하자면…… 그렇다, 자신감을 갖고 사들인 주식이 야금야금 가치가 떨어지는 것을 지켜보는 투자가 같은 눈이다.

"아가씨. 이 분이 우에쿠사 씨입니다." 관리인이 퉁명스럽게 말했다.

우에쿠사 씨가 입을 열고 말을 시작했을 때 나는 그에게 걸맞은 표현을 찾았다.

'신사'였다. 그와 상대한 사람들 대다수는 머릿속 깊은 곳에서 먼지를 떨어내고 다듬어진 단어들만 골라 말을 끌어내고 있을 것이다.

신고대로라면 일방적으로 가요코에게 잘못이 있는 상황이다. 그러나 우에쿠사 씨는 가요코를 책망하지 않고 오히려,

"아닙니다. 이런 곳에 차를 방치해 둔 이쪽 잘못도 있지요."라고 말했다. 게다가 "아가씨 차는 괜찮소? 그리고 다친 데는 없어요?"라며 묻기까지 했다.

"제 쪽은 아무 피해도 없었습니다. 배려 감사합니다."

"그거 다행이오."

성우를 해도 좋을 정도로 근사한 목소리다.

"그런데 수리비는……."

우에쿠사 씨는 웃으면서 고개를 가로저었다. "됐습니다. 보험도 들었고 대단한 피해도 아닌 것 같으니까."

"그래도 그렇게는……."

"정말이오. 걱정할 거 없소이다. 그냥 이대로 둬도 눈에 띌 정도는 아니고, 나만 타는 차니까요."

결국 우에쿠사 씨의 관대한 제의를 받아들이기로 하고 가요

코는 물러났다. 그는 이쪽의 신원을 물으려고도 하지 않았다.

그가 자리를 떠나자 관리인이 돌아왔다.

"어땠소? 아가씨."

가요코가 설명하자 관리인은 과하다 싶을 정도로 놀라는 얼굴을 했다.

"오호! 역시 부자는 다르군. 화통하기도 하지!"

"저도 깜짝 놀랐어요. 그래도 이대로는 너무 염치가 없는 것 같아서, 하다못해 성의 표시로 뭔가 드리고 싶은데 전달해 주시겠어요?"

"알았소. 전해 드리지요."

"음. 뭐가 좋을까요? 우에쿠사 씨, 자녀분은 계신가요?"

"아니. 그 사람은 부인이랑 단둘이 사는 모양이오. 그 부인도 지금 입원 중이고."

오호라. 그래서 우에쿠사 씨의 눈빛이 그토록 어둡게 느껴진 걸까.

"어머. 많이 안 좋으신가요?"

"글쎄올시다. 잘은 모르지만 벌써 꽤 된 모양입니다. 뭐라도 가져올 거라면 아무래도 위스키 정도가 무난하지 않을까 싶소만."

아가씨도 어지간히 고지식한 사람이오, 하는 관리인의 말을 뒤로 하고 우리는 그 자리를 떠났다. 한참을 걸어가니 근처 아파트 뒤에서 신야가 불쑥 고개를 내밀었다.

"봤어?"라고 묻는 가요코. 신야에게 미리 연락해 몰래 숨어서 차 주인의 얼굴을 확인하라고 말해 두었던 것이다.

"봤어요."

"어때?"

"본 적이 없는데요."

가요코는 한숨을 내쉬었다. "기대는 하지 않았지만."

"미안해요."

"미안하긴. 그보다 그 우에쿠사 씨는 자녀가 없대."

그러니까 트렁크의 소녀에게 '아빠'라고 불린 건 다른 사람이라는 뜻이다. 그렇다면 이번에는 '그 아이가 누구냐?'라는 의문도 부각되는 셈인데…….

5

가요코는 그로부터 일주일 정도 우에쿠사 씨를 관찰하는 일에 전념했다. 달리 단서도 없고, 일단 그의 생활 태도를 살펴보기로 한 것이다.

따라서 나는 낮 동안에는 딱히 할 일이 없다. 유감스럽게도 한낮의 미행이나 잠복에 내가 따라다니게 되면 지나치게 눈에 띄기 때문이다.

나 역시 이제는 언제나 기운이 펄펄 넘치는 나이가 아닌지라 집에서 빈둥거리는 것도 그렇게 힘들지 않다. 그런데 이번에는 견디기 힘들었다. 소장과 이토코가 팽팽한 긴장 상태를 유지하고 있었기 때문이다.

차가 발견되면서 이토코와 신야의 이야기 중 일부는 근거가 생겼으니 조금은 의혹을 풀어도 좋을 것 같은데, 그렇게 곧장 안면을 바꿀 수 없다는 점이 나이 찬 딸을 가진 아버지의 어려운 점일 것이다. 소장은 좀 더 중증이라 이토코의 옆을 지나갈 때는 오른손과 오른발을 동시에 내미는 어색하기 짝이 없는 모습을 보이곤 한다.

견딜 수가 없다. 나까지 숨이 막힐 것 같다.

그래서 잠깐 돌아다녀 볼까, 하고 생각했다. 우에쿠사 씨의 아파트 주변을 얼쩡거리고 다니다 보면 뭔가 수확이 있을지도 모른다.

설사 정보를 얻는다고 해도 네가 그걸 어떻게 하겠다는 거냐? 이렇게 묻는 분이 있을지 모른다. 그건 맞는 말이지만 아무러면 어떤가. 나한테밖에 도움이 되지 않는 정보라도 알고 있는 것과 모르고 있는 것은 결정적인 순간에 하늘과 땅만큼의 차이를 만든다. 이번 건으로 '결정적인 순간!'이 찾아올 것 같은 예감은…… 거의 없지만 그래도 어쨌거나 기분 전환은 된다.

단독으로 행동하는 건 이른 아침으로 제한하고 있다. 한낮에 주인도 목줄도 없는 개가 돌아다니면 괜한 소동을 일으키는 경우가 있기 때문이다.

집 뒤에 있는 나의 전용 출입구를 통해 밖으로 나온다. 거리는 엷은 어둠에 잠기고 동쪽 하늘만 상기된 볼처럼 붉은 기운이 감돌고 있다. 오늘도 더울 것 같다.

낡은 집들이 철거되고 새로운 아파트 단지가 즐비해지면 거리에서 개가 없어진다. 개를 키울 마당이 없기 때문이다, 관리 규제로 금지되어 있다, 이렇게 자동차가 많으면 산책도 목숨을 걸고 해야 한다 등등. 어슬렁거리고 돌아다녀도 도무지 우리 동족을 조우하는 일이 없으니 쓸쓸한 일이다.

'하지만 실내견이라는 게 있지 않은가?' 이렇게 생각하시는가? 그건 개가 아니다. 일종의 장난감에 지나지 않는다.

아파트 근처 두부 가게에서 활기차게 뛰어다니는 개 한 마리를 발견했다. 비지만 먹여 키운 게 아닐까 싶을 정도로 새하얀 털을 갖고 있고, 몇 마디 해 보니 머릿속도 하얗게 비어 있었다. 시간 낭비다.

두 번째로 마주친 개는 전당포에서 기르는 녀석이었다. 좁은 일방통행 도로 끝, 다리 부근에 작은 간판이 나와 있는데, 그 아래에 있는 좁은 울타리 안에 살고 있었다.

"어이, 형제!"라고 아는 척을 하자 촌스러운 털 뭉치가 이쪽을 향해 고개를 돌렸다. 그럼 그게 머리였단 말인가. 그는 세인트버

나드다.

"안녕." 그가 말했다. "이 부근에서 못 보던 얼굴이군."

"평소에는 네가 자고 있을 때만 돌아다니니까."

인간의 목소리로 변환하면 '호, 호, 호!'와 비슷한 목소리를 내며 그는 웃었다. 나이로는 영감님이다.

"나는 허구한 날 졸기만 하니까."

"나도 비슷한 처지야. 당신 이 부근에서 작은 여자아이를 본 적 없나?"

"많이 봤지. 우리 집에도 하나 있어."

"그 여자아이, 하얀 슈퍼살롱 트렁크에 들어가는 버릇이 있는데."

영감님은 털북숭이 머리를 갸우뚱했다. "이 부근에서 하얀 슈퍼살롱을 타는 사람은 강 옆 아파트에 사는 화랑 주인뿐인데."

"관자놀이 옆이 하얗게 센 고상한 신사 말인가?"

"맞아. 자식이 없어서 개를 키우고 싶다고 말한 적이 있지."

우에쿠사 씨가 틀림없다.

"그 신사가 화랑을 경영하나?"

"그런 모양이야. 우리 젊은 주인이, 그림 감정을 부탁한 적이 있지. 대단한 안목이라더군."

"인품은 어때? 부자인가?"

영감님은 전당포 건물을 돌아다보았다. "마음만 먹으면 이 건물 하나를 통째로 살 수 있을 정도의 재력은 될걸. 그렇지 않다면 우리 젊은 사장이 그렇게 허리를 굽실거릴 리가 없지."

영감님은 선대 주인이 기르던 개인 모양이다. 젊은 사장에 대해서는 다소 비판적인 분위기가 있다.

"여자아이라고 하면……." 영감님은 앞다리 위로 턱을 얹었다. 많이 피곤한 것 같아 보였다. "희한한 아이가 있었던 적은 있지. 이 근처 학교에 다니는 아이는 아니었어."

"어떻게 희한한데?"

"지나가면서 나를 발견했어. 그때 우리 주인이 내 몸에 빗질을 하는 중이었는데 여자아이는 이렇게 말했어. '아저씨, 이 개 얼마예요?' 우리 주인은 기가 막혀 대답을 못하더군."

커다란 머리를 흔들흔들 흔들다가,

"개를 키우고 싶은 아이는 얼마든지 있고 우리 집에 와서 강아지가 태어나면 달라고 조르는 아이도 있어. 내가 아직도 새끼를 낳을 수 있다고 생각하는 점이 귀엽잖아. 그런데 다짜고짜 가격을 물은 건 그때 이전에도 이후에도 그 아이뿐이었지."

"어떤 아이였지?"

"귀엽게 생겼더군. 바로 저기 울타리 위로 머리가 보일 정도의 키에 긴 머리를 뒤에서 하나로 묶고 있었어. 왼쪽 뺨에 보조개가 있었어."

"그게 언제쯤이지?"

"벌써 한 달 전일 거야. 그때 이후로 주인이 두 번 더 털을 빗어 줬으니까."

영감님 뒤에 있는 툇마루 쪽에서 목소리가 들렸다.

"할머니. '멍텅구리'가 모르는 개랑 이야기를 하고 있어."

소리 나는 쪽을 보니 초등학교 2~3학년 정도의 여자아이가 거기에 서 있었다. 눈을 동그랗게 뜨고.

"우리 집에 사는 여자애야." 영감님은 반가운 듯 말했다.

"착한 아이군."

"할머니. 빨리 와 봐요. 정말 멍텅구리가……."

여자아이는 타닥타닥 복도를 달려간다. 영감님이 말했다.

"당신도 이제 여길 뜨는 게 좋을 것 같군. 내가 도움이 되기나 했는지?"

"그런 것 같아. 고마워. 그런데 당신은 정말 이름이 멍텅구리야?"

"저 아이는 그렇게 불러."

"옛날 내 동료 중에는 카시오페이아라 불리는 놈도 있었지."

"죽으면 별님이 되겠군."

가요코는 끈질기게 조사하고 잠복하면서 얼마간의 수확을 얻었다.

정보에 의하면 우에쿠사 씨는 단순한 화랑 경영자가 아니라 호텔도 하나 갖고 있다고 한다. 사랑의 성 같은 종류의 호텔이 아니고 나스 고원(도치기 현과 후쿠시마 현의 경계에 있는 활화산-옮긴이)에 있는 고급 리조트 호텔이다. 로비와 객실에는 우에쿠사 씨가 고른 그림과 석판화가 장식되어 있다고 한다.

"피카소의 작품도 몇 점 갖고 있는데 그중에는 '게르니카(피카소의 대표작 가운데 하나. 1937년 독일의 폭격에 의하여 폐허가 된 에스파냐의 북부 도시 게르니카를 그린 작품-옮긴이)'의 밑그림도 있는 모양이야. 그거 있잖아. 본격적인 제작에 착수하기 전에 몇 장 그려 보는 그림 말이야. 아무튼 우에쿠사 씨는 상당한 부자야."

"그렇다면……." 이토코는 우울한 얼굴로 턱에 팔을 괴고 앉아 있다. "그 여자아이가 무엇 때문에 트렁크에 들어갔는지 모르지만 드라마같이 영리 목적의 유괴일 가능성은 없는 것 같아. 도대체 뭘 하고 있었던 걸까?"

지난 일주일 정도 우에쿠사 씨는 거의 두문불출하는 생활을 하고 있다고 한다. 이틀에 한 번 부인을 만나러 병실을 찾는 일 말고 외출은 두 번밖에 하지 않았다.

"업무는 어떻게 처리하는 거지?"

"직원한테 맡겨 놓고 있겠지. 화랑 쪽을 들여다봤는데 씩씩하고 예쁜 여자가 있었어."

두 번의 외출 가운데 한 번은 은행, 한 번은 우체국에 갔다고 한다. 모르는 척하고 따라가 보니 은행에서는 우에쿠사 씨의 얼굴을 본 순간 안쪽 데스크에서 관리직 은행원이 벌떡 일어나 응접실로 안내했다고 한다.

"우체국에서는?"

"소포를 보냈어. 몹시 붐벼서 수신인이 누구인지 엿볼 수 있을 정도로 가까이 가지는 못했지만, 창구 사람한테 '등기로 보내려면 이렇게 하면 됩니까?'라고 물었어."

우에쿠사 씨 주변에 현재 이렇다 할 여자아이는 눈에 띄지 않는다. 그리고 그는 오토바이도 타지 않고 보통 승용차 면허만 소지하고 있다.

"전혀 수상한 사람이 아니야. 오히려 훌륭한 신사야."

이토코는 고개를 갸우뚱한다. 약간 불만스러운 것 같다.

"하지만 분명 여자아이는 자동차 트렁크 안에 있었어. 그 차가 우에쿠사 씨의 소유라면 그 사람 뭔가 수상한 점이 있을 거야."

"그렇게 앞서가지 마. 신중하게 대처하는 게 조사의 핵심이야."

그렇게 타이르며 가요코는 그날 밤도 외출 준비를 했다.

"언니, 무리하지 마."

"괜찮아. 위험할 것도 없는데 뭐."라며 웃는다.

그렇단다. 이토코. 걱정하지 마. 야간 잠복에는 나도 같이 가니까.

"게다가 나도 흥미가 생겼어. 왠지 이 사건은 이제 너랑 신야만의 문제가 아닌 것 같다는 생각이 들기 시작했어."

그 감은 정확했다.

6

밤 12시 20분.

가요코는 우에쿠사 씨를 지켜보기 시작하면서 심야 잠복은 3시까지로 정해 놓았다. 마음 같아서는 밤새 지켜보고 싶지만 교체 요원이 없으니 어쩔 수 없다.

3시로 결정한 것은 우에쿠사 씨의 아파트 바로 근처에 있는 택시 회사가 그 무렵이 되면 운전사의 근무 교대 등으로 움직이기 시작한다는 것을 알았기 때문이다. 운전사들이 활동을 시작한다는 것은 보는 눈이 많아진다는 의미다. 우에쿠사 씨도 그건 잘 알고 있을 테니까 뭔가 행동을 개시하고자 했다면 3시 이후는 피할 것이다.

가요코와 내가 탄 차는 우에쿠사 씨의 아파트 입구가 잘 보이는 위치에 서 있었다. 노상주차이긴 하지만 건축계획서가 붙어 있는 것으로 보아 철거를 앞둔 빈집 앞이니 어느 정도는 용납이 되는 장소일 것이다.

"아하함……."

가요코는 늘어지게 하품을 하고 기지개를 켜더니 조수석에 있는 내 머리를 톡, 톡, 가볍게 두드렸다. 묘하게 텅 빈 듯한 소리가 난 것은 나도 지루했기 때문일 것이다.

그때 우에쿠사 씨의 아파트 현관문이 조용히 열렸다.

가요코는 얼른 자세를 낮췄다. 밤새 켜 있는 전등에 우에쿠사 씨의 얼굴이 또렷하게 보인다. 어딘가 인상이 고약해 보이는 것은 노란 전등 탓일까.

처음 만났을 때와 같은 편안한 차림새였다. 발소리가 나지 않는다. 바닥이 고무로 된 신발을 신고 있는 모양이다. 그는 아파트를 돌아 뒤쪽으로 갔다.

어디로 가는 거지? 혹시 차를 가지러 가는 걸까. 가요코는 신중하게 시동을 걸고 차를 출발시켜 아파트 앞을 가로질러 나아갔다. 일방통행 길에서 벗어나 앞서 가려는 것이다.

잠시 후 하얀 슈퍼살롱이 보였다. 아니나 다를까 우에쿠사 씨는 차를 타고 외출했다. 간선도로로 나오더니 오른쪽 깜빡이를 켜고 미끄러지듯 우회전했다. 그리고 속도를 내서 달리기 시작했다.

가요코는 다섯을 세고 나서 그 뒤를 쫓았다. 길이 텅 빈 심야의 미행은 더욱 어렵다. 그러나 한편으로는 다른 차가 중간에 끼어드는 일이 없기 때문에 어느 정도 간격을 두고 따라가도 된다.

편의점과 비디오 가게의 불빛이 휘황하게 빛나는 밤거리를 슈퍼살롱은 조용히 달려간다. 가요코는 한껏 조심스럽게 따라가면서 이따금 샛길로 들어갔다 얼른 다시 나오기도 했지만 아마 그런 시도도 별로 필요없을 것 같았다. 우에쿠사 씨가 뭘 하려는 것인지 모르겠지만 미행당할 걱정만은 하지 않는 것 같다. 차는 그야말로 여유롭게 달리고 있었고 속도도 항상 일정했다. 교차로에서는 충분히 속도를 늦춰서 건너갔다.

이윽고 차는 중심가를 벗어나 큰 다리를 하나 건너 창고와 공장이 즐비하게 서 있는 곳으로 갔다. 이 부근은 더 이상 나의 행동 범위가 아니라서 위치감각이 확실하지 않다. 그러나 조금 열려 있는 창으로 불어드는 바람에 어렴풋이 진흙과 물 냄새가 섞여 있는 건 알 수 있었다.

조금 더 달리니 창밖은 캄캄한 밤중이었다. 목을 쭉 빼고 보니 끝도 없는 평지에 낮은 울타리가 길게 둘러쳐 있는 것이 보인다.

아마 운동장이나 공원 예정지인 듯하다. 울타리 군데군데 표지판이 걸려 있다.

가요코는 핸들을 오른쪽으로 꺾어 전방에 보이기 시작한 Y자 도로를, 울타리에서 벗어나 간선도로로 돌아가는 방향으로 달리기 시작했다. 우에쿠사 씨는 울타리를 따라 계속 왼쪽으로 달려간다. 거리가 너무 많이 떨어지기 전에 가요코는 먼저 전조등을 끄고 나서 차를 세우더니 나를 데리고 차에서 내렸다. 멀리 사라지는 슈퍼살롱의 미등이 빨갛게 보인다. 그 뒤를 쫓아 이번에는 뛰어가기 시작한다.

울타리를 왼쪽에 두고 계속 달리다 보니 100미터 정도 앞에서 슈퍼살롱이 서 있는 게 보였다. 시동을 켜 놓은 상태로 우에쿠사 씨는 트렁크에서 뭔가를 꺼내고 있다.

…… 플라스틱 통인 듯하다.

가요코와 나는 주위를 둘러보았다. 울타리 너머는 넓은 풀밭이고 왼쪽 안쪽으로 낡은 타이어가 피라미드 모양으로 쌓여 있다. 우에쿠사 씨가 있는 방향으로는 쓰러져 가는 막사 같은 건물 하나가 있다.

코에 느껴지는 바람은 축축하다. 원래는 습지나 연못이었던 곳을 메운 땅인지도 모른다. 그렇다면 저 건물은 펌프실인가. 어쨌거나 지금은 아마 사용되지 않을 것이다. 이따금 밤바람에 함석지붕이 들썩거리면서 철렁철렁 가벼운 소리가 들린다.

우에쿠사 씨가 대담하게도 플라스틱 통을 울타리 너머로 던졌다. 그리고 자신은 담을 넘는다. 그의 시선이 높은 곳으로 향하자 가요코는 얼른 땅바닥에 엎드렸다.

우에쿠사 씨는 행동이 민첩하다고는 말할 수 없었다. 담 위로 올라가기는 했는데 발 디딜 곳이 없어 쩔쩔매고 있다. 그가 머리부터 떨어지면 도와줘야 한다는 생각을 하고 있는데 잠시 후 무사히 반대쪽으로 뛰어내렸다. 충격이 발꿈치에서 머리로 떵하고 전해졌는지 웅크리고 앉아 있다.

"위험해." 가요코가 중얼거린다. "뭘 하려는 거지?"

겨우 몸을 일으켜 플라스틱 통을 들고 걷기 시작한다. 발걸음이 막사 쪽으로 향하고 있다. 자동차 시동은 여전히 끄지 않은 상태. 전조등도 그대로 켜 놓은 채로. 초보자다.

우에쿠사 씨는 막사에 도달하자 일단 플라스틱 통을 발치에 놓고 문을 여는 작업에 착수했다. 일그러진 문이 삐걱거리는 소리와 부스스 녹이 떨어지는 금속성 소음이 들렸다.

플라스틱 통을 들고 우에쿠사 씨는 막사 안으로 사라졌다.

나는 호흡수를 세기 시작했다. 내 호흡이 아니고 가요코의 숨소리를.

서른다섯까지 셌을 때 막사 문이 열리고 우에쿠사 씨가 뛰쳐나왔다. 달리기를 하는 아이처럼 열심히 뛰어온다. 그가 막사와 차의 중간 지점까지 왔을 때 막사의 문과 판자로 막아 놓은 창에서 펑 소리가 나면서 불길이 뿜어져 나왔다.

가요코가 일어섰다. 우에쿠사 씨가 전속력으로 질주하고 있다. 막사를 끼고 정확하게 반대쪽에서 눈을 확 부릅뜬 것처럼 두 개의 빛이 번쩍였다. 다른 차가 있었던 것이다.

빨간 스포츠카 같았다. 튕겨 나오듯 문이 열리고 사람 둘이 튀어나온다. 남자와 여자. 연인이다. 남자가 막사로 달려왔다가 다시 담까지 가서 기어오르려고 용쓰고 있는 우에쿠사 씨를 발견했다.

"어이! 기다려요!"

젊은 목소리였다. 가요코는 얼른 쪼그리고 앉았다. 남자는 계속 쫓아가 침팬지처럼 담에 매달려 있는 우에쿠사 씨를 잡았다.

"어이, 미키. 110(일본의 범죄 신고 번호-옮긴이)에 신고해! 얼른! 방화범이야, 이 자식!"

미키라 불린 여자는 스포츠카 쪽으로 뛰어갔다. 그들이 카폰을 갖고 있는 부유한 젊은이라면 경찰차가 도착하는 시간은 몇 분밖에 걸리지 않을 것이다.

"마사, 가자. 이렇게 되면 어쩔 수 없지."

가요코는 내 목을 두드렸고 우리는 함께 우리들의 차로 돌아왔다. 시동을 걸고 달리기 시작했을 때 멀리서 사이렌 소리가 들렸다. 돌아보니 막사의 불길은 잦아들고 있었다. 불에 타 무너지는 판자 틈새로 붉은 화염이 날름거리고 있었다.

"왜 그런 짓을 했을까."

가요코는 혼잣말을 하고 핸들을 가볍게 두드리며 한숨을 쉬었다.

"그래도 그렇지, 어차피 할 거면 조금 더 신중하게 했으면 좋을 텐데, 잡히고 말았으니 우리가 넌지시 사정을 들어주고 싶어도 그럴 수가 없잖아. 그치?"

우에쿠사 씨가 저지른 방화에 대한 뉴스는 이튿날 조간신문에 실렸다.

불에 탄 건물이 귀중한 것이었거나 안에서 시체가 발견되었기 때문은 아니다. 범인 우에쿠사 씨가 기삿거리가 될 정도로 비중이 있는 인물이었기 때문이다. 사리분별이 현명하고 부유한 남자가 한밤중에 몰래 차를 끌고 가서 공유지에 있는 낡은 펌프실(이었다고 한다)에 휘발유를 뿌리고 불을 질렀다는 것이 세간의 흥미를 끌었던 게 분명하다.

신문 기사로는 자세한 내용을 알 수 없어서 가요코는 그 날 오후 텔레비전에 주목했다. 와이드쇼 프로그램이었다. 소장도 이토코도, 그리고 신야도 와서 다 같이 화면을 들여다보았다.

이 뉴스는 두 번째 화제로 다루어졌다. 우에쿠사 씨의 얼굴 사진도 나왔고 문제의 펌프실 앞에는 리포터가 서 있었다. 불을 지르거나 말거나 대단한 변화는 없을 것처럼 보이는 다 낡은 건물이다.

리포터의 보고에 의하면 우에쿠사 씨는 경찰에서 "아내가 아픈 지 오래되었고, 사업에도 별로 흥미가 없어졌다. 뭔가 속 시원한 일을 하고 싶어서 가건물에 불을 질렀다." 등 순찰차를 도발하면서 추적놀이를 하는 10대 폭주족 같은 소리만 늘어놓은 모양이다.

"언니는 어떻게 생각해?"

"거짓말이야." 가요코가 즉각 대답했다.

"본인이 말한 것처럼 불현듯 방화하고 싶었던 게 아니고?"라는 신야.

"불현듯 방화를 하려면 근처에 쓰레기 집하장 같은 것도 있잖아. 왜 굳이 그런 데 가서 담을 넘으면서까지 그런 짓을 하느냐고."

"펌프에 원한이라도 있는 거 아닐까? 빨려들었던 적이 있었다던가."

이토코가 말없이 신야의 머리를 쳤다. 화면에서는 리포터가 이 공유지의 관리책임자에게 이야기를 듣고 있었다.

"전부터 젊은 사람들이 들어와 쓰레기를 버리고 가는 바람에 골치를 앓았습니다."

"사람이 드나들 수 있는 상태라는 말입니까?"

"담을 넘으면 간단히 들어갈 수 있습니다. 담 자체도 일부가 자동차에 부딪혀 무너진 곳도 있고."

우리가 본 두 연인은 스포츠카를 타고 그리로 들어갔을 것이다.

"우리로서도 아직 부지 조성조차 되지 않은 곳에 엄중한 경비를 할 필요도 느끼지 않았고, 그런 예산도 없었습니다."

"펌프실을 방치함으로써 생기는 위험은 없었습니까?"

"안에는 아무것도 남아 있지 않았습니다. 바닥도 다 벗겨져 있고요. 부랑자도 들어와 자고 싶은 생각이 들지 않을 겁니다. 그런 데서는."

화면이 바뀌어 우에쿠사 씨의 아파트가 나왔다. 정면 현관에서 조금 전 리포터보다 젊은 미인이 마이크를 들고 있었고 옆에 관리인이 서 있었다. 이번에도 빗자루를 들고 있다. 이 기회에 본사에 자신의 근무 태도를 과시할 생각인지도 모른다.

관리인이 우에쿠사 씨는 어떤 인물인지, 요즘 들어 이상한 모습은 보이지 않았는지 등 뻔한 질문에 대답하는 사이에 카메라가 이동하여 모여든 구경꾼들을 비췄다. 대부분이 주부지만 담배를 입에 문 택시 운전사도 있었다. 카메라는 무표정과 호기심이 뒤섞인 구경꾼들의 얼굴을 천천히 훑어 나가고 있다.

그때 신야가 큰 소리로 외쳤다.

"저거! 저 아이야! 방금 그 아이. 트렁크에 들어갔던 여자아이야."

"어디!"

이토코와 소장이 나섰다. 그러나 카메라는 이미 다른 곳으로 이동하고 있다. 이토코는 초조했다.

"틀림없는 거야?"

"클로즈업으로 봤어. 가자, 아직 있을지도 몰라."

이토코의 손을 잡아당기듯 일어선다. 가요코는 앉은 채 침착하게 말했다.

"그 아이가 있다 해도 이것저것 물으면 안 돼. 이야기를 걸어도 안 돼. 신원을 알 만한 뭔가를 확실하게 찾아내서 돌아와야 해. 그 정도면 돼!"

두 사람이 나갔다. 30분 정도 지나 투덜투덜 볼멘소리를 주고받으면서 돌아왔다.

"벌써 없어졌대. 정말 틀림없이 본 거야?" 이토코가 퉁명스럽게 물었다.

가요코는 비디오를 되감고 있었다.

"만약을 위해 이런 때는 녹화해 두는 거야."라며 시작 버튼을 누른다. "다시 한 번 보고 손가락으로 콕 짚어서 알려 줘."

"스톱!" 신야가 소리쳤을 때 화면에는 한 소녀가 찍혀 있었다. 밤색에 가까운 밝은 색깔의 머리칼을 하나로 묶고 있다. 열두 살 정도나 됐을까.

화면은 가슴에 상품 로고가 들어간 폴로셔츠를 입은 상반신을 클로즈업하고 있었다. 가슴은 아직 납작하지만 그럼에도 불구하고 어딘가 모르게 독특한 '색깔'이 있는 소녀였다. 정지 화면 속에서 그녀는 리포터의 얼굴을 바라보고 있다. 입술 끝에

혀끝이 살짝 나와 있다.

소녀의 왼쪽 볼에는 보조개가 패어 있었다.

소장이 실눈을 하고 몸을 내밀었다.

"배지를 달고 있군."

가요코가 리모컨을 조작했다.

"이래서 비디오는 기능이 다양한 제품을 구비해 둬야 한다니까."

여자아이의 폴로셔츠 가슴을 확대했다. 학교 배지와 함께 손으로 쓴 명찰을 나란히 달고 있었다.

명찰에는 '시라토리 미즈에'라고 쓰여 있었다.

7

학교와 이름을 알면 나머지는 누워서 떡 먹기다. 이튿날 그녀의 주소까지 알아낼 수 있었다. 두 역을 더 지나서 있는 동네로, 그녀는 그 지역 초등학교 6학년.

주소를 찾아가니 하얀 벽의 콘크리트 주택이 보였다. 돌출된 창에 레이스 커튼이 흔들리고 있다. 문은 두 개였다. 하나는 '시라토리 가즈오, 리쓰코, 미즈에'라는 문패가 걸려 있는 문이고, 또 하나의 문에는 '시라토리 하우스키핑 서비스'라는 간판이 걸려 있었다.

나는 몰랐지만 '하우스키핑'이라는 것은 요컨대 '청소 대행'을 의미한다고 한다.

"요즘 유행하는 직종인데."라고 말하는 가요코. "시라토리 씨의 가게는 아마 장사가 잘 되지 않는 것 같아. 아무래도 경제가 어려우니까. 일종의 사치 산업인걸. 시라토리 씨는 2년 정도 전에 회사를 그만두고 개업했는데 파리만 날리고 있는 모양이야."

시라토리 일가의 이웃들은 가요코가, '사실은 시라토리 씨의 주거래 은행에서 의뢰를 받은 조사원입니다만'이라는 구실을 붙여 넌지시 질문을 유도하자 오히려 가요코 쪽이 놀랄 정도로 많은 이야기를 들려주었다고 한다.

"한때는 불티나게 장사가 잘됐지요. 손님이 끊이질 않았대요. 하지만 그것도 한때였어요. 주인이 전에 근무하던 청소용품 대여 회사에서 닥치는 대로 단골을 빼돌리는 수법이었으니까. 그게 들통이 난 후부터는 고객 의뢰가 없어진 거지요. 손님이 오는 낌새라고는 아예 없는 것 같더라고요."

"대충 겉치레만 그럴싸하게 꾸미느라 남에게 피해가 가는 건 생각도 하지 않는 사람이에요. 남편이나 그 마누라나 똑같아요. 가끔 요란하게 차려입고 외출을 하더라만 그런 돈은 어디서 나오는지."

"미즈에, 그 아이도 날이면 날마다 못 보던 새 옷만 입고 다니잖아요. 바겐세일에 나오는 물건 따위는 사 본 적도 없다고 자랑하더래요. 우리 아이가 그러더라고요."

시라토리 가의 주차장에는 미드나이트블루 세단 한 대와 오프로드용 오토바이 한 대가 서 있었다는 것까지 확인하고 가요코는 돌아왔다.

"생각해 봤는데."라고 서두를 꺼내더니 소장이 말했다.

"공갈 협박일까?"

가요코는 고개를 끄덕였다. "빌미는 뭔지 알 수 없지만 일단 틀림없이 그런 것 같아요. 우에쿠사 씨가 뭔가 약점을 잡힌 거지요. 그래서 돈을 지불했어요. 은행에서 돈을 찾아 사서함 소포우편으로 보냈겠죠."

"펌프실 방화는?"

"그 안에 공갈의 빌미가 될 뭔가가 남아 있었던 게 아닐까요? 어쩌면 우에쿠사 씨가 지레짐작으로 괜한 걱정을 했는지도 모르지만. 걱정과 불안을 이기지 못하고 불을 지르러 갔던 게 아닐까 싶어요. 잡힌 건 큰 오산이었겠지만."

"하지만 어떻게 확증을 잡지?"

소장의 질문에 가요코는 미간을 찡그렸다.

"이런 일은 별로 하고 싶지 않지만 어쩔 수 없어요. 미미 씨한테 부탁해 보죠."

미미 씨는 하스미 사무소의 고참 조사원 중 한 명이다. 부탁이 들어오면 의뢰를 받아 움직인다. 이름만 미미였지 젊은 여자는 아니다. 아저씨다. 귀여운 애칭이 붙은 건 그의 전문분야 때문이다.

미미 씨는 도청 전문가이다.

"주택가인데다 이웃들이 까다롭게 물어볼 것 같아서 전화선에 장치를 해 놓을 수 없어. 마사를 좀 빌려도 될까?"

가방 하나를 들고 온 미미 씨는 차근차근 계획을 세웠다.

나는 먼저 미미 씨에게 이끌려 시라토리 가 근처를 산책했다. 그리고 시라토리 가의 주차장으로 들어가 미드나이트블루 세단의 지붕에 뛰어올라가서 쿵쿵 제자리 뛰기를 해서 발자국을 잔뜩 만들어 놓았다. 내친김에 발톱으로 오토바이도 긁어 여기저기 칠을 벗겨 냈다.

"이 녀석, 어찌 된 영문인지 신이 나 갖고는."

나를 잡아끈 미미 씨는 시라토리 가의 사람들에게 굽실거리며 사과했다. 그리고 이튿날 '청소비로 받아 주십시오'라며 돈 얼마를 과자처럼 포장해 가지고 다시 찾아갔다. 시라토리 부인은 현관에서 이렇게 맞을 수는 없다며 안으로 들어오라고 안내했다.

"끝났어."

하스미 사무소로 돌아온 미미 씨는 보고했다.

"주방 식기선반 뒤에 붙여 놓고 왔어. 자, 이제 테스트해 볼까."

구체적인 대화 내용을 포착할 때까지 가요코와 미미 씨는 시라토리 가 근처에 세워 놓은 차 안에서 5일간 잠복했다. 차는 시라토리 가에서는 보이지 않는 위치에 세워 놓고 그 부근의 집에 다가는 전에 했던 대로 '시라토리 씨의 주거래 은행의 의뢰로' 왔다는 구실을 설명하자 납득해 주었다. 자동차 안에서 뭘 하고 있는지 알지도 못하면서 어떤 집 부인은 두 사람에게 커피를 갖다 주더란다. 이웃이란 방심할 수 없는 존재다.

성과를 얻고 돌아온 가요코는 치통이 엄습하기라도 한 듯한 얼굴을 하고 있었다.

"그 사람들 다음 작전을 짜고 있었어."

"작전? 도대체 뭘 하는 거래?"

가요코는 몸을 부르르 떨었다.

"가장 가까운 표현으로 말하자면 '미인계'가 되겠지……."

8
"지금 생각해 보면 왜 그런 짓을 하려고 했는지 스스로도 알 수가 없습니다."

우에쿠사 씨는 테이블 위로 시선을 떨어뜨린 채 떠듬떠듬 말했다.

'라 시나' 안에 들어와 있다. 문에는 '오늘은 단체예약'이라는 팻말을 걸어 놓았다. 우에쿠사 씨를 지켜보고 있는 건 하스미가의 세 식구와 마스터, 그리고 신야. 가요코의 발치에는 내가 앉아 있다.

우에쿠사 씨 옆에는 그를 보석으로 석방시킨 변호사 선생이 안경을 빛내고 있다. 약속을 잡았을 때 "변호사를 동석시키고 싶습니다만……."라는 우에쿠사 씨의 제안에 모두가 찬성했다.

우에쿠사 씨에게는 하스미 사무소가 이 건에 관계하게 된 경과를 설명하고 시라토리 가의 도청 테이프를 들려주었다. 변호사는 눈을 부릅떴지만 우에쿠사 씨는 무거운 짐을 내려놓은 듯한 얼굴로 이야기를 시작했다.

"미즈에랑 처음 알게 된 건 3개월 정도 전입니다. 하루에 한 번 근처 공원을 산책하는 습관이 있는데, 어느 날 그 아이가 먼저 말을 걸어 왔습니다."

"당신의 그 습관을 미리 조사했던 겁니다." 가요코가 말했다.

우에쿠사 씨는 전에 한 번 '시라토리 하우스키핑 서비스'에 일을 의뢰한 적이 있다고 한다. 그때 그들을 작전대상으로 점찍었다는 이야기다.

"우리 부부에게는 아이가 없습니다. 아이를 간절히 원해서 젊은 시절에는 병원에도 꽤 열심히 다녔지요. 그래도 아이가 생기지 않아서…… 포기하고 있었는데 이 나이가 되어, 더구나 아내가 오래 앓고 있지 않습니까. 새삼스럽게 쓸쓸함이 몸에 사무쳤습니다. 아내도 '자식만 있었다면 당신도 적적함이 훨씬 덜할 텐데'라며 울먹이곤 했습니다."

옛날에 나를 보살펴 준 검시의 선생을 떠올렸다. 그때 선생 부부도 비슷한 말을 한 적이 있다. "자식이라도 있었으면……. 안 그래요?"라고.

"그럴 때 만난 미즈에는 마치 천사처럼 보였습니다. 나를 잘 따르기도 했고……. 책을 읽어 주기도 하고 학교에서 있었던 일을 이야기해 주기도 했습니다. 그런 일이 외국에서나 일어날 사건 같다는 생각이 들었습니다. 새삼 자식을 키우는 경험을 해 보지 못한 아쉬움이 간절해져서."

소장은 말없이 눈을 감고 있다.

"그 아이의 웃는 얼굴은 너무나 정겹고 예뻤습니다. 자연스럽게 우리 집에 놀러 오게 되었지요. 우리 집에 있는 물건을 하나씩 들고 예쁘다, 예쁘다, 했고. 저와 함께 핫케이크를 구워 먹은 적도 있습니다."

꽤나 즐거웠을 것이다. 지금도 그 이야기를 하는 우에쿠사 씨는 입가에 희미하게 미소를 짓고 있다.

"우리는 처음부터 '부녀 놀이'를 했던 겁니다. 미즈에가 제안했었지요. '내가 아저씨 딸이 되어 줄게요'라고 말이지요. 물론 어두워지기 전에 돌려보냈고 집 근처까지 차로 데려다 줄 때도 있었습니다. 그러다가 언제부턴가 그 아이가 이상한 말을 하기 시작했습니다."

"난 아빠, 엄마의 친딸이 아닐지도 몰라요."

"부모가 무척 냉정하다고 했습니다. 전혀 보살펴 주는 기색이 아니었다고 합니다. 자기 같은 건 없어졌으면 좋겠다고 생각한다나요. 죽어 버리고 싶다고…… 그러면서 울었습니다. 나는 열심히 설득했습니다. 자식을 사랑하지 않는 부모가 어디 있느냐고. 그래도 그 아이는 듣지 않았습니다. 내가 눈을 떼는 사이에 우리 아파트 옥상에서 뛰어내리려고 한 적도 있었죠."

물론 제스처에 불과했을 것이다.

"나는 미즈에한테 비밀로 하고 아이의 부모님을 만났습니다. 사정을 이야기하니까 일단은 알았다는 얼굴을 하긴 했지만 아무리 봐도 진지하게 받아들이는 기색이 아니었습니다. 난감했습니다. 이대로 가다간 미즈에가 정말 자살하거나 집을 뛰쳐나올지도 모른다는 생각이 들었습니다."

우에쿠사 씨는 그들의 계략에 완전히 말려들었던 것이다.

"그럴 때 미즈에가 말했습니다. 내가 정말 하룻밤 모습을 감추면 아빠랑 엄마가 걱정해 주는지 아무렇지도 않은지 알 수 있을지도 모른다고. '그렇게 해 보면 어떨까요, 아저씨.'라고 말이 지요."

"언젠가 텔레비전에서 봤어요. 여자아이가 유괴당해 자동차 트렁크에 갇혀 어딘가로 끌려가는 걸. 그 흉내를 한번 내 보면 어떨까요."

이렇게 말했다고 한다.
소장이 이마를 탁 쳤다. 나도 딱 그러고 싶은 기분이었다.
"그래서 드라마랑 그렇게 똑같았던 거군." 신야가 중얼거렸다.
"물론 나는 처음에는 반대했습니다. 그런 시늉은 하지 않아도 된다고, 아빠나 엄마는 미즈에를 진심으로 사랑하고 있다고, 믿어야 한다고. 하지만 그 아이는 듣지 않았습니다. 그래서……."
우에쿠사 씨는 눈을 들어 한심한 듯 고개를 흔들었다.
"결국 나는 그 아이의 마음을 녹일 것 같은 미소에 지고 말았던 것입니다."
계획은 단순했다. 미즈에가 우에쿠사 씨의 아파트에 있다가 한밤중이 되기를 기다려 자동차 트렁크에 들어가는 것.
"꼭 진짜 트렁크가 아니어도 된다고 나는 말했습니다. 하지만 그 아이는 '내가 조수석에 타고 있다가 혹시 경찰에게 심문을 당하거나 해서 아저씨한테 성가신 일이 생기면 안 되잖아요'라고 말했습니다."

맙소사, 이 아이는 타고난 사기꾼인지도 모른다.

"그날 밤 나는 미즈에와 같이 방을 나갔습니다. 그런데 문을 잠글 때 안에서 전화벨이 울리기 시작했습니다. 아내의 병원에서 긴급한 연락이 올 수도 있기 때문에 다시 들어와 전화를 받았습니다. 그 아이는 먼저 가고 나중에 쫓아가 보니 아이 혼자서 트렁크에 들어가 있었습니다."

이토코와 신야가 맞닥뜨린 순간이 바로 그 장면이었던 것이다. 밤이었다고 하지만, 그리고 신야가 속도를 늦추고 조용히 달렸다고 하지만 다가오는 오토바이 소리에 전혀 신경을 쓰지 못했던 점이 영악한 듯하면서도 역시 아이다웠다.

"나는 트렁크 뚜껑을 닫고 그 펌프실로 갔습니다. 그 장소를 지정한 것도 미즈에였지요. 이따금 혼자가 되고 싶을 때 가는 장소라면서. 거기서 하룻밤을 보내고 아침에 집으로 돌아갈 계획이었습니다. 부모한테는 '모르는 아저씨한테 끌려갔었다. 줄곧 혼자 방치되어 있다가 도망쳤다'라고 설명하기로 되어 있었습니다."

그런데 실제로 막상 펌프실 안으로 들어간 순간, 미즈에의 아버지가 그곳에 나타났던 것이다.

"'당신, 우리 딸한테 무슨 짓을 할 작정이지!'라고 냅다 고함을 쳐서 나는 거의 제정신이 아니었습니다. 당사자인 미즈에는 그 자에게 매달려 '무서워, 무서워' 하며 우는 겁니다. 아버지는

'딸이 돌아오지 않아 온 사방을 찾아다녔다. 혹시 당신 집에 있는 게 아닐까 싶어 가 봤는데, 한밤중에 차를 꺼내 이렇게 인적도 없는 곳에 와 있으니 무슨 짓이오?' 그러면서 트렁크에서 딸을 꺼내 주며…… '도대체 무슨 짓을 할 생각이었지!'라고 소리를 쳤습니다. 그러니 객관적인 정황으로는 어떻게 봐도 상대의 말이 그럴듯하게 들리지 않겠습니까?"

가요코는 피곤한 듯 이마에 손을 댔다. "아이가 부모랑 한통속이 되어 그렇게 교묘한 사기 행각을 벌일 거라고는 그 누구도 생각하지 않겠지요."

우에쿠사 씨는 고개를 끄덕였다.

"그들이 얼마를 요구했습니까?" 변호사 선생이 물었다.

"5백만 엔입니다. 세상에 드러날 내 체면을 생각하면 싼 거라고 했습니다."

"그 돈을 건네줬겠지요? 그럼 왜 굳이 펌프실에 불을 지르러 갔습니까?"

우에쿠사 씨는 쓴웃음을 지었다.

"그건 내 공포심이 시킨 소행이었지요. '알았나? 여기 당신 지문이며 머리카락이 남아 있어. 우리가 경찰에 신고해서 조사하면 금방 당신 짓임이 밝혀질 거야. 증거가 될 테니까'라는 말을 들었거든요. 그들이 정말 고소라도 하면 그런 증거 따위는 있거나 없거나 대단한 차이는 없고 애당초 고소할 리도 없는 일이었지만. 그래도 역시 두려움이 가시지 않아…… 불을 질러 버리면 조금은 안심할 수 있다고 생각한 겁니다. 그 일로 잡히다니 정말 어리석기 짝이 없는 이야기지요."

"그 부분은 원만하게 처리할 수 있습니다." 변호사 선생이 안경을 닦으며 말했다. "우에쿠사 씨, 당신은 심신모약(心神耗弱, 심신의 정상적인 활동이 극히 곤란한 상태-옮긴이)이었던 겁니다."

우에쿠사 씨는 무심한 얼굴로 고개를 끄덕였다.

"그래서? 우리는 그 사건의 어디에 들어가는 겁니까?"

이토코가 물었다. 가요코가 한숨을 한 번 내쉬고 나서 이야기를 꺼냈다.

"너희는 미즈에가 트렁크에 들어가는 현장을 목격했어. 그때 그 아이 부모도 바로 가까이에 있었던 거야. 상황을 지켜보고 있었겠지."

"틀림없이 미즈에가 완전히 트렁크에 들어가는지 여부를 확인하고 있었을 거야." 소장은 얼굴을 한 번 문질렀다. "누가 뭐래도 부모는 부모니까. 걱정이 되었겠지."

가요코는 힘없이 고개를 끄덕이고 다시 말을 이었다.

"펌프실로 가려면 자신들의 차를 이용했겠지만 그 길은 노상 주차된 차량이 많아 세울 수가 없었을 거야. 아이의 부모는 자동차들 사이에 숨어서 보고 있었을 거야. 물론 오토바이가 다가오는 걸 알았겠지만 큰 소리로 미즈에한테 경고를 보낼 수는 없었겠지. 우에쿠사 씨에게 들리면 모든 게 허사가 되고 그밖에도 주변에 사람이 한 명도 없다는 보장은 없으니까. 그러고 있는 사이에……."

"내가 트렁크를 열어 버렸던 거군." 하고 말하는 신야.

"맞아. 그래서 진퇴양난이 된 그들은 신야와 이토코를 기절시키고 그 근처 차들 사이로 끌고 갔던 거야. 아 참. 미즈에의 아버지 가즈오라는 사람은 유도 실력이 있다고 했어."

"세상에!"라며 놀라는 마스터.

"오토바이도 일단 차 뒤로 이동시켜 놓았지. 간발의 차이였을 거야. 거기에 우에쿠사 씨가 왔고 나머지는 계획대로 된 거지. 그리고 펌프실을 향해 달려가기 전에 너희를 호텔까지 옮기는 작업이 있었겠지만 말이지."

"왜 하필 그따위 러브호텔 같은!"

"그 부근에 방치해 두면 나중에 복잡한 일이 생길지도 모르잖아. 게다가 그런 호텔이라면 누가 드나들었는지는 알 수도 없을 테고."

"내 오토바이를 움직인 건 누구지?"

"면허를 갖고 있는 사람은 어머니 리쓰코야. 그녀는 오프로드 투어링(비포장도로 질주 - 옮긴이)에 빠져 있었던 모양이야. 여성 라이더는 요즘 트렌드라더니."

"상당한 스포츠 실력을 가진 부부였군." 이토코가 내뱉듯이 말했다.

이제 됐어, 그만, 이라는 분위기의 침묵이 흘렀다.

"그래서?" 변호사 선생이 입을 열었다. "지금부터 어떻게 할 겁니까? 어떻게 할 것도 없겠습니다만."

"경찰은……." 말을 꺼내려던 이토코가 변호사의 얼굴을 바라본다. "…… 아무 짝에도 소용이 없겠지요."

가요코와 마스터가 의미심장한 얼굴로 마주 보았다.

"계획을 세웠습니다." 그녀는 미소를 짓는다. 그에 맞춰 마스터도 하얀 이를 드러내며 웃었다.

"제가 일단 미끼가 되어 그들에게 뜨거운 맛을 보여 주려고 합니다."

"어떻게?"

몸을 내미는 일동을 향해 가요코가 빙그레 웃었다.

"전에 우리 사무소에서 도움을 준 적이 있는 소극단이 지금 원자력발전소를 무대로 어떤 연극을 하고 있는데요……."

9

하스미 가 사람들에게 있어서 스낵바 라 시나의 마스터는 '과거 없는 남자'였다.

"사실 저는 이혼 경력이 있습니다." 마스터의 말에 다 같이 놀랐다.

"아이도 있습니다. 떨어져서 살고 있기 때문에 우에쿠사 씨가 말씀하시는 쓸쓸함은 저도 이해할 수 있습니다. 남의 일 같지가 않습니다."

우선 마스터가 손님을 가장하여 하우스키핑 서비스에 일을 의뢰했다. 그의 집을 찾아온 가즈오와 리쓰코는 마스터가 수집하고 있는 사쓰마 유리공예 컬렉션을 보고 군침을 흘리는 모습이었다고 한다.

"이번 같은 일은 처음이지만, 그 사람들 남을 속여 돈을 벌고 있는 거네요."

생각했던 것처럼 시라토리 가는 마스터를 작전 대상으로 찍어 덤벼들었다. 자연스럽게, 어디까지나 자연스러운 분위기로 미즈에를 대면시켜 친하게 만들었다. 마스터의 '고독'을 강조하기 위해 작전이 진행되는 동안 신야는 아르바이트를 쉬었다.

미즈에와 마스터는 다정한 사이가 된다······.

나머지는 예정된 코스다. 이번 요구는 3백만 엔. 거기다 사쓰마 유리공예 작품 몇 개를 달라고 요구해 왔다.

돈은 우에쿠사 씨가 마련해 주었다. 반드시 되찾아 주겠다고 약속하자 그가 말했다.

"되돌아올 돈은 내가 당신들에게 지불하는 요금으로 알고 받아 주십시오."

사쓰마 유리공예품은 마스터가 제공했다. 초보자의 눈으로는 알 수 없지만 수집품으로는 싸구려에 속하는 물건 한 세트를 준비해 두었던 것이다.

거래는 무사히 종료되었다. 역할을 마친 마스터는,

"기가 막히지만 그래도 미즈에라는 그 아이는 정말 악마도 녹일 정도로 깜찍한 아이입니다."라며 식은땀을 닦았다.

"나는 사정을 알고 있는데도 불구하고 어떤 건 아이가 원하는 대로 해 주고 싶고, 그 아이한테 미움을 받고 싶지 않은 심정이 되더라고요. 내가 이런 정도니 우에쿠사 씨는 어련했겠습니까? 나무아미타불 관세음보살!"

"그래서 전에 약속한 말은 잊지 않고 해 두었습니까?"라고 묻는 가요코.

"예. 물론입니다." 마스터는 고개를 끄덕인다. "제게 대학병원 방사선과에 근무하는 동생이 있는데 그 녀석도 자식이 없어서 힘들어한다고 했지요."

시라토리 가에 돈을 주고 나서 드디어 연극이 대단원의 막을 내리기 전에 나와 미미 씨는 다시 그들을 방문했다.

"저기, 온천여행을 다녀와서. 대단한 선물은 아닙니다만."

미미 씨는 용의주도하게 온천여행 기념 생과자 따위를 내놓고 커피를 대접받았다. 나는 현관에 묶인 채 기다렸다. 가능한

한 집에서 가까운 장소에 있도록.

결행의 날은 날씨마저 우리를 도와주었다. 태풍이 접근하여 도쿄는 폭풍이 불어닥친 것이다.

"이런 악천후를 뚫고 찾아오다니 진실성이 더욱 돋보이겠는걸. 분발하세요!"

가요코의 격려를 받으며 소극단 '신인류'의 배우 세 명이 시라토리 가로 몰려간 것은 10월 13일 금요일이 시작되는 자정 무렵이었다.

그들은 하나같이 무대의상으로 몸을 감싸고 있었다. 현재 공연 중인 〈도쿄가 사라진 날〉의 분장이다. 이것은 원자력발전소에서 대사고가 발생한다는 매우 불온한 연극으로 그 세 사람은 용감하게도 방호복으로 몸을 감싸고 가이거 계수기(Geiger 計數器, 방사능의 세기를 측정하는 장치-옮긴이)를 들고 격리지구의 오염도를 측정하러 가는 학자들을 연기하기로 했다.

나는 밖에 세워 둔 다인승 차 안에 있었지만, 그들의 대사를 하도 많이 들어 외울 정도다.

"시라토리 씨지요? 우리는 내각조사실 직속의 원자력특별위원회의 조사위원들입니다. 사실은……."

"최근 시이나라는 남자와 접촉하지 않았습니까? 라 시나라는 스낵바를 경영하는 사람입니다. 만났다고요? 그럼 그에게서 뭔가를 받아오지 않으셨습니까? 그건 어디 있습니까? 얼마나 오래 여기에 놓아둔 겁니까?"

"아셨습니까? 맞습니다. 그에게는 대학 방사선과에서 일하는 동생이 있는데……. 그 동생이 특수창고 안에서 농축우라늄을 훔쳐갔습니다. 아닙니다. 바로 잡혔습니다. 그런데 중요한 우라늄이 사라져 버려……. 그는 '형을 속인 놈들에게 복수하기 위해 썼다'라는 대답밖에 하지 않습니다. 저희도 난감해서……. 그의 형을 다그쳐서."

그들은 긴박감이 넘치는 대사를 연기한다. 그동안 들고 있는 가이거 계수기는 망가질 것 같은 소리를 요란하게 내고 있다. 아니, 사실은 안에 넣어 둔 녹음기에서 효과음이 흘러나오고 있을 뿐이지만.

이제 마지막 숨통을 끊는 순간이다.

"아마 그 형제가 공모하여 당신들에게 준 물건을 넣은 가방 안에 문제의 농축우라늄을 넣어 둔 모양입니다."

세 사람 모두 명연기였다. 그들이 서로 얼굴을 가까이 대며 "한시라도 빨리 격리해서 치료를……" "아니, 이미 늦었어. 그보다 이런 일이 언론에 알려지기라도 하면 큰일이지. 아예……."

처치해 버리는 게 좋겠지, 라는 말이 나오기도 전에 시라토리 일가 세 명은 입고 있는 옷 그대로 뒷문을 통해 허둥지둥 도망쳐 버렸다.

나는 뭘 하고 있었느냐고? 엄연하게 연극의 한 역할을 해냈

다. 방호복을 입은 배우가 부서운 얼굴을 하고 시라토리 일가를 데리고 와서,

"이 개를 보신 적이 있습니까? 있다고요? 그렇습니까……. 이 개의 주인은 오늘 아침 사망했습니다. 저희 병원에서……. 당신들은 나이도 그 사람보다는 젊으니까. 하지만 정말 속이 메슥거리거나 하지 않습니까?"

이렇게 겁을 주는 동안 다인승 차 안에 누워 시트를 뒤집어쓰고 당장이라도 숨이 끊어질 듯한 연기를 하고 있었으니까.

진짜 농축우라늄과 같은 지붕 아래 있었다면 이건 말도 안 되는 소리다. 하루 만에 끝장난다. 시라토리 일가가 그 '상식'을 깨닫고 돌아오기까지 과연 어느 정도나 걸릴까.

소극단 '신인류'의 배우들은 하스미 사무소에 신세를 갚을 수 있었다며 기뻐했다.

"이런 일 정도면 언제라도 도와드리지요. 하스미 씨 덕분에 우리 극단장은 형무소행을 면했는걸요."

이 작전을 위해 우에쿠사 씨가 제공한 돈은 무사히 돌아왔다. 그뿐만 아니라 처음에 협박으로 갈취당한 5백만 엔 중에 450만 엔 정도는 되찾을 수 있었다. 시라토리 가 식구들은 이런 식으로 갈취한 '위험한 돈'을 은행에 넣을 수가 없어 그대로 보관하고 있었던 것이다.

의논 끝에 하스미 사무소는 그중에서 실제 사용된 비용과 정해진 요금표에 따라 산출된 금액을 받았다. 남은 돈으로 우에쿠사 씨는 모두를 식사에 초대하고 나에게 새 목줄을 사 주었다. 독일어로 '가장 용감하고 충실한 친구'라는 말이 새겨져 있다고 한다.

　그 주말에 하스미 자매는 도시락을 마련하여 소장을 데리고 동물원에 갔다. 이토코는 신이 나 있었다.

　"아빠, 가끔은 좋네요. 기린이며 코끼리를 보는 것도."

　식구들이 집을 비운 사이에 나는 전당포 영감을 찾아갔는데, 영감이 '내 여자아이'랑 놀고 있어서 슬그머니 되돌아왔다.

　아주 조금이지만 마음을 녹일 것 같은 미즈에의 미소에 홀린 원인이 되었던 우에쿠사 씨의 쓸쓸함을 나도 이해할 수 있을 것 같았다.

　마지막으로 나는 꼭 알고 싶은 것이 있다.

　'신인류'의 배우들이 시라토리 가에 쳐들어갔을 때, 그들은 테이블에 현금을 펴놓고 세고 있었다고 했다. 아마 공갈로 벌어들인 돈을 세고 있었을 것이다.

　나는 알고 싶다. 그때 미즈에도 돈을 세고 있었는지를. 그리고 그녀가 과연 손가락을 핥으면서 세고 있었는지를.

　내기를 해도 좋다. 분명 그랬을 것이다.

누군가 나에게 가르쳐 주지 않겠는가. 아니, 뭐 기분이 우울해지는 이야기지만 그래도 왠지 흥미가 있지 않은가 말이다.
안 그런가?

손바닥숲 아래

1

 어느 날 하스미 탐정사무소를 찾아온 손님 하나가 방 한 귀퉁이에서 웅크리고 있는 나를 힐끗 본 다음 소장에게 이렇게 말한 적이 있다.

 "이 개는 매일 산책을 시키시겠지요? 산책을 시켜야 하는 이런 개를 기르는 게 귀찮지는 않나요?"

 그 손님(사람)은 중년 여자였는데 앉아 있는 내내 무릎 위에 안고 있는 치와와를 쓰다듬고 있었다. 이 치와와 꼬마는 주인에게 안겨 있다기보다 주인 팔의 일부가 되어 있었다. 어떤 종류의 견족은 퇴화하면 그런 신세로 전락하는 경우가 있다.

 서글프게도 나는 인간의 언어를 말하지 못한다. 그들의 말을 알아들을 수도 있고 이해할 수도 있는데, 내 입과 혀와 목으로 인간이 구사하는 언어를 발음하는 일이 불가능한 것이다. 나는 항상 이 사실에 매우 불편을 느끼지만 그 덕분에 이 손님은 나한테 아무 말도 듣지 않고 넘어갈 수 있는 것이니 인간에게는 무엇이 행복인지 도무지 갈피를 잡을 수가 없다.

내 생각을 말하자면 산책하지 않는 개는 개가 아니다. 간단한 이야기다.

그런데 소장은 그 질문을 묵살했다. 그 손님도 딱히 소장의 대답을 원하고 한 말은 아닌 듯했다.

탐정사무소의 문을 두드리며 상담하러 오는 사람들 대부분은 언제나 자신의 질문에 스스로 대답하는 종족이다. 그리고 대부분의 경우는 그걸로 만족하지만 가끔은 어떻게든 남이 자신의 대답을 확인해 주었으면 하는 경우가 있는 모양이다. 그런데 오랫동안 자신의 질문에 스스로 대답을 했기 때문에 주위에는 대답을 확인해 줄 동료가 없어진다. 요컨대 공짜로는 그렇다는 의미지만.

그래서 탐정사무소를 찾아온다. 어떤 경우에는 변호사 사무실일 수도 있고.

이런 부류의 인간들은 또 도무지 시간개념이 없다. 그것도 역시 오랫동안 자기 자신만 상대해 온 탓일 것이다. 자기는 언제나 거기 있었고 기다리게 했다고 불평도 하지 않으니까. 소장과 친한 변호사 선생도 비슷한 말을 하며 개탄한 적이 있기 때문에 이건 내 착각만은 아닐 것이다.

이런 종족과 달리 정말 조사나 소송 전문가의 도움을 구하러 문을 두드리는 사람들은 반대로 이상할 정도로 일찌감치 찾아온다. 그들은 쫓기고 있기 때문에 문자 그대로 달려오는 것이다.

내 이름은 마사. 이곳, 하스미 탐정사무소의 경호견이다. 옛날 경찰견으로 일하던 시절의 인연으로 은퇴한 후 여생을 이곳에서 보내게 되었는데 솔직히 현역으로 활약할 때보다 바쁘게 지낸다. 전혀 불만은 없지만.

왜냐하면 나와 콤비를 이루어 움직이는 사람이 가요코, 하스미 가요코 양이기 때문이다. 소장이 자랑하는 딸이다. 전문대를 졸업하여 이 직업에 발을 들여놓은 지 올해로 3년째니까 조사원으로서는 아직 솜털이 빠지지 않은 애송이다.

하지만 감만은 예리하다. 이 신기한 '여자의 감'은 인간에게도 우리 견족에게도 공통으로 존재하는 요소인 모양이다.

그녀가 항상 뒤통수 위로 깔끔하게 하나로 묶는 긴 머리칼을 나는 '가요코의 꼬리'라고 부른다. 무척이나 아름다운 꼬리다. 그녀는 데뷔한 지 얼마 되지 않은 사라브레드(18세기 초에 영국에서 아랍 말과 재래종인 사냥용에서 경주용으로 품종개량된 종마- 옮긴이)를 닮았다. 그 우직함도 번득이는 눈도 활동할 때 가장 아름답게 보인다는 점도.

서론이 길어졌다. 이야기를 시작하자. 내가 엄연히 산책하는 개이고 가요코가 시간에 대한 개념이 정확하기 때문에 말려든 사건 이야기다.

2

나와 가요코는 하루에 한 번 산책을 나간다. 매일 아침 6시에 일어나 6시 10분에 집을 나선다.

나는 일단 가죽 끈으로 목줄을 매기로 하고 있다. 사실은 그럴 필요가 없다는 것을 나도 가요코도 알고 있다. 하지만 내 덩치가 조금 크다는 것과 인간으로 치면 중년의 나이지만 그에 비해 발이 빠른 탓에 자유롭게 뛰어다니다 보면 지나가는 신문배달 아이나 일찍 출근하는 회사원들을 가련할 정도로 공포에 떨게 만드는 경우가 있기 때문이다.

인간이 만든 분류로 따지면 나는 아마 '저먼셰퍼드'라는 종인 모양이고 이건 일반적으로 '용맹한' 종인 듯하다.

실례가 막심한 이야기다. 인간도 출신지에 따라 '약간 치사하다' 혹은 '일반적으로 여자 편력이 있다' 따위로 분류당하면 화가 나지 않겠는가 말이다.

나를 구분하는 건 간단하다. 등에는 검은 털에 은색의 빳빳한 털이 섞여 있고 미간에 하얀 별이 있다. 왼쪽 귀 끝이 약간 잘려 있고 오른쪽 앞다리에 오래된 상처가 있다. 동료와 싸워서 생긴 상처가 아니다. 총상 자국인 것이다.

하지만 가장 좋은 건 '마사'라 불러 주는 것이다. 혹시 당신이 그렇게 부를 때 발을 멈추고 당신이 놀라지 않을 정도의 목소리로 컹, 한 번 짖고 나서 그 자리에 앉아 있는 개가 있다면 그게 바로 나다. 당신이 지금 당장 어떤 작자에게 끔찍한 봉변을 당해 피비린내가 진동하는 상황이 아닌 이상, 절대 달려들어 물거나 하지 않을 것을 약속한다.

자, 이제 집에서 출발한 나와 가요코는 하스미 사무소가 있는 구역을 빙 돌아 아직 자동차가 잔뜩 세워져 있는 유료주차장을 두 개 지나 스이조 공원으로 향한다.

스이조 공원은 이 지역을 동서로 가로지르는 운하를 메워 만든 것이다. 나와 가요코는 이곳을 왕복하고 사무실 주변을 다시 한 번 돈 후 집으로 들어가 아침식사를 한다.

스이조 공원이 생기기 전까지는 오로지 동네 골목길을 뛰었다. 그런대로 지역에 대한 감각을 익히는 데 도움은 되었지만 발바닥에 아스팔트가 닿는 기분이 그다지 좋지가 않다.

그에 비해 스이조 공원 안으로 들어가면 산책길은 거의가 비포장이라 반가운 흙냄새가 난다. 나무와 숲, 잔디, 화단, 모래밭, 인공 연못, 배 타는 곳, 분수, 아이들의 물놀이 장소 등 뭐든 다 갖추고 있다. 운하도 완전히 메워져 있는 게 아니라, 가는 물줄기도 남아 있고 군데군데 유료 낚시터도 있어서 산책을 하다 보면 울타리 너머에서 눈이 휘둥그레질 정도로 큰 물고기가 풀쩍 뛰는 모습을 볼 때도 있다.

그리고 무엇보다 신나는 것은 이 공원 안에서는 나도 가요코도 당당히 목줄 없이 다닐 수 있다는 점이다.

원래는 운하였던 곳이라 스이조 공원에 들어갈 때는 '내려가는' 느낌이 든다. 안에서 달리고 있으면 주위에 빼곡하게 들어찬 아파트 숲이 우리를 내려다보고 있는 것 같다.

나와 가요코는 일단 공원 입구에서 단골로 만나는 어떤 사람과 인사를 나눈다. 정년퇴직한 지 얼마 되지 않은 남자로 땀을 많이 흘린다. 후우, 후우 숨소리를 내는 그와는 공원 중간쯤까지 같이 오다가 그물다리에서 헤어진다. 그물눈처럼 되어 있는 운하의 흐름 그대로 공원으로 만든 것이라 갈림길도 샛길도 많다.

그물다리에서 다음 갈림길까지는 나와 가요코만 있게 된다. 도중에 물오리를 잔뜩 키우는 연못이 있어서 나는 매일 아침 그곳에서 녀석들과 한바탕 소란을 떨고 나서 가요코에게 돌아간다. 가요코는 별로 내키지 않은 얼굴로 어쩔 수가 없네, 하며 나를 본다.

내기를 해도 좋다. 물오리들도 내가 오기를 기다리고 있을 것이다. 좁은 곳에서 먹이를 배불리 먹으면서 사는 만성 운동부족인 그 녀석들에게는 자극이 필요하다. 나는 정말로! 위해를 가할 만한 행동은 하지 않으며, 녀석들도 그걸 알고 있다.

내가 물오리들과 한바탕 놀고 가요코가 스트레칭 운동을 하는 옆으로 신문배달 소년이 지나간다. 그는 누나, 좋은 아침, 하고 가요코에게 인사를 하고 나를 향해 휘파람을 불어 주고 간다. 이곳을 산책하기 시작하면서부터 2년 동안 하루도 빠짐없이 마주치는데 여전히 초등학생 같은 얼굴을 하고 있다.

산책로로 돌아와 한동안 걸어가면 보트 선착장 쪽에서 오는 단골 산책객들과 지나친다. 하스미 사무소가 있는 동네보다 바다에 훨씬 가까운 스미다 강 옆의 낚시가게에서 키우는 개 기요 짱과 그를 끌고 다니는 낚시가게 형도 있다. 형은 늘 기운이 넘치고, 기요 짱은 늘 숨이 차서 헐떡거린다. 나이가 많아 멀리 달리지도 못한다. 그래도 반갑게 쌕쌕 숨을 몰아쉬는 걸 보면 행복한 모양이다. 기요 짱의 집에 가본 적이 있는데 바닷바람과 생선 냄새가 진동하는 좋은 곳이었다. 나도 언젠가 정말 은퇴하면 저런 데서 자리 잡고 살아 보고 싶다.

나와 가요코는 기요 짱과 헤어져 다시 반환지점으로 돌아온다. 크게 굽은 산책길을 달려가다 보면 갑자기 시야가 열린다. 그곳이 손바닥 숲이다.

말이 숲이지 진짜 숲은 아니다. 왼쪽은 운하와 운하를 가로막고 있는 콘크리트 벽이고, 오른쪽은 잔디로 덮인 완만한 언덕으로 되어 있다. 언덕을 다 올라간 곳에는 플라타너스 숲이 있다. 그 맞은편은 일차선, 일방통행 도로다.

왜 이곳을 손바닥 숲이라고 하는지 나는 모른다. 그러나 이곳 콘크리트 벽에는 인간의 손 모양 같은 것이 잔뜩 붙어 있고 벽 양 끝에 '손바닥 숲'이라고 쓰인 작은 팻말이 서 있다.

그 팻말 바로 전에 좁은 샛길이 하나 있다. 아침마다 이 시간이면 그 샛길을 뛰어내려 오는 여성이 있는데, 그녀가 집으로 가는 길에 단골로 마주치는 마지막 사람이다.

그녀의 이름은 후지미 사키코라고 한다. 가요코와 비슷하거나 어쩌면 두세 살 정도 어린 연배로 늘 깔끔한 운동복을 입고 긴 머리칼을 손수건 같은 천으로 묶고 있다. 그녀가 모습을 보이기 시작한 것이 3개월 정도 전인데 젊은 여자들끼리 가볍게 인사를 나누거나 짧은 대화를 주고받으면서 자연스럽게 가요코와 친해져서 요즘은 우리가 돌아오는 지점까지 같이 달리게 되었다.

"6시 45분. 매일 아침 정확하시네요."

가볍게 제자리 뛰기를 하며 우리에게 보조를 맞추면서 그녀가 말했다.

가요코는 생긋 웃었다. "그래요? 그 정도로 시간에 신경을 쓰는 건 아닌데."

신경을 쓰지 않아도 2년 동안 똑같은 곳을 뛰다 보면 자연스럽게 리듬이 생기게 마련이다.

"후지미 씨 역시 부지런하네요. 나는 혼자서는 도저히 조깅 같은 건 못해요. 개를 산책시켜야 한다고 생각하니까 꼬박꼬박 나오는 거지요."

"저는 앉아서 일하는 직업이거든요. 아무래도 어깨가 결리기도 하고 허리가 아프기도 해서 가능하면 운동을 해 줘야 해요."

후지미 씨는 팔을 열심히 빙글빙글 돌린다. 이 사람도 몸집은 가늘지만 상당히 건강한 직립보행 인간이다. 그냥 조깅만 하는 게 아니고 작은 아령까지 갖고 와서 달리는 동안 그것을 올리거나 내리거나 하면서 팔도 단련하고 있다.

그녀와 우리는 느린 속도로 손바닥 숲으로 들어갔다.

처음에 알아본 건 나였다.

가요코와 후지미보다 시야가 훨씬 낮은 내 눈에 그 모습이 금방 들어왔다. 나는 발을 멈추고 가요코의 주의를 끌기 위해 컹 짖었다.

손바닥 숲 한복판에 사람 하나가 쓰러져 있었던 것이다.

가요코도 알아보았다. 후지미 씨가 "어머나!"라고 말했다. 우리는 다 같이 달려갔다.

엎드린 자세로 쓰러져 있는 그 사람은 남자였다. 그렇게 젊지는 않지만 체격은 나쁘지 않다. 화려한 줄무늬 상의에 회색 바지. 길에 납작 엎드려 차렷 자세로 두 손을 옆구리에 붙이고 있다.

후두부에는 검붉고 끈적끈적한 뭔가가 잔뜩 묻어 있었다.

가요코가 남자 옆에 무릎을 구부리고 앉았다.

그때 나는 아주 작은 소리를 들었다. 귀를 쫑긋 세운다.

아마 위쪽 도로 방향에서 들려오는 소리 같다. 자동차 시동을 켜 놓고 공회전을 시키고 있는 소리 같았다.

"죽었어요?"

후지미 씨는 무서워서 가까이 가지도 못하고 남자로부터 1미터 정도 떨어진 곳에서 들여다보듯 가요코에게 물었다.

가요코는 남자의 손목을 잡고 맥박을 확인하고 있다. 손목에서 손을 떼더니 잠깐 얼굴을 찡그리고 남자의 목 아래를 만져 보려고 손을 뻗었지만, 끈적하게 젖은 머리칼이 목덜미에 달라붙어 있는 것을 보고 그만두었다. 내 생각에 이런 경우, 상처에 가까운 부위는 만지지 않는 게 좋겠다고 판단했을 것이다.

나는 다시 인간의 말을 구사하지 못하는 불편함을 통감했다. 나는 눈을 깜빡거리고 코를 킁킁거리며 가요코를 향해 의심을 나타내는 작은 신음 소리를 내 보였다.

'이 남자의 머리에 상처 같은 건 없어요.'

피 냄새가 나지 않았기 때문이다. 검붉은 색깔로 끈적이는 것은 가요코의 눈에 피로 보이겠지만 피는 아니다. 비슷하지만 다르다. 아마 무슨 염료 같은 냄새였다.

그러니까 적어도 이 남자의 후두부에서 피는 나지 않는다. 이

건 뭔가 고약한 장난이 아닐까, 하고 나는 생각했다.

가요코가 일어섰다. "맥박이 없어. 죽은 것 같아요."

나는 귀를 의심했다. 맥박이 없다고?

정말? 나는 남자를 가만히 응시했다. 미동도 하지 않는다. 나는 여기저기 냄새를 맡아 보고 살짝 깨물어 볼까 생각했다. 가요코의 목소리가 날아왔다.

"마사! 가만히 있어!"

나는 답답한 듯 고개를 끄덕여 보였다. 가요코는 고개를 갸우뚱했다.

"왜 그래? 뭔가 이상하네."

"저기요. 빨리 경찰에 신고해야지요."

손으로 입을 막고 쪼그리고 앉을 것 같은 자세로 후지미 씨가 말했다. 잔뜩 긴장한 얼굴로 눈꺼풀이 파르르 떨리고 있었다. "난 속이 메스꺼운 것 같아요."

그녀의 모습을 보고 가요코가 마음을 정한 것 같았다. 씩씩하게 말한다.

"그럼 여기서 기다려요. 난 전화를 찾아 신고하고 올 테니까."

"싫어요!"

후지미 씨가 가요코에게 매달리며 말했다. 엉거주춤한 자세로 남자 쪽을 보면서 가요코의 소매를 잡아당긴다.

"이런 데 혼자 놔두고 가지 말아요. 같이 갈래요."

"좋아요. 마사. 여기 있어!"

나는 알아들었다는 표시로 자세를 잡고 앉았다.

두 사람이 달려가는 모습을 확인한 나는 고개를 번쩍 들고 주변을 살펴본 다음 짖기 위해 가슴 가득 숨을 들이쉬었다. 이게 정말 시체인지 아니면 기절해 있는 건지. 혹은 그런 척하고 있는 건지 살짝 겁을 주면 바로 알 수 있다.

그런데 내가 미처 짖기도 전에 남자는 엉덩이에 불이라도 붙은 것처럼 벌떡 일어나 오른쪽 언덕을 향해 도망쳤다.

갑작스러운 상황에 나는 짖으면서 남자의 뒤를 쫓아가서 일단 소매에 달려들어 엄니로 물었다. 남자는 당황하여 눈빛이 허둥거렸다. 다시 한 번 달려들어 땅바닥에 쓰러뜨리려고 자세를 잡았을 때 뒤에서 누군가에게 세게 얻어맞았다.

이럴 수가…….

캄캄하다.

한 시간 정도 지나 하스미 사무소에서 내가 정신을 차렸을 때 사태는 예상했던 방향대로 진행되고 있었다.

오늘 아침 손바닥 숲에서 남자의 시체가 홀연히 사라지는 소동이 벌어졌다는 것이다.

그런 게 아니라니까.

3

 오후 2시경에 경찰에서의 사정청취를 마친 가요코가 돌아왔다. 후지미 씨도 함께였다. 직업상 이런 일에는 이골이 나 있는 가요코와 달리 그녀는 아직 쇼크에서 벗어나지 못한 것 같았다.
 가요코의 이야기를 들어보면 후지미 씨는 110번에 신고하러 뛰어가는 도중에 정말 속이 메스꺼워져서 늘 지나는 그 샛길 입구에 쪼그리고 앉아 결국 가요코가 돌아오기를 기다렸다고 한다.
 "마사, 괜찮아? 머리에 혹 생긴 거 아냐?" 가요코가 한참 동안 내 머리를 문질러 주었다.
 경찰을 데리고 돌아온 가요코는 남자가 사라진 것과 내가 쓰러져 있는 것을 발견하고는 즉시 소장을 불러 나를 근처 동물병원으로 데리고 간 모양이다. 수의사가 뭘 어떻게 했는지 모르지만 나는 완전히 기운을 회복했다.
 그러나 극도로 화가 났다. 도대체 뭐지? 그 죽은 척하던 남자는! 혼란스러운 틈을 타서 뒤에서 나를 공격한 놈도 있는 걸 보면 최소한 직립보행하는 인간 두 명이 오늘 아침 손바닥 숲의 연극에 관계되어 있다는 의미가 된다.
 "끔찍한 꼴을 당한 거군요." 후지미 씨에게 의자를 권하면서 소장이 위로하듯 말했다.
 "뭔가 악몽이라도 꾼 것 같습니다." 후지미 씨가 중얼거렸다.

"같이 점심이라도 할까 하고 오자고 했어요. 아침부터 아무 것도 먹지 않았지요? 우리는 사실 개인 사무소라 드나드는 사람이라고는 식구들뿐이니 사양하지 말고 편하게 생각해요. 피곤하잖아요."

"죄송합니다."

후지미 씨는 가볍게 고개를 숙이고 신기한 듯 사무실 안을 둘러보았다.

"하스미 씨가 탐정사무소에서 일을 하고 있었다니 깜짝 놀랐어요……. 흔치 않은 직업이잖아요."

가요코는 커피를 준비하면서 소장을 보며 웃었다.

"어쩌다 보니 우리 집이 탐정사무소를 하게 된 거예요."

"어머." 후지미 씨는 소장을 보며 말했다. "아버님이세요?"

"그렇습니다. 다른 조사원도 있지만 인원이 부족해서 딸의 손까지 빌리게 된 겁니다."

소장은 사무실에 있을 때는 단정하게 관리직 옷차림을 하고 시종 조끼 자락을 잡아당긴다.

커피 향이 퍼지기 시작했다. 찻잔을 가지런히 놓고 데우고 있는 가요코를 보며 약간 난감한 듯 머뭇거리고 나서 후지미 씨가 말했다.

"미안해요……. 저기요, 저는 커피는 좋아하지 않는데……."

"어머! 그래요?" 가요코가 당황해서 말했다. "나야말로 미안하네. 그럼 홍차로 할까요?"

후지미 씨는 다시 죄송합니다, 하면서 고개를 숙였다. 소장이 전화를 해서 근처 카페에서 스페셜 런치를 주문하고 다 같이 늦은 점심을 먹었다.

"경찰에서는 느낌이 어떻더냐?" 소장이 물었다. "너랑 후지미 씨의 이야기를 믿어 주는 것 같더냐?"

"글쎄요."

가요코는 후지미 씨와 얼굴을 마주보았다.

"반신반의라고나 할까……. 하지만 누군가 마사를 때려눕힌 것만은 확실하니까요. 공원 주변 아파트를 중심으로 탐문을 시작하겠다고 했어요."

"뭐가 나올까요?" 후지미 씨는 불안한 듯 말했다. "아무것도 나오지 않아 우리가 거짓말을 했다고 생각하면 어쩌지요?"

"괜찮습니다. 경찰도 그렇게 경솔하지는 않으니까."

"만약 제대로 수사해 주지 않으면 우리가 나서서 조사할 거예요. 나는 이 눈으로 똑똑히 봤으니까 철저하게 조사하고 싶어요."

가요코가 밝게 말했다. 후지미 씨는 희미하게 미소를 띠었지만 그래도 안심하는 것처럼 보이지는 않았다.

"어떤 남자였어?"

"어딘가 모르게 야쿠자 같은 분위기였어요." 후지미 씨가 대답했다. "복장도 그렇고 머리형도 그렇고……."

"그래요. 게다가 손이 아주 예뻤어요. 그건 노동자의 손이 아니었어요."

말을 마친 가요코가 갑자기 웃음을 터뜨리는 바람에 소장과 후지미 씨가 놀랐다. 나는 이야기를 들으면서 이 눈으로 본 것을 이야기해 주지 못하는 안타까움 때문에 풀이 죽어 있었다.

"미안, 별로 웃을 일은 아닌데. 그냥 그 남자가 너무 선명한 손금을 갖고 있었다는 생각이 들어서."

"저런, 가요코까지? 이토코한테 전염된 거냐?"

이토코는 요즘 '손금'이라는 이상한 것에 빠져서 책을 잔뜩 사들여 그 책에 얼굴을 묻고 보다가 아무나 닥치는 대로 손을 잡고 이리저리 뜯어보곤 한다.

"아무리 여러 번 가르쳐 줘도 기억을 못하는데 맨 위에 있는 이 손금. 이게 길고 뚜렷했어요."

손바닥을 바라보며 가요코가 말했다. 후지미 씨도 자신의 손바닥을 들여다본다.

"제일 맨 위에 있는 손금이라면 이 세 개 중에서?"

"맞아요." 가요코가 후지미 씨의 손바닥을 들여다보았다. "어머, 후지미 씨도 제일 위의 손금이 기네. 뭐라고 했더라, 이 선이 길면……."

"감정선이야."

저녁에 돌아온 이토코가 무게를 잡고 대답했다.

"위에서부터 순서대로 감정선, 두뇌선, 생명선이라고 몇 번이나 가르쳐 줬잖아."

"복잡해서 금방 잊어 버려." 가요코가 변명투로 말했다. "무슨 의미라고 했지?"

"감정선이 긴 사람은 예술가 타입이야. 예술. 알아?"

"그러니까 너 같은 사람이구나." 가요코가 웃었다. 이토코는 화가지망생이다.

"그렇습니다. 섬세하고 미적 감각이 넘치지요."

"내가 본 그 시체는 미적 센스가 그다지 괜찮은 복장은 아니었던 것 같은데."

시체가 아니었다니까! 그 작자는 자기 발로 도망친 거라니까!

"그건 그 사람이 야쿠자였기 때문이야. 요란한 복장은 야쿠자 아저씨들의 전매특허 같은 거잖아."

"야쿠자였는지 아닌지는 확실치 않아. 어쨌거나 사라졌으니까."

어떻게 시체가 사라졌을까……. 저녁에 사무소로 돌아온 조사원들 사이에서도 그것이 화제가 되었다.

"그건 역시 시체가 없으면 경찰도 움직일 수가 없기 때문이야. 수사를 시작할 수가 없잖아. 그걸 노린 게 아닐까?"

고참 조사원 하나가 의견을 말했다. 그것이 진짜 시체였다면 나도 그 의견에 찬성했을 것이다.

"마사를 쓰러뜨리면서까지 시체를 치우고 싶었던 점을 생각하면 살해당한 쪽도 전과가 있는, 경찰이 찾고 있는 유명인이겠지. 조직폭력단끼리의 내분 아닌가? 그 경우 피해자만 보고도 누가 한 짓인지 짐작이 갈 테니까."라고 말하는 다른 조사원.

나는 그 말에도 찬성이다. 그것이 진짜 시체였다면 말이다.

그날 밤 저녁 식사가 끝나고 다 같이 쉬고 있을 때 다시 '손금'이 화제에 올랐다. 나는 도무지 이해할 수 없지만 이토코가 그렇게 열중해 있는 걸 보면 꽤 재미있는 모양이다.

인간이란 이상한 생물이다. 자신의 몸에 미래나 감추어진 성격이나 가능성이 보인다는 것을 어떻게 생각해 냈을까.

"감정선이 긴 사람은 정열적이라는 측면도 있어. 여자의 경우 전형적인 내조의 여왕. 혹은 연애만 하며 사는 여자랍니다." 이토코가 자랑스럽게 말했다.

"후지미 씨도 길었어. 나는 어때?"

가요코가 손바닥을 내밀자 이토코가 탁 때렸다.

"안 돼. 언니한테는 감정선이 없어."

"너무한다." 가요코가 깔깔대며 웃었다.

"하지만 진짜 있다니까. 감정선이 없는 사람 말이야. 없다기보다 두뇌선과 겹쳐 하나가 되는 바람에 손바닥에 손금이 두 개밖에 없는 거지."

"그건 비정상인가?"

"그렇지는 않지만 보기 드문 사람이지. 백 명 중 한 명 정도. 막금(손바닥을 좌우 일직선으로 가로지르는 굵은 선으로 두뇌선과 감정선이 하나로 된 것을 말한다 - 옮긴이)이라고도 한대. 천하를 좌지우지하거나 사람답게 살지 못하고 객사하거나."

"무섭다."

"일설로는 도요토미 히데요시도 막금이었다고 알려져 있어." 라고 말하는 이토코.

"고매하신 강의 황송하게 경청했습니다." 가요코가 고개를 까딱 숙이며 말했다.

그날 밤 편안한 내 집에 들어오고 나서 나는 다리를 핥았다. 내 다리는 누가 봐도 그냥 다리에 불과하지만 오른쪽 다리의 총상 흔적이 있는 부분은 조금 다르다. 총알은 내 가죽과 살을 떼어 낸 대신 역사를 새겨 남겼다.

그러고 보면 이것이 내 손금인가. 이런저런 생각을 하다가 잠이 들었다.

4

이튿날 아침에 나와 가요코가 정해진 산책을 나가려고 하는 참에 경찰에서 전화가 걸려왔다. 가요코와 후지미가 본 '사라진 시체'의—그냥 귀찮아서 일단 그렇게 부르기로 한다—신원이 밝혀진 것 같다는 내용이었다.

"밀고 전화가 있었대요."

서둘러 준비를 하면서 가요코는 소장에게 설명했다. "어제 손바닥 숲에서 사라진 남자의 시체는 이나미 히로시라는 사람이래요. 그리고 이나미 씨의 유류품이 버려져 있는 장소를 가르쳐 줘서 그곳을 수색해 보니 상의와 신발 그리고 시계가 나왔대요. 저와 후지미 씨에게 확인해 달라는군요."

여기서부터 '사라진 시체' 사건은 움직이기 시작했다. 가요코와 후지미 씨가 발견된 유류품은 그 '시체'의 것이라고 확인할 수 있었던 것이다. 그러나 이나미라는 남자의 사진을 보여 줬지만 그것이 그 '시체'의 얼굴이라고 단언할 수는 없었다고 한다.

"당연하잖아요. 얼굴은 보지도 못했는걸." 가요코가 말했다.

나는 녀석의 얼굴을 봤다. 똑똑히 봤다. 그래서 정오 뉴스에서 이나미 히로시의 얼굴 사진이 클로즈업되었을 때 '확실히 그 녀석'이라고 생각했다. 말로 그것을 전할 수 없다는 게 화가 난다.

그러나 뉴스와 가요코의 유류품 확인을 모두 듣고 이나미 히로시라는 남자의 배경을 밝혀 나가는 중에 그 화도 차츰 누그러졌다.

이나미 히로시는 역시 조직폭력단 소속이었다. 주로 각성제나 대마초 밀매 루트를 따라 움직이던 젊은 조직원이었는데, 하는 일은 좋지 않지만 머리는 똑똑했던 모양이다.

왜냐하면 그는 조직 몰래 자신의 밀매 루트를 만들어 돈을 벌었다고 하니까 말이다.

보름 정도 전에 그것이 들통이 난 이후로 그는 쫓기는 신세가 되었다. 뉴스도(그러니까 경찰도) 가요코도 가요코의 이야기를 들은 소장도 그는 쫓기고 쫓기다가 거의 잡히는 단계였을 거라고 해석했다.

"어제 우리가 말했던 추리가 모두 맞았어. 조직과 이나미가 갈등을 일으키고 있다는 것은 지역 경찰의 조직폭력범죄 대책반도 진작 알고 있는 일이기 때문에 시체를 감추지 않으면 금방 시끄러워졌을 거야. 그런데 감추기도 전에 나랑 후지미 씨가 거길 지나갔기 때문에 일이 복잡하게 된 거지."

"핵심인 시체가 없어지면 경찰도 너희 말을 믿지 않을 거라 생각하고 마사를 때려눕히고 시체를 가지고 사라진 건가?"라고 말하는 소장.

"밀고전화를 한 사람은 조직 안에서 대립하고 있는 파벌이 아닐까. 그런 조직은 아메바처럼 끊임없이 분열하고 있을 테니까."

아하! 그제야 사건의 전말이 이해되었다.

이나미 히로시. 머리 좋은 녀석이다. 짜식, 손바닥 숲에서 명

연기를 펼쳐 자기가 이미 죽은 걸로 꾸민 거였군. 죽어 버리면 쫓길 일도 없으니까.

그런데 유류품을 처분하고 나서 경찰에 밀고전화를 하고 또 도망치는 이나미를 돕기 위해 나를 때려눕힌 건 도대체 누구지? 마약 장사꾼에게 이럴 때 목숨을 구해 줄 정도의 협력자가 있을까.

"그건 그렇고 이나미라는 남자는 자기가 쫓기고 있다는 걸 알면서 왜 이 부근에서 얼쩡거렸을까." 소장이 고개를 갸우뚱한다.

"스이조 공원 옆에 있는 아파트에 다카시라는 남동생이 살고 있대요. 잠수 타기 전에 동생을 만나러 갈 생각이었던 게 아닌가, 하고 경찰에서는 추측하고 있어요."

"잠수 타기 전에 만나러 가? 그렇다면 동생은 사정을 알고 있었던 걸까?"

"경찰에서도 한때는 그를 불러내 상당히 엄중하게 조사했대요. 그도 형이 골치 아픈 일에 말려들고 있다는 건 알았다고 해요. 쫓는 무리가 그 동생한테도 온 적이 있어서 무서운 생각도 들었고 걱정도 하던 참이라고."

이번에도 아하! 수긍이 갔다.

남동생이 온 거군. 나를 때린 게 그 녀석이군. 눈물겨운 형제애 아닌가. 야쿠자 형의 도망을 돕기 위해 동생이 발 벗고 나섰다는 이야기다.

 이번 연극에서, 확실히 목격해 줄 사람이 필요했다. 그래서 가요코와 후지미가 선택되었던 것이다. 그녀들은 매일 아침 거의 정확하게 똑같은 시간에 손바닥 숲을 지나가기 때문이다. 공원 옆 아파트에 사는 동생 다카시라면 그걸 알 기회가 있었을 터.

 눈에 선하다. 만일을 위해 어딘가에 숨어서 사태를 지켜보며 대기하던 동생이 나를 때려눕혔기 때문에 '시체'였던 이나미 히로시는 언덕을 뛰어올라 갔다. 그리고 즉시 출발할 수 있도록 준비해 둔 차 안에서─도로에서 나던 그 공회전 소리. 혹시 동생도 거기에 있었을지 모른다─옷을 갈아입고 시체로 분장하기 위해 칠했던 피를 닦고 잽싸게 도망친 것이다. 어쩌면 지금쯤 홍콩이나 마닐라에서 알로하셔츠를 입고······.

 어이가 없다. 죽지 않을 정도로 맞은 나만 손해를 봤다는 이야기다.

 화가 난 나는 그날 하루를 누워서 뒹굴며 보냈다. 어쨌거나 지금 가요코는 위장 도산의 의혹을 사고 있는 수입회사의 장부 조사를 하고 있어서 내가 나설 자리는 없다.

 "마사, 머리를 얻어맞고 속이 메슥거리거나 하지 않았어?"

 이토코만 나를 걱정해 준다.

5

이튿날 아침, 언제나처럼 스이조 공원에서 물오리들에게 장난을 걸어 꽥꽥 소리치게 만들고 있는데 자전거 소리가 나더니 "누나, 안녕!" 하는 소리가 들렸다.

신문배달 소년이다. 그런데 오늘 아침에는 이 노동 소년이 휘파람을 불지도 않고 그대로 달려 지나가지도 않고 브레이크를 걸어 가요코 옆에 와서 섰다.

"물어보고 싶어서 일부러 찾아다녔어요. 뉴스를 봤어요. 시체를 발견했다면서요?"

가요코는 애매하게 웃었다. "그래. 그런데 알고 있겠지만 그 시체가 사라졌어."

"마약 매매상이었다면서요. 대단해."

대단하긴 뭐가 대단해. 아쉬워하는 물오리들을 남기고 나는 산책로로 돌아왔다.

"그 사람 나 알아요." 신문배달 소년이 부정확한 일본어로 말했다. "이나미 씨라고 저 앞에 있는 파크사이드 맨션에 사는 사람이에요."

"그건 그 사람 동생 아냐?"

"맞아요. 동생도 본 적이 있어요. 많이 닮았지만 그래도 그 히로시라는 약장사가 훨씬 더 박력이 있는 얼굴이었어요."

"히로시 본인이 동생네 집에 있는 걸 봤다고?"

"그럼요. 지난번 석간을 배달하러 갔을 때였는데 마침 찾아온 가스요금 징수원한테 돈을 지불했어요. 3개월인가 4개월분 체납했던 걸 모두 청산했다던데."

자못 그럴듯하게 팔짱을 끼며 말을 이었다. "이나미 씨가요, 아. 그러니까 파크사이드 맨션에 사는 이나미 씨 동생 쪽인데요."

"그래. 그 사람 이름은 다카시야."

"맞아, 다카시라고 했어요. 무슨 연극 같은 걸 하고 있어요. 그래서 돈이 없었어요. 항상 쪼들리는 것 같았어요. 그러면서도 신문은 세 개나 받아 보는걸요. 무슨 연극 평론인가를 읽으려면 필요하다고."

"돈이 없다고……." 가요코는 생각에 잠겼다.

"예. 이따금 연극 동료들인지 잔뜩 몰려와서 자고 가는 적도 있었는데 하나같이 비슷한 패거리였어요. 여기저기 배달시켜서 먹은 그릇들이 한 달 가까이 문 앞에 그대로 있는 게 불쌍해요. 누가 봐도 돈이 없다는 걸 알 수 있어요."

"배달 그릇이 오랫동안 나와 있으면 돈이 없는 거야?"

"그럼요. 음식을 배달하는 가게는 손님이 돈을 낼 때까지 그릇을 가져가지 않으니까. 증거가 없어지잖아요."

가요코의 미소가 조금 더 진지해졌다. 나도 감탄했다. 인물 감정(鑑定)의 초보적인 지식이지만 그래도 아이가 알아야 할 일은 아니다.

"그래…… 그런데 너, 석간도 배달하니?"

"예."

"대단하구나."

신문배달 소년은 약간 무안한 얼굴을 했다.

"재미있잖아요. 여러 종류의 사람들을 알 수 있고 지역의 일에 대해서도 잘 알게 되잖아요. 우리 같은 신문배달이나 전기, 가스요금 징수와 검침에 관계된 사람들은 자주 정보를 교환해요. 이 부근에 갑자기 아파트가 우후죽순처럼 생기면서 사람들의 출입이 많아졌어요. 조심하지 않으면 떼먹고 도망치기도 하고 반대로 제 경우에는 새로 입주자가 들어온 집을 금방 알면 구독신청을 받아 낼 수도 있고요. 이사를 왔다는 걸 알면 그날부터 일단 무료로 신문을 넣어 둬요. 그러면 대부분의 집에서는 구독해 주거든요."

신문배달 소년은 야무지게 사회공부를 하고 있었다. 가요코는 빙그레 웃었다.

"흐음……. 좋은 정보 고마워. 저기 있잖아, 나는 하스미 가요코라고 해. 4번지 모퉁이에 하스미 탐정사무소라고 있잖아? 그집 딸이야. 무슨 일 있으면 나한테도 정보 좀 줘. 여러 가지로 도움이 될 것 같으니까."

"누나가 탐정? 와아, 대단하다."

대단할 거다!

딴청 부린 시간을 메우려고 쏜살같이 뛰어가는 신문배달 소년에게 나는 응원을 보냈다. 미래의 일본경제를 굳건하게 일으켜 다오.

손바닥 숲 바로 앞에서는 오늘도 뭔가 개운치 않은 얼굴을 한 후지미 씨가 한 발 먼저 와서 기다리고 있었다.

"일찍 왔네요. 무슨 일 있어요?"

역시 가요코는 민감하다. 즉시 후지미 씨의 안색이 나쁘다는 걸 간파했다.

후지미 씨는 머뭇거리며 입을 열었다. "그 사건 말인데요. 저기, 나 어제 경찰에서 유류품을 확인한 다음 집에 돌아가는 길에 우연히 이나미 히로시 씨의 동생이라는 사람을 만났어요."

가요코의 눈이 휘둥그레 커졌다. "그쪽에서 말을 걸어오던가요?"

"아니요. 하지만 너무 닮아서 혹시나 싶어서……. 어떻게 해야 좋을지 모르지만 나는, 내가 형의 시체를 발견한 목격자 중 한 사람이라고 인사하고 그냥 위로의 말만 했어요. 그랬더니 글쎄 그 사람이 도망치듯 가 버렸어요."

가요코는 팔짱을 끼고 후지미 씨를 물끄러미 보고 있었다.

"그 모습이 너무나 이상했어요. 그래서 난…… 혹시나 해서."

후지미 씨가 입을 다물자, 이해해 달라는 눈빛으로 호소하고 있었다.

"바보 같은 짓을 한 걸까요?"

가요코는 아무 말이 없었다. 이윽고 불쑥 말했다.

"연극인가?"

"예. 연극. 그건 모두 연극이었던 게 아닐까요? 그러니까 시체는 사라져야 했던 거예요."

맞아. 연극인 거야. 후지미 씨는 제법 날카롭다. 나는 그렇게 말해 주고 싶었지만,

"잠깐 우리 사무실까지 같이 가 줄래요?" 가요코가 말했다.

같이 사무실까지 오더니 가요코는 즉시 관할 경찰서에 전화를 걸었다. '시체'를 발견했을 때의 이야기를 했던 담당형사를 바꿔 달라고 해 사정을 설명한다.

"예. 그렇습니다. 예. 검사, 해 주실 수 있을까요? 결과가 나올 때까지 기다리겠습니다."

"무슨 이야기야?" 아직 등교하지 않고 있던 이토코가 고개를 내밀고 물었다.

"유류품에 묻은 혈흔 감정." 가요코가 짧게 대답했다.

우리는 꼬박 2시간 동안 기다렸다. 지루했지만 이 대답 여하에 따라 드디어 나도 어깨의 짐을 내려놓을 수 있을 것 같아 가슴이 두근거린다.

전화벨이 울렸다. 가요코가 얼른 받았다.

"예. 하스미입니다. 기다리고 있었습니다……. 예. 하얀색이라고요? 그럼 아닌 거군요? 알겠습니다."

전화를 끊고 모두의 얼굴을 둘러보았다. "이나미 히로시의 유류품에서는 혈흔이 나오지 않았다고 합니다. 대신 무대나 영화에서 소도구로 사용되는 혈액과 비슷한 안료가 검출되었다고 하네요."

소장이 얼굴을 쓰윽 문질렀다. 나는 맥이 빠져 귀를 늘어뜨렸다.

"이나미 씨의 동생, 다카시의 아파트로 갑시다. 경찰도 지금 그리로 가고 있어요."

6

신문배달 소년의 말대로 이나미 다카시는 전형적인 가난뱅이였다. 파크사이드 맨션 자체가 '맨션'이라는 이름을 붙이기에는 민망할 정도의 건물이었다.

그러나 문을 열었을 때 내 코는 어라, 싶을 정도로 고급 커피 향을 느꼈다. 아마 다카시의 커피 타임에 우리가 밀어닥친 모양이었다.

심문을 하자 그는 의외로 순순히 자백했다.

"죄송합니다. 형을 위해 그런 연극을 했습니다."

고개를 푹 숙이고 담담하게 털어놓았다. 복수에 불타 있던 나는 맥이 빠졌다.

"시체인 척하다가 맥박을 짚었을 때를 대비해 겨드랑이 밑에 골프공을 끼워 놓고 있었습니다."

그렇게 하면 일시적으로 맥박을 느끼지 못하게 할 수 있다. 간단한 트릭이다.

"모두 제가 혼자 한 일입니다. 형은 벌써 일주일 전에 해외로 도망쳤습니다."

어라? 그건 아니잖아. 안 그래? 내가 본 건 분명 이나미 히로시 본인이었다고. 당신은 나를 때려눕히고 그 자가 도망치도록 도와준 거잖아.

"그래서 어제 내가 당신을 알아보니까 혹시 눈치채는 게 아닐까 싶어 도망친 거군요."

후지미 씨가 부드럽게 말했다. 그녀는 처음부터 매우 동정적이었다.

"복잡한 장난을 했군."

험상궂은 형사가 화난 투로 말했다.

가요코의 전화가 없었다면 이나미 히로시의 시체가 발견되지 않는 이상 유류품의 혈흔감정까지 했을지, 답답한 생각도 든다. 원망하는 게 아니다. 경찰은 바쁘고, 폭력단의 내부 갈등 범죄는 일반시민을 습격한 흉악 범죄와 달리 해결한다 해도 별로

실적도 되지 않는 경향이 있다. 그로 인해 폭력단을 파멸시킬 수 있는 사건이라면 이야기는 다르지만.

"정말 면목이 없습니다. 하지만 저는 늘 형에게 신세만 지고 사는 입장이라 어려운 상황을 보고 어떻게든 해 주고 싶었을 뿐입니다."

"경제적인 도움을 받아 왔다는 의미입니까? 연극 공부를 하신다고 들었습니다."

가요코의 말에 이나미는 의외라는 듯 눈이 휘둥그레졌다.

"그렇습니다. 희곡을 쓰고 있습니다. 동료들과 극단도 만들었지만 적자가 계속되어……. 늘 형에게 의지하며 살았습니다."

"마약 장사로 경기가 좋았을 테니까." 형사가 내뱉듯 말했다.

"하지만 히로시 씨가 진작 해외로 도망쳤다면 이제 와서 굳이 그가 살해당했다는 연극 따위를 할 필요는 없었던 거 아닙니까?"

소장은 타고난 침착한 어조로 질문했다. 이렇게 얌전한 상대에게 위협하듯 말을 해서는 안 된다고 생각했을 것이다.

하지만.

나는 눈을 치켜뜨고 다카시를 쳐다보았다. 너 이 자식, 왜 이런 거짓말을 하는 거야? 나는 알고 있단 말이다. 손바닥 숲에 있었던 사람은 이나미 히로시 본인이었다고.

그렇게 말해 주며 다그칠 수 없는 게 안타까워 견딜 수가 없다.

"형이 도망친 뒤에도 조직 사람들이 집요하게 찾아와서 형의 행방을 불라고 위협했습니다. 저도 무서웠고 결국 참을 수가 없어져서, 형이 살해당한 것으로 위장하면 놈들도 포기할 것이고 형도 앞으로는 도망을 다니지 않아도 될 것 같았습니다. 소동이 가라앉으면 돌아와 도쿄를 떠나서 살면 되니까요."

"우리 개를 때린 것도 당신이군요?" 가요코가 물었다.

"죄송합니다. 그렇습니다. 연극을 계속하기 위해서는 어떻게든 도망을 쳐야 했기 때문에 제정신이 아니었습니다."

"맨손으로?"

"예. 그래서 심한 부상은 입히지 않았잖습니까?"

그러고 나서 언덕을 뛰어올라 가 준비해 둔 차로 도망쳤다. 옷을 갈아입고 유류품을 숨기고 경찰에 밀고전화를 걸었다. 그가 말하는 내용은 앞뒤가 맞는다.

단 한 가지, 그 일을 혼자서 했다는 점만 제외하면 전부 맞는다. 바로 그 점이 거짓말이다.

기가 막히고 어이가 없다. 거짓말이다. 왜 거짓말을 하는지는 알 수 없지만 거짓말이다. 어쨌거나 거기에 항의를 표시하고 싶어서 나는 사람들 옆을 떠났다.

좁은 방, 모두가 모여 있는 거실 겸 식당 같은 곳을 나오니 민망할 정도의 부엌과 욕실, 화장실, 그리고 침실이 있었다. 반쯤 열린 문으로 코를 들이밀고 들여다보니 침대 위에는 아무렇게

나 벗어던진 옷들이 쌓여 있다.

이렇다 할 목적은 없지만 불신감으로 가득 차 있는 나는 다카시의 사생활을 침범해 줄 생각으로 여기저기를 돌아다니며 킁킁, 냄새를 맡았다.

그러는 중에 뭔가 지독하게 찌르는 듯한 냄새를 맡았다. 그러자 갑자기 재채기 발작이 일어났다.

창피하고 괴로운 나는 필사적으로 참으려고 했다. 그럼에도 불구하고 멈출 수가 없다. 재채기가 계속 나온다.

"마사, 왜 그래? 뭐 하는 거야?"

가요코가 왔다. 내 머리를 안고 들여다본다.

"바보. 무슨 냄새를 맡은 거야?"

침실에서 끌어내 주자 겨우 재채기가 멎었다. 그런데 이번에는 가요코가 없다.

가요코는 침실 문 안쪽에 붙은 포스터를 보고 있었다. 내가 있는 위치에서는 잘 보이지 않지만 아마 다카시가 소속되어 있는 극단의 단원모집 포스터인 듯하다.

한동안 그것을 빤히 바라보고 나서 가요코는 나를 데리고 사람들이 있는 곳으로 돌아왔다.

"아무튼 서까지 같이 가 주셔야겠습니다." 험상궂은 형사가 말했다. 다카시는 고분고분 고개를 숙였다.

"알고 있습니다. 하지만 저기……."

"뭐요?" 하고 묻는 소장.

"여러분이 오시기 전에 마침 커피를 내리고 있던 중입니다. 인스턴트가 아닌 진짜 커피입니다. 저……후지미 씨와 하스미 씨에게 끔찍한 경험을 하게 만든 사죄의 표시로 커피를 대접해 드리고 싶은데 괜찮겠습니까? 저는 오랫동안 카페에서 아르바이트를 했던 사람이니까 커피 맛에는 자신이 있습니다."

형사는 뚱한 얼굴을 하고 있다. 소장이 괜찮지 않을까요, 라고 말하듯 화해의 표정을 지었다.

"아, 좋습니다. 얻어 마셔 볼까요."

그렇게 하여 다 같이 커피를 마셨다. 재채기에서 벗어났다고는 하지만 아직 코가 근질거리는 나는 방해가 되지 않도록 떨어져 있었다. 그래도 커피의 향긋한 냄새와 그에 섞여 홍차 향기도 났다.

"이나미 씨." 잔을 들고 가요코가 말을 걸었다. 그때까지는 자못 심각한 얼굴로 커피를 마시고 있었던 가요코였다.

"저쪽 벽에 포스터가 있더군요. 죄송합니다. 우연히 봤어요. 저건 극단 멤버들과 손바닥 숲에서 찍은 겁니까?"

"그렇습니다." 다카시가 갑자기 생기 있는 얼굴로 대답했다. "우리는 손바닥 숲이 생겼을 때 다 같이 가서 손바닥 모양을 찍고 왔습니다. 각자 자기 손바닥 밑에 사인까지 하고, 스타가 된 기분이었지요."

"무슨 이야기입니까?" 형사가 불쾌한 목소리로 물었다.

"그 현장입니다. 그곳이 손바닥 숲이라 불리게 된 것은 스이조 공원이 생겼을 때 그 콘크리트 벽에 사람들이 손바닥 모양을 눌러 기념으로 남기자는 운동이 있었기 때문입니다. 구청에서 팸플릿을 나눠 주며 사람들을 모았습니다." 가요코가 설명했다.

그 많은 손도장이 그거였던가. 나와 마찬가지로 이 이야기를 처음 듣는 모양인 형사는 흥미도 없다는 듯 흐음, 신음 소리를 냈다.

이나미 다카시가 형사에게 연행되고 후지미 씨와도 헤어지고 우리만 남게 되었을 때 가요코가 불쑥 투덜거렸다.

"아빠, 잠깐 저랑 이야기 좀 하실래요?"

"그러려무나, 뭐냐?"

"너무 엉뚱한 이야기지만 확인해 볼 가치는 있다고 생각해요."

한동안 생각한 다음 소장이 말했다. "커피와 홍차?"

가요코는 힘있게 고개를 끄덕였다. "아빠도 눈치챘어요?"

"그래." 소장은 조끼 자락을 잡아당겼다. "이나미 다카시의 현재 근무처가 어딘지 물어놨지. 지역 디스카운트 숍이야. 순서로는 거기부터 부딪혀 보는 게 좋을 것 같다."

아! 이건 또 무슨 소리? 하는 생각에 나도 따라갔다.

7

"매우 급한 이야기라, 실례라는 점도 알고 있습니다. 그래도 꼭 대답해 주셨으면 합니다. 비밀은 지키겠습니다."

설명하는 가요코를 디스카운트 숍 '료고쿠야(両国屋)'의 점장은 납작하게 생긴 얼굴로 바라보고 있었다.

"예. 탐정사무소 사람들에게 이야기를 하는 일은 없을 줄 알았습니다만."

"이번 주 월요일, 이곳 종업원인 이나미 다카시 씨 형의 시체가 발견된 건 알고 있습니까?"

"알고 있습니다. 하지만 그 시체가 사라졌다고 하지 않았던가요?"

"예. 그건 그렇다 치고 문제는 그 시간입니다. 이른 아침, 6시 45분경이었습니다. 그 시간쯤 이곳에서 내부 인물의 범행이라고밖에 생각할 수 없는 도난사건이 없었습니까?"

점장은 입을 다물고 얼굴이 빨개졌다가 다시 서서히 창백해졌다.

소장이 다그쳤다.

"여기는 할인점. 그것도 좀 나쁘게 표현하자면 '땡처리' 가게 혹은 떨이 가게지요. 늘 많은 현금을 소지하고 있을 겁니다. 도둑맞은 건 그겁니까?"

"왜 내가 대답을 해야 하는 겁니까?"

가요코는 한숨을 쉬었다. "강제로 대답하라는 것은 아닙니다. 하지만 대답해 주신다면 그 돈을 도로 찾는 일에 도움을 줄 수 있을지도 모릅니다."

점장은 결국 마지막으로 다짐을 요구했다. "절대로 다른 데 가서 이야기하지 않겠다는 약속은 지켜 주시는 거지요?"

"그런 일은 절대로 없을 겁니다." 가요코와 소장이 합창하듯 말했다. 점장은 단념한 듯 고개를 끄덕였다.

"맞습니다. 사무실 금고에 넣어 둔 5천만 엔이 감쪽같이 사라졌습니다."

"경찰에는 신고하시지 않았고요?"

"예. 신고하지 않았습니다. 왜냐하면 그 돈은 저희가 세무서에 공개한 장부상으로는 여기에 있을 수 없는 금액이기 때문입니다."

"그렇군요."

"경비원 한 명을 두고 있는데 아침 6시 반이니 밤이 새고 나서 경비도 끝났겠다, 하고 긴장을 풀고 있는 시간대입니다. 범인은 한 명이었다고 하는데 느닷없이 눈에다 스프레이를 뿌리는 바람에 어떻게 할 도리가 없었다고 합니다."

"눈에 스프레이를? 어떤 겁니까?"

"한심한 이야기지요. 저희 가게에서 취급하는 호신용 최면 스프레이입니다. 장시간 효과가 있는 건 아니지만 순간적으로 상대의 저항력을 빼앗을 정도의 위력은 충분히 있습니다. 경비원도 그걸로 당하고 눈가리개와 재갈을 물리고 손발은 묶어 놓고, 범인이 유유히 금고를 열고 있는 동안 화장실에 처박혀 있었다고 합니다."

"금고는 제대로 열려 있었습니까? 부수거나 하지 않고?"라고 묻는 소장.

"그렇습니다. 그래서 내부 인물을 의심하는 겁니다. 다이얼 번호를 알고 여벌 열쇠를 만들 기회가 있는 사람은 내부인밖에 없습니다. 내부에서도 다섯 손가락 안에 꼽힐 정도지요. 지금 한 사람씩 엄중하게 캐고 있는 중입니다."

"그중에 이나미 다카시 씨도 포함됩니까?"

"그렇습니다. 매우 수상합니다. 돈이 궁한 사람이니까요. 우직하고 성실한 사람이라 설마 싶습니다만."

"그는 알리바이가 완벽하지요." 가요코가 말했다. "내일쯤 신문에도 날 겁니다. 그 사람, 여기 금고가 도둑의 손에 털리는 시간에 자동차로 20분이나 걸리는 곳에서 뭔가를 하고 있었습니다."

"어떻게 그걸……." 점장이 놀라 입을 열었다.

"아무튼 그렇게 되어 있었습니다. 점장, 그 최면 스프레이 냄새가 아주 강한 겁니까?"

"예 지독한 냄새가 납니다. 따끔따끔하다고 할지. 그리고 눈물이 나는 거니까."

"옷에 묻으면 한동안은 냄새가 가시지 않는 겁니까?"

점장은 고개를 갸우뚱했다. "그건 잘 모르겠습니다. 하지만 예를 들어 여기 있는 이 개의 코라면 구분할 수 있을지 모르겠습니다."라며 나를 가리켰다.

"그 스프레이 좀 볼 수 있습니까?"

물론, 나도 그럴 생각이었다. 가요코가 어떤 생각을 하고 있는지 나도 어렴풋이 알 것 같았다. 그리고 그것은 사실 나의 체험과도 일치하는 것이었다.

점장이 스프레이를 가지고 와서 허공에 대고 살짝 뿌렸다. 순간 나는 재채기 발작을 일으켰다.

"역시." 가요코가 중얼거렸다.

8

"문제는 결정적인 증거야."

그날 밤 하스미 가의 식탁에서 소장과 이토코를 앞에 두고 가요코가 설명했다. 나는 그녀의 발치에 앉아 동그랗게 몸을 말고 귀를 쫑긋 세우고 있었다.

"그 자리에 쓰러져 있었던 건 다카시의 증언과는 달리 역시 진짜 이나미 히로시였다는 사실을 어떻게 증명하는가가 문제야."

맞다. 내가 말을 할 수 있으면 만사 해결인데.

"이나미 히로시 본인을 끌고 올 수도 없고 말이지." 소장이 말했다.

이토코의 불만스러운 목소리가 들렸다.

"나는 뭐가 뭔지 모르겠어요. 알아듣게 순서대로 설명해 줘요."

"그게 말이야. 사실은 이런 거야. 그날 아침 현장에서 죽은 척하고 시체처럼 누워 있었던 사람은 역시 이나미 히로시 본인이야. 나랑 후지미 씨가 110에 신고를 하러 자리를 비운 뒤에 그가 일어나 도망친 거야. 미리 준비해 놓은 차를 이용해서."

"하지만 그러려면 협력자가 필요하잖아? 그가 옷을 갈아입게 하고 입었던 옷이 유류품으로 나중에 발견되도록 맡아 보관하고……."

"게다가 현장에 남아 있던 마사로부터 이나미 히로시를 해방시켜 줘야 했다고."

"맞아. 그걸 누가 했을까? 그게 다카시였다고?"

가요코는 단호하게 말했다.

"아니! 후지미 씨야."

나는 벌떡 일어섰다. 소장이 내 목을 쓰다듬어 주었다.

"하지만 그녀는 언니랑 같이 있었잖아."

"도중까지는 그랬지. 그런데 그녀는 속이 울렁거린다며 샛길까지 와서 쪼그리고 앉았어. 나는 그녀를 두고 뛰어갔어. 내가 보이지 않는다는 걸 확인한 후 그녀는 히로시에게 뛰어간 거지. 마사가 남아 있다는 것을 알았으니까."

"그래서 마사를 때린 거야? 여자가? 말도 안 돼. 있을 수 없는 일이야. 마사는 그렇게 허약한 개가 아니야."

이제야 알겠다. 나는 드디어 깨달았다. 후지미 씨가 들고 있던 아령이다.

가요코도 같은 말을 하고 다시 이어서 말했다. "처음에는 이상하다고 생각했어. 다카시 씨를 그 자리에서 피신시키기 위해 '맨손으로' 마사를 때렸다고 했을 때 말이야. 그런 일은 있을 수가 없잖아. 아무리 나이를 먹었다고 해도 마사는 엄연히 훈련을 받은 경찰견이었다고. 어지간한 완력이 아니면 맨손으로 때려눕힐 수는 없어. 게다가 생각해 보니까 손바닥 숲 부근에는 당장 무기가 될 만한 건 아무것도 없어. 말뚝도 돌도 각목도. 사전에 준비해 오지 않는 이상 아무것도 없다고."

아령. 내가 그런 걸로 맞았다는 말인가. 그 생각을 하니 머리 끝까지 화가 치밀었다.

이토코가 크게 한숨을 쉬었다. "응. 거기까지는 알겠어. 그럼 다카시 씨는 어떻게 한 거야? 그는 그동안 어디에 있었던 거야?"

"자기가 일하는 직장에서 금고를 뒤지고 있었던 거야." 소장이 대답했다.

"맞아. 그래서 오늘 유류품 혈흔감정에서 연극임이 들통 났을 때 손바닥 숲에서의 사건은 모두 자기 혼자 한 연극이라고 거짓말을 한 거야. 그건 말이야, 이나미 히로시를 쫓는 사람을 포기시키기 위한 연극임과 동시에 5천만 엔을 훔친 다카시의 알리바이를 만들기 위한 연극이기도 했던 셈이지."

이토코가 남자처럼 짧게 휘파람을 불었다.

"과연…… 일석이조. 알 먹고 꿩 먹고. 약았다. 그러니까 모든 게 처음부터 들통이 날 것을 전제로 했다고 해야 할지, 아니면 아예 들통이 나도록 조작해 놓은 거였군."

"그래. 경찰에서 하나의 거짓말이 들통이 나고 그 거짓말이 들통 난 결과로 성립된 알리바이라면 아무도 움직일 수가 없잖아. 오늘 아침 후지미 씨가 나한테 말했어. 다카시 씨를 만났을 때의 태도가 이상했다느니 어쩌느니 하는 것도 모두 꾸며낸 이야기야. 그건 말이지 경찰이 좀처럼 그들의 거짓말을 알아차리지 못하니까 나를 통해 살짝 찔러 본 거야."

"완전히 우연이지만 우리는 탐정사무소였으니까."

시체발견과 실종이라는 소동이 있었던 날 사무실로 찾아온 후지미 씨가 심히 불안해 보였던 것도 그래서였을 것이다. 단순한 목격자로 이용하려고 했던 상대가 탐정사무소 사람이었다. 이를 어쩌지……, 이런 상황이었을 것이다.

그녀가 피곤에 지친 모습이었던 것도 연극이 끝난 뒤였으니까 당연하다. 게다가 나 같은 용맹한 개와 한판 붙은 후였으니.

사실 이건 모두 나와 가요코가 매일 규칙적으로 산책을 하고 거의 일정한 시간에 손바닥 숲을 지나간다는 것을 알고 있는 인간만이 연출할 수 있는 연극이었다.

"어떻게 알았어? 단서가 뭐였어?"라고 묻는 이토코. 나도 그걸 알고 싶다.

"눈치챈 건 오늘이 되어서야. 다카시 씨의 아파트에서 우리가 모두 그에게 커피를 대접받았어. 그런데 후지미 씨 한 사람에게만 그는 홍차를 내줬어. 후지미 씨는 커피를 싫어해. 우리 집에서는 분명히 그렇게 말했었잖아."

다카시의 방에서 맡은 커피와 홍차 향기. 나는 목을 움츠렸다. 그때 나도 눈치챘어야 한다.

"그 두 사람, 그들의 말을 믿는다면 얼굴을 맞닥뜨린 건 두 번째라야 했어. 더구나 처음에는 다카시 쪽도 도망치듯 사라졌다고 했어. 그런 상황에서 '나는 커피는 싫어하고 홍차만 마십니다' 이런 이야기를 할 수는 없어. 그런데도 다카시 씨는 그녀의 취향을 정확하게 알고 있었어. 그때 생각했지. 혹시 이 두 사람은 전부터 아는 사이가 아닐까 하고. 그녀가 한몫을 하고 있다면 방금 말했듯이 마사가 어이없이 당한 것도 설명이 되잖아."

나는 다시 몸을 웅크리고 하나하나 정리하면서 이야기를 들었다.

"그렇다면, 그럼 왜 숨어 있었을까, 이런 문제가 되지. 무엇 때문에 숨어 있는 걸까······. 정리해 보면 이번 사건 모두 후지미 씨의 움직임에 따라 흘러가고 있어. 내가 마사만 남기고 현장을 떠난 것은 그녀가 무섭다고 매달렸기 때문이야. 경찰에 혈흔감정을 해 달라고 의뢰한 것도 그녀의 말이 계기였어. 안 그래? 그녀가 우리를 유도해 왔잖아. 무엇 때문일까? 그냥 단순히 이나미 히로시를 돕기 위한 연극 치고는 지나치게 복잡하게 얽혀 있고, 무엇보다 그럼에도 불구하고 실제로 후지미 씨는 일부러 발각되도록 하려고 했어."

"그래서 생각해 봤다." 소장이 뒤를 이었다.

"이 연극은 또 한 가지 배경이 있어서, 이 연극을 이용해 다카시와 그녀가 뭔가 하려는 게 아닐까 하는 생각이 드는데."

"그게 알리바이 만들기였던 거네."

"다카시 씨 주변에서 도난사건이 일어나고 있을지 모른다는 건 그냥 감으로 잡은 어림짐작이었어. 하지만 돈이 궁한 사람이니까 직장이 항상 현금을 움직이는 할인점인 만큼······."

"냄새가 진동하는군." 이토코가 신이 난 듯 말했다.

"그리고 나머지는 마사의 재채기 덕분이야."

가요코가 그 장면을 이야기하자 이토코는 기쁨에 겨워 나를 꼭 껴안아 주었다.

"다카시 씨로서는 점장이 경찰에 신고하지 않을 것까지 정확하게 계산했을 거예요."

"그래. 만약 경찰에 신고하고 같은 날 각각 다른 장소에서 일어나는 사건에 형제가 각각의 이름으로 부각된다면 경찰도 무관심할 수는 없겠지."

소장은 박수를 쳤다. "훌륭해. 그래 지금부터 어떻게 할 거야? 지금까지 설명해 놓은 걸 어떻게 증명할거야? 말해 두지만 커피와 홍차 건은 그냥 우연이라고 하거나 후지미 씨가 그 자리에서 이야기했다고 하거나 얼마든지 빠져나갈 수 있는 사안이야."

"그렇네요." 이토코가 기운 없이 말했다.

잠시 침묵이 흐른 후 가요코가 신중하게 입을 열었다.

"저기 있잖아, 이토코. 네가 좋아하는 손금. 그걸로 어떻게 안 될까 하는 생각이 드는데."

이튿날 아침 언제나처럼 후지미 씨와 마주친 가요코는 웃으며 손을 흔들었다.

"어제는 힘들었지요? 오늘은 같이 좀 걸을까요?"

의아한 얼굴로 따라오는 후지미 씨를 가요코는 손바닥 숲, 손도장이 잔뜩 찍힌 콘크리트 벽 앞까지 데리고 갔다.

"이거 본 적 있어요?" 손도장을 가리키며 물었다. "이 중에 극단 사람들의 것과 이나미 다카시 씨의 손도장도 있을 거예요.

어떤 건지 알아요?"

후지미는 고개를 가로저었다. 가요코가 조용히 계속했다.

"할인점 료고쿠야의 점장은 돈만 돌려주면 일을 크게 벌이지 않겠다고 했어요."

후지미 씨는 흠칫 놀라며 눈을 부릅떴다.

"개인 사정으로 인한 퇴직으로 처리하고 퇴직금도 정확하게 지불할 거예요. 이 일은 누구에게도 이야기하지 않겠다고 했어요. 좋은 조건 아닌가요? 이 조건으로 손을 쓰지 않으면 다카시 씨는 앞으로 형처럼 쫓기는 신세가 될 거예요. 할인점······. 다시 말해 땡처리 가게라는 장사도 기질이 거친 사람들이 많은 모양이에요. 그냥 두지는 않겠다고 무섭게 벼르고 있어요."

입술을 굳게 다물고 후지미 씨가 턱을 쳐들었다.

"무슨 소리를 하는 건지 전혀 모르겠어요."

"알 텐데요. 그날 현장에 쓰러져 있었던 사람은 다카시 씨가 아니지요. 역시 이나미 히로시 본인이었어요. 그리고 모두 당신과 다카시 씨가 짜고 실행한 연극이었어요."

어젯밤의 이야기를 다시 한 번 꼼꼼하게 말해 주자 후지미 씨의 어깨가 갑자기 축 늘어졌다.

"그건 날조예요. 꾸며낸 이야기라고요. 아무도 믿어 주지 않을 거예요." 그녀는 힘차게 말했다.

"내 이야기만으로는 그렇지요. 하지만 여기 증거가 있어요.

가요코는 벽에 찍힌 손도장을 가리켰다. "보세요. 다카시의 손도장. 밑에 사인이 있어서 금방 알 수 있어요. 봐요. 손바닥에 손금이 두 개밖에 없잖아요."

후지미 씨가 손도장을 뚫어져라 쳐다보다가 자신의 손바닥과 비교하고 나서 가요코를 쳐다봤다.

"보통 사람은 당신과 나처럼 누구나 손바닥에 세 개의 손금이 있어요. 감정선, 두뇌선, 생명선. 그런데 다카시 씨는 달라요. 감정선과 두뇌선이 하나로 합쳐지는 바람에 손금이 두 개밖에 없는 거예요. 백 명에 한 명이라는 드문 손금이래요."

후지미 씨는 꼼짝 않고 서 있었다. 오늘도 어김없이 갖고 나온 아령을 처음으로 그녀의 손에는 부담이 되는 무거운 물건이라는 듯 발치에 놓았다.

"어제 저녁에 뭔가 결정적인 단서가 될 만한 것이 없을까 이나미 히로시와 다카시 씨의 손에 뭔가 결정적인 특징이라도 있지 않을까 싶어서 여기로 와 봤어요. 그리고 깜짝 놀랐어요. 이 정도로 또렷하게 다른 손금은 없을 거예요."

가요코는 쓸쓸하게 미소를 지었다. "미안해요. 그날 내가 손목을 잡고 맥박을 살핀 남자의 손에는 세 개의 손금이 확실하게 있었어요. 잘못 볼 수가 없었어요. 그 일이라면 당신도 알고 있을 거예요. 난 그날 말했지요. 저기 쓰러져 있는 남자는 맨 위의 손금이 긴 손을 갖고 있다고."

오랫동안 침묵이 이어졌다. 나는 리드미컬하게 꼬리로 땅바닥을 치며 기다렸다.

"경찰에 알릴 거예요?"

작은 목소리로, 후지미 씨가 물었다. 가요코가 고개를 힘껏 가로저었다.

"그렇게 되면 료고쿠야 점장과의 약속을 어기게 되는걸요."

손도장이 가득 찍힌 벽을 마주하고 우리에게는 등을 돌리고 후지미 씨가 말했다.

"다카시 씨하고 이야기해 볼게요."

"설득해 봐요."

"해 볼게요."

가요코는 생긋 웃고 나서 나를 묶은 가죽끈을 잡아당겼다.

"있잖아요……. 손금 읽기에 빠져 있는 내 여동생 이야기로는 손바닥에 막금을 가진 사람은 거물이 될 가능성이 있대요. 다카시 씨 극작가로 대성할지도 몰라요."

후지미 씨는 움직이지 않는다.

"그의 화려한 미래를 위해서라도 지금 여기서 안이한 방향으로 치닫으면 안 된다고 생각해요. 돈이 없는 건 괴롭겠지만 둘이서 열심히 노력해야지요."

걸음을 옮기는데 뒤에서 후지미 씨의 목소리가 쫓아왔다.

"내가 그를 설득할 수 있다고 생각해요?"

가요코는 돌아보며 크게 고개를 끄덕였다.

"절대로 괜찮아요. 할 수 있어요."

"어떻게?"

"당신은 감정선이 길잖아요. 정열적이고 '희생하는 여자'라는 증거라고요. 이것도 내 동생의 주장이지요. 지금 어떻게 하는 것이 다카시 씨를 위해 최선인지 알잖아요? 그럼 할 수 있는 거예요."

우리는 사무소를 향해 달리기 시작했다.

뒤통수를 맞고 쓰러진 후부터 나는 줄곧 사건이 해결되면 나를 쓰러뜨린 범인에게 반드시 복수를 하고 싶다고 생각해 왔다. 하지만 상대가 후지미 씨다. 포기하기로 한다.

나는 신사니까.

백기사는 노래한다

1

해가 비치면 그림자가 생긴다.

그건 인간이나 다른 동물도 마찬가지다. 그 그림자는 등신대(等身大)의 모습으로 어딜 가든 따라온다.

그러나 그와는 또 다른 그림자를 동반자처럼 끌고 다니는 사람들이 있다.

바로 탐정사무소를 찾아오는 의뢰인들이다. 본인은 혼자서 온다고 생각하지만 반드시 뒤에 비극이나 희극이라는 동반자를 대동한다.

그런 동반자의 그림자는 주인과 똑같은 얼굴, 등신대의 모습을 하고 있고 주인의 몸에 달라붙어 있다. 그들은 기생목, 혹은 겨우살이라고도 한다. 다른 누구도 아닌 주인의 피와 살과 뼈에서 생기는 것이다.

조사원들의 일은 원칙적으로 그 겨우살이를 주인으로부터 떼어 내는 데 있다. 그것이 제대로 되지 않더라도 최소한 겨우살이가 달라붙은 가지를 잘라 내거나 세력을 약화시킬 수는 있다. 그런 점에서는 솜씨가 좋은 정원사와 닮았다고도 할 수 있다.

소개가 늦었는데 내 이름은 마사. 전직 경찰견. 지금은 은퇴하여 하스미 탐정사무소라는 곳에서 경호견을 하고 있다.

좋은 사무소이고 좋은 일이다. 마음에 든다.

나와 콤비를 이루고 있는 사람은 하스미 가요코 양. 소장 하스미 고이치로의 자랑스러운 딸이기도 하며 사무소에서는 가장 젊은 조사원이다. 나이와 가냘픈 몸에 비해 뚝심이 강한 '정원사 장인'인 그녀와 나는 다양한 겨우살이를 잘라 내 왔다.

그러나 지금까지 나와 가요코가 만난 사람들 중에 딱 한 사람, 기생목이 아닌 다른 존재를 데리고 온 의뢰인이 있다. 여성이고 아름다운 사람이었다.

그녀가 데리고 온 건 백기사였다.

2
저녁 무렵.

하늘은 잔뜩 흐려 있고 코가 시릴 정도로 차가운 바람이 분다. 나는 바람 속에서 얼어붙은 비 냄새를 느끼고 있었다.

나는 이토코와 같이 걷고 있었다. 하스미 이토코 양은 가요코의 동생이다. 따뜻한 재킷을 입고 저녁 장거리를 잔뜩 담은 봉투를 들고 있는 그녀는 나를 묶은 가죽끈을 왼손에 잡고 잠깐 걷다가 발을 멈추고 머리 위로 하늘을 올려다보는 동작을 반복하고 있다.

"눈이 올 것 같아."

맞아, 올 거야, 라는 의미로 나는 꼬리를 흔들어 보였다. 그러니까 빨리 집으로 가야 하잖아.

그러나 이토코는 또 멈춰 선다.

"나는 눈이 좋아."

나도 알아. 벌써 4년 넘게 같이 지내고 있는걸.

"빨리 내렸으면 좋겠다. 난 눈이 내리기 시작하는 그 순간을 보고 싶어. 마사는 본 적 있어?"

나랑 같이 있을 때 이토코는 종종 이런 식으로 이야기를 시키곤 한다. 그리고 분명 나와 '대화'를 할 수 있다. 나는 인간의 말을 할 수 없고, 이토코는 우리 견족의 언어를 알아들을 수 없음에도 불구하고 말이다. 이것이 바로 커뮤니케이션이라는 게 아닐까.

그러나 안타깝게도 여기서도 세대차이라는 것이 존재한다.

이토코는 열일곱 살 처녀다. 그리고 나는 이미 노인네 축에 들어가는 나이라 털이며 가죽도 약간 늘어지기 시작했다.

춥다. 어이, 이토코, 빨리 난로가 있는 집으로 가자니까.

"눈이 내리기 시작할 때는 소리가 들린대. 어떤 소리가 날까?"

이토코는 여전히 하늘을 올려다보고 있다. 나는 부르르 진저리를 치고, 생각해 보면 이런 지상에 내려오는 눈 자체가 춥겠구나, 하고 생각했다.

콧잔등에 얼음처럼 차가운 게 느껴져서 눈을 들자, 이토코가 환성을 질렀다.

"아! 온다!"

그리고 나는 보았다. 그 여자를.

우리에게서 조금 떨어진 곳에 있는 교차로를 그녀는 천천히 건너려 하고 있었다. 회색 코트로 감싼 몸을 약간 앞으로 숙이고 바람을 피하려는 듯 깃을 세우고 있다.

그 모습이 눈에 들어온 순간 내 시야에도 눈이 내려왔다. 마치 그녀가 나타나기를 기다렸다는 듯.

그녀는 다리가 약간 불편한 것 같았다.

가볍기는 하지만 왼발을 끌듯이 걷고 있다. 교차로를 다 건넌 곳에서 잠시 쉬더니 어리둥절한 모습으로 주위의 동네를 둘러본다. 나이는 20대 중반 정도나 될까, 소녀처럼 가냘픈 모습이다.

그 오른손에 뭔가 메모 같은 것이 보여 나는 가볍게 멍 하고 짖었다.

나를 내려다보는 이토코는 이윽고 그녀의 모습을 알아차렸다. 저 사람 길을 헤매고 있는 것 같아, 라는 나의 메시지는 이 이토코에게도 잘 전해졌다.

"안녕하세요."라고 이토코가 여자에게 말을 걸었다. 상대가 이쪽을 돌아보자 생긋 웃어 보인다.

"제가 도울 일이라도?"

그 여자는 살았다는 표정이 되었다.

"번지는 알고 있는데 어디가 어딘지……."

불편한 왼발을 한 걸음 한 걸음 내밀듯이 다가온다. 나와 이토코는 얼른 달려갔다.

"이게 주소예요. 이 부근입니까?"

여자가 들고 있던 메모를 보여 준다. 눈 섞인 돌풍이 불어와 메모지는 작은 새의 깃털처럼 팔락거렸다.

이토코는 새빨개진 콧잔등에 눈송이를 하나 붙이고 어머! 하고 말했다.

"여긴 우리 집인데요."

3

하스미 탐정사무소는 확실히 찾아오기 어려운 위치에 있다.

주택가 한복판이다. 그것도 살림집과 작은 공장들이 오밀조밀 뒤섞여 있는 동네 한 모퉁이에 한껏 조심스러운 간판을 내걸고 있으니 처음 찾아오는 사람이 길을 헤매는 것도 이해가 된다.

눈과 함께 찾아온 의뢰인은 우노 도모에 씨라고 했다. 따뜻한 사무실로 안내받아 소파에 앉은 그녀는 상상했던 '탐정사무소'의 이미지와 너무 달라 혼란스러운 듯했다. 한동안 혼란을 가라앉히느라 주위를 두리번거렸다.

"놀라셨어요?"

뜨거운 차를 내온 가요코가 말했다. 상대가 동년배 여성이라서 처음부터 허물없는 분위기를 만들려고 하는 것 같았다.

"예. 조금요. 이보다는 어두운 느낌이 나는 곳이 아닐까 생각했어요."

이 사무소는 내부 인테리어도 밝게 해 놓았고, 벽은 장래 화가가 되고 싶다는 이토코가 선택한 세련된 석판화로 장식했다.

"저…… 위층은 자택인가요?"

천장을 올려다보며 도모에가 물었다. 그녀의 입장에서 보면 탐정사무소를 찾고 있다가 저녁 찬거리를 사들고 오는 소녀에게 "그거, 우리 집인데요."라고 안내를 받은 상황이 신기하기만

했을 것이다.

"그렇습니다. 1층을 사무실로 쓰고 위층은 살림집이랍니다. 직장과 집이 정말 가깝지요?"

"게다가 여성 탐정이 있다니……."

가요코는 말없이 웃었다.

"저 말고도 여성 조사원이 더 있어요. 특히 그쪽을 희망하신다면 의뢰하신 건을 여성이 담당하게 할 수도 있습니다."

일반적으로 탐정회사나 흥신소에서 조사를 담당하는 사람이 직접 의뢰인을 만나는 일은 없다. 그러는 편이 여러 가지 의미에서 조사를 순조롭게 진행할 수 있고 안전하기 때문이다.

하스미 탐정사무소도 예외는 아니다. 일단 소장과 가요코가 의뢰인을 만나고, 조사를 맡는 단계가 되면 담당 조사원들에게 분담해서 맡기는 것이다. 가요코가 직접 그 건을 맡게 되더라도 '제가 담당하고 있습니다'라고 말하지는 않고 원칙적으로 보고자의 입장을 유지하기로 하고 있다.

지금 사무소에는 가요코밖에 없다. 소장은 약간 성가신 중재를 의뢰받아 그저께부터 규슈 쪽에 출장을 가 있다. 얼마 동안은 돌아올 수 없다고 했으니 도모에 씨가 가지고 온 건은 가요코 혼자서 판단하게 된다.

그건 말하자면 나도 참여하게 될 사건이라는 의미다. 나는 귀를 늘어뜨리고 꼬리를 바닥에 내려놓은 채 도모에 씨가 이야기를 꺼내기를 기다리고 있었다.

"조사를 의뢰할 곳이 많이 있을 텐데 저희를 찾아 주셔서 감사합니다."

가요코는 도모에 씨의 맞은편에 앉아 정중하게 고개를 숙였다.

"어떤 분이 소개해 주셨습니까?"

도모에는 고개를 가로저었다.

"전화번호부에서 찾았어요. 그리고…… 이곳의 광고가 제일 소박하기에."

도모에 씨는 무릎 위에 올린 손가락을 깍지를 꼈다 풀었다 하고 있다. 자신이 안고 있는 문제를 말로 어떻게 설명해야 할지 마음속으로 이리저리 생각하고 있을 것이다.

이윽고 그녀가 작은 목소리로 입을 열었다.

"여기에서 물건찾기도 해 주시나요?"

"예. 물론입니다."

"그게 어떤 것이라도?"

가요코는 눈을 크게 뜨고 어깨 위로 묶은 머리를 넘겼다.

"단서만 있으면 가능한 대로 노력은 합니다."

"가능하겠지요?"

도모에 씨의 눈이 이제야 처음으로 빛을 띠기 시작했다.

나는 잠깐 경계심을 가졌다. 그녀가 찾아 달라고 하는 '대상'

에 대해.

사람찾기라는 건 의외로 복잡한 경우가 많다. 극단적인 경우 그날 밤 스낵바에서 옆에 앉았던 남자를 찾아 달라, 이름도 직업도 아무것도 모르지만 사랑에 빠져 버렸다…… 이런 종류의 의뢰도 있을 정도다.

그러나 도모에 씨의 의뢰는 그런 것이 아니었다. 그녀는 주먹을 꼭 쥐고 얼굴을 들었다.

"처음부터 이야기할게요. 도시히코…… 우노 도시히코라는 이름을 들어본 기억 있으세요?"

나는 가요코를 올려다보았다. 어디선가 귀에 익은 이름이었기 때문이다.

"제 남동생이에요. 지금 경찰의 지명수배를 받고 있어요."

가요코는 펼친 메모 노트 위에 손을 놓은 채 잠시 생각했다. 그러고 나서 작게 고개를 끄덕이고 벽에 있는 게시판을 돌아다보았다.

"예. 경찰에서 인상착의를 보냈습니다."

그 게시판에는 수배자와 행방불명자의 몽타주 같은 것이 붙어 있었다. 늦게나마 나도 생각이 났다.

우노 도시히코, 22세. 강도 살인 혐의자다.

도모에 씨는 약간 창백한 얼굴로 사건의 전말에 대해 자세히 설명해 주었다.

사건이 일어난 것은 1월 16일이었다. 살해당한 사람은 주식회사 '하트풀 커피'의 사장 아이자와 이치로 씨, 55세.

사건 현장은 니혼바시 혼초에 있는 '하트풀 커피' 본사 사장실이었다. 사장이라고 하지만 공동 빌딩 한 층의 사무실 한쪽에 칸막이만 세워 놓은 곳이고, 사원이면 누구나 자유롭게 드나들 수 있었다.

아이자와 사장은 이 사장실 책상에 기대듯이 죽어 있었다. 발견한 사람은 이 방에 전등이 계속 켜 있는 것을 수상하게 여기고 찾아온 관리인으로 즉시 110에 신고했다. 밤 10시가 지나서였다.

"사장은 뒤에서 머리를 세게 맞아 살해당했다고 합니다."

사장실에 비치되어 있는 금고 문이 열려 있었고, 그 안에 보관되어 있던 현금 약 1,200만 엔이 사라졌다.

경찰에서는 즉시 내부 혹은 회사 사정을 잘 아는 자의 소행이라고 생각했다.

"왜냐하면 사장님이 살해당했을 것으로 여겨지는 시간……"

가요코가 옆에서 거들고 나섰다.

"사망 추정시간 말이군요."

"예. 맞아요. 바로 그 사망 추정시간이 오후 8시 이후였고 그 시간에는 빌딩 현관에 이미 셔터가 내려져 있었다고 합니다. 열려 있는 건 건물 뒤에 있는 비상구뿐인데, 더구나 이 비상구는 얼른 눈에 띄지 않는 장소에 있습니다. 그래서 일단 낯선 사람이 우연히 들어왔다고 생각할 수 없다는군요."

나도 그 말에는 찬성이다. 원래 오후 8시라는 시간은 일반적으로 빌딩털이가 활약하기에는 애매한 시간이다. 그런 사람이라면 전등이 모두 꺼지고 사람들이 다 빠져나간 늦은 시간이나, 반대로 사람들의 출입이 많아 주의력이 산만해지는 한낮을 선택할 것이다.

"그리고 또 한 가지, 도둑맞은 1,200만 엔은 그날 오후에 아이자와 사장이 이용하는 증권회사에서 가지고 온 것이라고 합니다. 그러니까 사장 개인의 돈이 우연히 금고에 들어가 있었던 겁니다. 지금은 어떤 회사나 대부분 그렇겠지만 '하트풀 커피'도 거래는 모두 은행계좌를 통해 이루어지기 때문에, 보통은 사무실에 그렇게 많은 현금을 둘 필요는 없습니다."

탐정사무소는 아직 '그 자리에서 현금 지불'이지만—그런 돈을 지불했다는 사실조차 잊고 싶다는 의뢰인이 많기 때문일지 모른다—일반회사라면 그럴 것이다.

"그러니까 범인은 그날 금고에 1,200만 엔이 들어 있다는 사실을 아는 사람이다, 그런 거지요?"

가요코의 말에 도모에가 고개를 끄덕였다.

"예. 게다가 이 돈이 사무실에 보관되어 있다는 것을 안 것도 그날 아침이었다고 합니다. 그러다 보니 아무래도 사원들이 의심을 받게 되었고…… 영업담당 남자직원 5명, 사무직 여사원 2명 모두 가능성이 있습니다."

나는 목을 긁다가 가요코를 쳐다보았다.

"하지만 그렇게 보면 이건 계획적인 범행은 아닐 것 같군요." 가요코가 중얼거렸다.

"예. 경찰에서도 그렇게 말합니다. 지극히 충동적인 범행일 거라고. 그런 이유로 도시히코가 더 의심을 받게 되었고요."

가요코는 고개를 젖혀 천장을 쳐다보다가 도모에 씨에게 시선을 돌리며 물었다.

"사건 이후로 줄곧 행방불명이기 때문이군요. 하지만 그것뿐입니까?"

도모에는 이마에 손을 대고 지친 듯 말했다.

"도시히코는 돈이 궁했습니다."

그런 상황에서 1,200만 엔의 유혹이었다는 이야긴가.

"회사 사람들은 모두 그걸 잘 알고 있었다고 합니다. 그리고 사건이 일어나기 보름 전에 도시히코는 사장님하고 심하게 말다툼을 했다고 하고……."

"말다툼?"

"예. 그것도 돈 때문이었다고 해요. 도시히코가 돈을 빌려 달라고 했고 사장님이 그 요청을 즉시 거절했다는군요."

가요코가 연필 끝을 입술에 대고 질문했다.

"어느 정도나 돈에 쪼들리고 있었지요?"

"사채회사에 빚이 있었다고 합니다. 작년 11월 말에."

"얼마나?"

"2백만 엔 정도."

가요코는 눈썹을 추어올리고 도모에는 한숨을 쉬었다.

"은행 계좌도 텅 비어 있고 집세도 지난달 분을 체납했어요. 융자금을 갚고 난 직후였고 끔찍이 아끼던 차도 같은 시기에 처분했어요. 틀림없이 도시히코는 돈에 쪼들리는 상태였어요."

도모에는 어깨를 늘어뜨렸다.

"게다가 그밖에도 증거가 있다고 해요. 사장님은 사무실에 있던 재떨이로 맞아 살해당했다고 하는데 그 재떨이에 동생의 지문이 뚜렷하게 남아 있었다고 해요."

흐음, 하고 나는 생각했다. 그것만으로는 좀 부족한 감이 있잖아.

"동생은 사건이 있던 날 밤에 외부 영업을 마치고 제일 늦게 돌아왔다고 하네요. 그러니까 마지막으로 사장님을 만난 것도 도시히코임이 밝혀진 거죠."

우후후. 경찰이 그렇게 말한다면 근거는 잡고 있다는 이야기군.

외부 영업에서 돌아온 도시히코가 혼자 남아 있던 아이자와 사장과 다시 돈에 관한 일로 말다툼을 하다 결국 살해하게 되었고 돈을 갖고 도주했다―이것이 경찰에서 생각하는 사건의 개요일 것이다. 현 단계에서는 타당한 추리라고 나는 생각한다.

도모에 씨가 작은 목소리로 말했다.

"이 정도의 사실관계가 갖춰지고 보니 경찰로서는 도시히코를 의심하는 것도 무리가 아니라고 생각해요. 누나로서 냉정한 말입니다만."

"동생이 범인이라고 생각하십니까?"

잠시 뜸을 들였다가 도모에 씨가 대답했다.

"절대로 아니라고 장담할 자신은 없어요. 아니라고 단언할 정도로 동생을 이해하고 있는 건 아니에요."

정직한 사람이군. 나는 분위기에 맞지 않게 감동했다.

백 가지 사실을 갖다 내밀어도 '우리 아이는 절대 아니야' 하며 부정하는 것이 육친(肉親)이라고, 대부분의 사람들은 말한다.

그러나 도모에 씨는 다르다. 사실에 입각하여 그 사실을 낳은 어둠 속을 들여다보려고 하는 것이다. 그리고 자신의 무력함을 책망하고 있다.

결코 냉정한 사람이 아니라고 생각한다.

가요코는 한참 동안 메모를 바라보며 생각에 잠겨 있다가 이윽고 물었다. 그건 나도 묻고 싶었던 말이었다.

"방금 말씀하신 건 '사실'이군요. 도시히코 씨는 경제적으로 시달리고 있었던 모양이고……. 하지만 그 '이유'는 무엇이었을까요?"

그렇다. 버젓한 직업이 있는 사람이 평범하게 생활하면서 그런 돈에 시달릴 리가 없다.

흔히 말하듯 노름을 했던 걸까……, 생각하고 있는데 도모에가 어깨를 움츠렸다.

"그걸 저도 알 수가 없어요."

"전혀 짐작도 가지 않아요?"

"그게 부끄러워요. 정말 면목이 없어요. 부모님도 돌아가시고 오로지 남매 둘밖에 없습니다. 그런데도 동생이 사채회사에서 빚을 얻을 정도로 쪼들리고 있다는 사실조차 몰랐으니까."

"하지만 같이 생활하신 건 아니잖아요?"

고개를 푹 숙인 채 도모에 씨가 고개를 끄덕인다. 가요코는 부드럽게 말했다.

"어른이 되면 친 남매 간이라도 각자의 사정이 있기 때문에 말할 수 없는 일이 한두 가지는 생기게 마련이지요."

맞다. 걱정하는 '마음'은 알겠지만 도모에 씨, 그렇게까지 자신을 책망할 건 없어요, 라고 나는 말해 주고 싶었다.

한동안 뜸을 들였다가 도모에 씨가 안정을 찾은 후 가요코가 말했다.

"그러니까 우리에게 의뢰하실 내용은 수배 중인 동생을 찾아 달라는 거군요."

잔혹한 것 같지만 도모에 씨, 그건 무리요, 라고 나는 생각했다. 그런 일이라면 경찰이 훨씬 전문가다.

그런데 뜻밖에도 그녀는 고개를 가로저었다.

"결과적으로는 그렇게 되겠지요. 하지만 직접 동생을 찾아 달라는 건 아니에요. 그런 일이라면 경찰이 하고 있으니까요. 혹시 도시히코가 연락을 해 오지 않을까 해서 제 주위에도 잠복 형사가 있을 정도니까요. 이렇게 냉정한 누나를 그 아이가 이제 와서 의지하겠다고 올 리도 없건만." 그녀는 자조적으로 말했다.

그럼 도대체 당신은 누구를 찾아 달라는 거야?

"저는 도시히코가 왜 그렇게 돈에 쪼들렸는지 그 이유를 알고 싶습니다."

몸을 앞으로 내민다. 그 눈이 진지했다.

"경찰에서는 그 이유에 대해 여러 가지로 생각할 수 있다고 했어요. 대체로 여자나 도박일 거라고 합니다. 도시히코를 잡으면 알 일이라고 말하기도 하고요. 하지만 현재로서 그 아이가 그 정도까지 열을 올린 여자는 나타나지 않고 있고, 절대 도박이 원인은 아니라는 것만은 맹세할 수 있습니다. 제가 그걸 가장 잘 알고 있습니다."

왜죠? 라고 묻는 가요코는 은근히 안타까웠다. 육친의 '맹세'가 배신을 당하는 경우를 너무나 많이 봐 왔기 때문이다.

백기사는 노래한다

그러나 도모에는 단언했다.

"저희 아버지는 노름으로 신세를 망친 사람입니다. 어머니도 도시히코도 나도 그런 아버지 때문에 얼마나 힘들게 살아왔는지 몰라요. 그런 도시히코가 도박에 손을 대다니 그런 일은 있을 수가 없습니다. 절대로 있을 수 없어요."

가요코는 아무 말도 하지 않았다.

"바로 그렇기 때문에 도시히코가 그런 빚을 진 데는 뭔가 피치 못할 사정이 있었을 겁니다. 반드시 그렇게 해야만 했던 이유가. 하지만 저는 그게 뭔지 도무지 짐작도 할 수가 없어서…… 그게 안타까워서, 한심해서……."

그렇게 쪼들리고 있었다면 왜 알려 주지 않았던 거냐고. 그렇게 말해 주고 싶은 것이다.

"그러니까 그 이유를 경찰보다 먼저 알고 싶은 겁니다."

"하지만 알면 어떻게 하시려고요?"

"그 아이가 절실하게 돈을 필요로 했던 그 이유를 알면 예를 들어 신문광고를 낼 수도 있어요. 사정은 다 알았다고 말해 주고 싶어요. 그러니까 돌아오라고. 지금 어디서 어떤 생활을 하고 있는지 모르지만 좋은 환경이라고는 할 수 없겠죠. 빨리 거기서 빼내 주고 싶어요."

"자수시키고 싶다는 말씀인가요?"

도모에 씨는 크게 고개를 끄덕였다.

나는 꼬리로 바닥을 탁 쳤다. 가요코가 빙그레 웃었다.

"마사가 '맡겠다'라고 말하는군요. 제 파트너입니다."

도모에 씨가 나를 내려다보는 시선을 받고 나는 귀를 쫑긋 세웠다.

그때 뒤에서 작은 발소리가 났다. 돌아다보니 이토코가 들여다보고 있었다.

"이야기, 끝났어?"

"응. 끝났어." 가요코가 대답하자 이토코는 창밖을 가리키며 말했다.

"엄청나게 쏟아졌어. 길에도 벌써 5센티미터는 쌓였어."

그랬다. 눈이 계속 내리는 통에 창밖이 환했다.

이토코는 언니와 도모에 씨의 얼굴을 번갈아 보면서 말했다.

"굉장히 추워요. 우노 씨. 뭔가 따뜻한 거라도 좀 배 속에 넣고 나서 가시지 않을래요? 그러면 언니가 역까지 데려다 줄 거예요. 그렇지?"

당황하며 거절하는 도모에 씨에게 하스미 자매는 한목소리로 권했다. 이러니 가요코와 이토코를 좋아할 수밖에 없다.

"이렇게까지 저를…… 죄송합니다. 고마워요." 도모에 씨가 갑자기 울상이 되었다.

탐정 일을 하다 보면 의뢰인의 심정 같은 건 뭐든지 알 것 같다는 생각이 든다. 그러나 도모에 씨가 울음을 터뜨리고 나서야 비로소 우리는 지금까지 그녀가 어떤 고독을 짊어지고 살아왔는지 가슴에 사무치도록 이해할 수 있었다.

4

가요코는 일단 약간의 '비책(秘策)'을 사용했다.

외국에서는 탐정에게도 어엿한 체포권이 있어서 경찰과 어깨를 나란히 하고 수사에 참여할 수도 있는 모양이지만, 유감스럽게도 이 나라에서는 아직 거기까지는 탐정의 존재를 크게 생각하지 않는다.

자연히 형사사건이 연루된 조사는 미묘한 작업이 된다. 특히 일본경찰은 자타가 공인하는 '우수한' 조직이기 때문에 비위를 상하게 하면 아주 골치가 아프다. '일 잘하는 상사'에 대한 처신이 어려운 것과 비슷하다.

그래서 경찰과 어떻게 잘 접촉을 하느냐가 좋은 탐정사무소를 구분하는 중요한 지표가 되고 있다.

가요코는 지난 6개월 전까지 경시청 수사1과에서 흉악범죄 수사반을 이끌었던 어떤 퇴직 경찰에게 전화를 걸어 하트풀 커피 강도 살인사건의 수사본부에 다리를 놓아 달라고 했다.

그렇다고 그 전화로 수사 내용을 뭐든 다 가르쳐 주는 건 아니다. 우선 '수상한 자가 아니다, 잠깐 시간을 내서 만나 달라'라는 소개장을 받는 정도이다.

그래서 그 퇴직 경찰의 주선 덕분에 가요코는 하트풀 커피 사건의 담당 형사와 이야기하여 도모에 씨로부터 들은 설명의 근거를 마련할 수 있었다. 그녀를 의심한 건 아니지만 사소한 점에서 기억의 오류나 착각이 없다고 장담할 수도 없다.

게다가 사건 관계자의 현 상황에 대한 정보를 얻고 가벼운 발걸음으로 경찰서를 나왔다. 경찰이 친절하다고 해도 좋을 대응을 해 준 것은 이쪽에서 조사하려는 일이 직접 수사에 관련된 문제가 아니기 때문이다. 그리고 가요코의 교섭 수완이 뛰어났기 때문일 것이다. 경찰도 인간이므로.

주차장에서 기다리고 있던 나는 이쪽으로 걸어오는 가요코의 뒤를 우연인 듯 가장하며 따라오는 남자가 있음을 알아차렸다. 키가 훤칠하고 갸름한 얼굴에 고급스러운 트렌치코트.

젊은 사람치고는 눈매가 고약하다고 말하면 너무 불쌍하려나. 그는 눈매가 예리하다. 그렇다면 형사나 야쿠자 아니면 신문기자일 게 분명하지만 형사는 저런 고급 코트를 입지는 않을 것이고, 야쿠자치고는 수수하다.

기자가 분명하다. 나는 크게 한 번 짖어 가요코의 주의를 끌고 나서 그 남자를 향해 으르렁거렸다. 상대가 우리 견족의 언어를 이해할 수 있다면,

"어이! 형씨. 무슨 볼일이지?"라는 말로 알아들었을 것이다.

가요코가 돌아다보자 젊은 기자는 어이없이 무너졌다. 아부하는 웃음을 지으며 "와아, 좋은 개네요."라고 말했던 것이다.

"감사합니다."라고 대답한 가요코는 상대를 빤히 쳐다보았다. 트렌치코트는 우물쭈물 머뭇거렸다.

"사실은 저, 그쪽 이야기를 잠시 엿들어서."

이래서 경찰서 주변에서는 방심해선 안 된다. 내가 아는 어떤 부장형사는 큰 사건이 들어왔을 때 항상 똑같은 넥타이를 매는 습관을 간파당하는 바람에 몇 번이나 기밀사항을 폭로당했다.

"저는 이런 사람입니다."

그가 내민 명함을 받아들고 가요코는 소리 내서 읽었다. 물론 보디가드인 내게 들려주기 위해서다.

"「도쿄 일보」 사회부 오쿠무라 다카시."

"처음 뵙겠습니다. 하스미 탐정사무소의 가요코 씨지요."

느물거리는 녀석이다.

"우노 도시히코 사건을 조사하고 있지요? 사실은 저도 그 사건에 대해 뭔가 걸리는 게 있어서……."

가요코는 자동차 운전석 문을 열었다.

"어때요? 정보교환하시지 않을래요? 어차피 같은 배를 타고 있다는 생각도 들고."

이렇게 말하며 오쿠무라는 조수석 문을 가리켰다. '타도 됩니까?'라고 말하는 얼굴이다. 가요코는 안내양처럼 뒤에 있는 도로를 가리켰다.

"택시."라고 한마디 던져 놓고 차에 올라타 시동을 건다.

오늘은 어제와 딴판으로 날씨가 쾌청하다. 눈이 녹으면서 만들어진 검은 웅덩이를 타이어가 철버덕 하고 물을 튕긴다. 목적지는 먼저 하트풀 커피 본사다.

사장이 사망한 후 하트풀 커피는 개점휴업 상태가 되어 있다. 회사는 텅 비어 있었다. 우리는 현장을 살펴보고 관리인을 만나기 위해 온 것이다.

차를 세우고 비상구 쪽으로 향한다.

한눈에 불길한 느낌이 들었다.

도모에 씨는 '찾기 힘든 비상구'라고 했는데 그 정도가 아니다. 처음 온 사람은 일단 알아보지도 못할 것이다. 문이 건물 뒤에 있는 건 그렇다 치더라도 거기서 밖으로 나오려면 빌딩 옆에 있는 큰 주차장을 빠져나가야 한다.

게다가 비상구 문을 열고 안을 들여다보니 사람 하나가 겨우 지나갈 수 있을 정도의 좁은 통로가 나 있다. 기름 냄새가 나고 어둡다. 막다른 곳의 방화문이 정면 현관으로, 그 바로 앞에 있는 문이 계단실로 통한다.

"마사, 어떻게 생각해?"

가요코가 무거운 문을 닫으며 중얼거렸다.

백기사는 노래한다

"누군가의 눈에 띄지 않고 출입할 수 있는 건 분명하고……
내가 이 빌딩 안에 근무하는 여사원이라면 밤에 혼자 여기를 빠져나오고 싶은 마음이 들지 않을 거야. 누가 숨어서 기다려도 전혀 알 수가 없고……."

밖으로 나와 이 빌딩과 등을 맞대고 서 있는 옆 창고의 밋밋하고 창문도 없는 벽을 올려다본다. 여기는 완전한 그늘로 어제의 눈이 뽀드득뽀드득 얼음으로 변해 남아 있다.

"목소리를 어지간히 높여도 들리지 않겠어."

나도 그렇게 생각한다. 여기는 위험하다.

"하트풀 커피의 영업용 차량들은 모두 옆 주차장에 세우게 되어 있다고 합니다."

목소리에 돌아다보니 오쿠무라가 따라와 있었다. 미끄러지지 않으려고 천천히 다가오고 있다.

"다시 말해 밤에 회사로 돌아오면 차를 세우고 그대로 비상구로 직행하는 거지요. 외부 영업이 끝나면 항상 7시 반에서 8시 사이에 돌아오게 되어 있습니다."

하트풀 커피는 커피전문점에 커피 원두를 팔기도 하고 영업용 기기를 맡아 관리·유지하기도 했다.

"최근에는 심야영업을 하는 커피전문점이 많아서 서비스에 철저히 대응하려면 아무래도 늦어지기 마련이지요. 그런데 운전을 잘하시네요. 따라오느라 애먹었습니다. 여자치고는 대단하십니다."

히죽 웃는다. 이는 하얗지만 역시 느물거리는 녀석이다.

"감사합니다."

가요코는 쌀쌀맞게 대꾸하며 나를 데리고 정면 현관으로 발걸음을 옮겼다. 오쿠무라도 따라온다.

"이 사건은 아무래도 우발적으로 일어난 듯한 사건치고는 무대장치가 지나치게 잘 갖추어져 있다는 점이 걸립니다. 이 비상구도 그렇고 문제의 돈도 그렇고."

나는 주위를 돌며 쿵쿵 냄새를 맡으면서 걸었지만 귀에는 오쿠무라의 말소리가 들렸다. 나와 비슷한 느낌을 갖고 있군, 하고 생각했다.

관리인은 50대 중반 정도의 통통한 아저씨로 성실한 느낌이었다. 상당히 낡은 이 빌딩이 청결하게 유지되고 있는 것은 이 사람의 공적일 것이다.

나와 가요코가 힐끗 노려보는 바람에 오쿠무라는 밖에서 서성거리고 있다.

가요코는 관리인에게 자신이 우노 도시히코의 학생시절 친구라고 소개했다.

"최근까지 사건에 대해 몰랐다가(물론 자기가 아는 사람이 강도짓을 했다면 설마설마 하는 생각이 들기 마련이다) 깜짝 놀라 찾아왔습니다. 여기에 오면 그 후에 어떻게 되었는지를 알 수 있을 거라 생각했는데, 회사는 문이 닫혀 있군요."

관리인은 현관에서 걸레질을 하고 있던 손길을 멈추고 가요코를 상대해 주었다.

"1인 경영 체제의 회사였으니까요. 사장님이 그렇게 되고 보니 이제 끝장이겠지요."

"사장님은 수완이 좋고 훌륭한 분이라고 들었습니다만 우노 군은 어떻게 된 걸까요?"

"우노 씨 말인가요? 얌전한 사람이었지요. 요즘 젊은 사람들은 도무지 알 수가 없으니."라며 커다란 손바닥을 휘휘 젓는다. 가요코는 목소리를 낮췄다.

"빚이 있었다던데요?"

"그래요. 인간이란 빚을 내가면서 흥청망청 놀고 다니면 끝장이라오. 아가씨."

"사장님과 돈 문제로 싸웠다더군요. 옛날 우노 군을 생각하면 상상도 할 수 없는 일이에요."

"심하게 싸웠지요. 복도에 있는 나한테까지 들렸으니까?"

"어머나 세상에!"

"너 따위한테 2백만 엔씩 내 줄 이유가 없어, 라고. 워낙 엄격한 사장이었으니까."

어라, 하는 얼굴로 관리인이 밖을 내다보았다. 자동문에 매달려 있는 오쿠무라를 알아보았기 때문이다.

"당신 참 끈질기군."

그에게 말하며 관리인은 갑자기 수상하다는 눈으로 가요코를 빤히 쳐다보았다. 우리는 재빨리 밖으로 나왔다.

"미안합니다." 오쿠무라가 말했다.

"끈질기다는 말을 들을 정도로 이 사건을 조사하고 다닌 겁니까?"

"꽤 자세히 했지요."

가요코는 발걸음을 멈추고 잠시 생각에 골몰했다. 그 틈을 놓치지 않고 오쿠무라가 말했다.

"어때요? 같이 움직이지 않을래요? 손해는 끼치지 않을 겁니다."

두 사람이 동시에,

"왜 조사하는 겁니까?"

"뭘 조사하는 거죠?"라고 서로에게 질문했다. 오쿠무라가 먼저 웃었다.

"내가 먼저 대답하지요. 도저히 납득이 가지 않기 때문입니다. 한 사원에게 이런 이야기를 들었습니다. '우노 씨는 분명 돈에 쪼들렸다. 하지만 상당히 행복하게 돈에 쪼들리고 있다는 느낌을 받았다'라고요."

가요코는 긴장했다. 나도 마찬가지. 이윽고 그녀가 말했다.

"우리는 우노 도시히코 씨가 빚을 진 이유를 조사하고 있습니다."

오쿠무라는 진지한 얼굴로 고개를 끄덕였다.

"그래요. 그것도 이해가 가지 않습니다. 어쩌면 우리는 피차 원하는 바가 같은 사람들 아닌가요?"

우리는 차 옆까지 와 있었다. 오쿠무라는 다시 '타도 되겠습니까?'라는 얼굴로 조수석 문을 가리켰다. 이번에는 가요코가 고개를 끄덕였다.

그러나 그가 문을 열었을 때 나는 한 발 앞서 얼른 조수석으로 뛰어들었다.

네 녀석은 뒤에 타거라, 젊은 놈이!

가요코가 킥킥 웃었다.

"이름이 마사라고 해요. 내 짝꿍."

오쿠무라는 뒷좌석에 타며 말했다.

"질투가 많은 짝꿍이군요."

남이야! 질투가 많든 말든 무슨 참견?

5

역시 기자는 다르다. 오쿠무라는 사건에 대해 상당히 깊이 파고들어 조사를 하고 있었다. 아이자와 사장의 자택으로 가는 길에 그는 자세하게 설명해 주었다.

"사원 7명 중에서 뚜렷한 알리바이가 없는 사람이 도시히코 씨 말고도 2명이 더 있습니다."

하나는 도시히코와 동기인 젊은 영업사원 우다가와 다쓰로. 또 한 사람은 영업과 경리 책임자인 아키스에 지로. 이쪽은 아이자와 사장과 비슷한 연배의 남자로 사장과는 20년이 넘게 함께해 온 베테랑 사원이라고 한다.

"특히 이 우다가와라는 남자가 도시히코보다 조금 먼저 회사를 나갔습니다. 제가 좀 캐 본 범주 내에서도 씀씀이가 헤프고 플레이보이라는 소문이 있는 친구지요. 뭔가 수상한 냄새가 납니다."

핸들을 꺾으면서 가요코가 말했다.

"오해가 있는 것 같은데 저는 딱히 진범이 있다고 생각하는 건 아니에요. 단지 왜 도시히코가 돈에 쪼들렸는가, 그 이유를 알고 싶을 뿐이에요."

"오노 도시히코 범인설은 변함없다고 생각하는 겁니까?"

"지금 단계에서는 그래요."

오쿠무라는 입을 다물었다. 가요코는 룸미러로 그의 얼굴을 힐끗 살피고 다시 말을 이었다.

"오쿠무라 씨에게는 그가 범인이 아니라고 생각하는 근거가 있습니까?"

"물증도 상황증거도 그에게 불리한 것뿐이지요."

"그러게요. 조금 전 경찰에서 들었는데 그가 살아 있는 아이자와 사장을 만난 마지막 인물이라는 사실은 분명하다고 하니."

사망추정 시간 조금 전에 아이자와 사장은 부인에게 전화를 걸었다. 주식을 매각한 돈을 갖고 돌아가겠다는 것(그 돈으로 아들에게 새 차를 사줄 예정이었다고 한다). 그는 영업사원 한 명이 아직 돌아오지 않아서 그를 기다렸다가 사무실을 나가겠다고 했다고 한다.

아직 돌아오지 않은 영업사원이 바로 도시히코였다. 그리고 그 전화를 거는 도중에 사장은 이렇게 말했다고 한다.

"아, 왔군. 왔어. 우노가 지금 들어왔어. 그럼 끊지."

전화는 거기서 끊어졌다. 그리고는 시체가 발견되기까지 사장과 대화를 나눈 사람도, 사장의 모습을 본 사람도 없다고 한다.

"그 이야기라면 나도 알고 있습니다."

"그래요. 그래서요? 도시히코 씨가 범인이 아니라고 생각하는 이유는? 감인가요?"

창밖으로 눈길을 주던 오쿠무라가 룸미러 안의 가요코를 보았다.

"그에게 누나가 하나 있습니다. 알아요?"

가요코도 나도 느닷없이 도모에 씨 이야기가 튀어나와 놀랐다.

"알고 있어요. 도모에 씨 말이군요."

"다리가 불편한 사람이지요."라고 말한 오쿠무라는 눈길을 돌렸다.

그래도 나는 그의 눈이 문득 어두워지는 것을 놓치지 않았다. 어딘가 몸 깊숙한 곳이 아픈 듯한 표정을 짓고 있다.

"그 누나의 혼담이 상대방 부모의 반대로 무산된 적이 있어요. 결국 그녀의 다리가 문제가 되었다고 하지만."

이 얼마나 안타까운 이야기란 말인가.

"그때 도시히코 씨의 소란이 보통이 아니었다고 하더군요. 상대방 남자에게 몇 번이나 담판을 하자며 찾아가고······."

"도모에 씨에게는 비밀로 하고요?"

"그런 것 같습니다. 마지막에는 상대 부모가 성가신 도시히코를 떨쳐 내려고 내민 위자료를 거절했다고 합니다. 2백만 엔을요."

다시 룸미러 안에서 두 사람의 눈이 마주쳤다.

"그게 사건이 일어나기 한 달 정도 전의 일입니다. 도시히코가 친하게 지내던 친구한테 듣고 도모에 씨의 상대 남자까지 만나 확인했다고 하니, 틀림없을 겁니다."

오쿠무라는 시트에서 몸을 일으켰다.

"그 시점에서 그는 이미 사채업자로부터 돈을 빌리기 시작했습니다. 돈에 쪼들렸다는 점에 있어서는 사건 당시와 같았지요.

하지만 좀 이상하지 않습니까? 왜 그 돈을 받지 않았을까요? 그걸 생각하면 나는 그가 범인이라고 단정할 수가 없습니다."

오쿠무라도 아이자와 사장의 부인과는 면식이 없다고 한다. 두 사람 모두를 찾아갈 구실이 필요하다고 하자 그는 즉석에서 제안했다.

"나는 옛날에 사장에게 신세를 진 적이 있는 사람이고 당신은 나의 연인이라고 합시다. 정식으로 결혼하기로 해서 두 사람이 영전에 알려드리러 왔다고. 완벽하잖소?"

"어쩔 수 없는 것 같군요."

커다란 대문이 있는 집이었다. 집을 에워싼 울타리는 문화재에 가까운 가치가 있는 노송나무로 만들어졌다.

울타리 가까이 차를 세웠다. 바로 옆에 회색 차 한 대가 비슷하게 울타리를 끼고 주차되어 있는 것이 보였다.

"손님이 와 있나?" 오쿠무라가 말했다.

나는 차 안에서 대기했다. 유감스럽게도 내게는 이런 불편함이 있다. 아무리 구실이 좋다 해도 거리낌 없이 들어가서는 안 되는 장소도 있는 것이다.

가요코와 오쿠무라가 방문을 알리고 집 안으로 안내를 받아 들어갔다. 솔직히 이럴 때 재미없다. 운전석 창으로 고개를 내밀고 내 눈이 닿는 범위 내에 두 사람이 나오지 않나 하고 둘러보았다.

그때 회색 차 안에도 누군가가 있다는 것을 알았다.

그때까지 누워 있다가 일어났을 것이다. 머리가 불쑥 튀어나오고 얼굴이 보였다. 아직 젊은 남자다. 학생일지도 모른다.

문을 열고 밖으로 나온다. 불쾌한 얼굴로 아이자와 가의 문쪽으로 걸어가다가 이쪽 차 옆을 지날 때 내 존재를 알아차리고는 더러운 것이라도 피하는 듯한 동작을 했다.

그러나 나는 화가 나지 않았다. 그럴 상황이 아니었기 때문이다.

나는 마약견은 아니다. 그러나 그 냄새를 구별해 낼 수는 있다.

나를 피하던 그 학생 같은 남자는 틀림없는 마약중독자였다. 소장이 옛날부터 '히로뽕'이라고 부르는 각성제 냄새가 진동하고 있었다.

뭐하는 자야? 지켜보고 있자니까 남자는 돌아와서 자신이 있던 차창으로 손을 집어넣고 자지러질 듯 경적을 울리기 시작했다.

뭐하는 녀석이야? 어지러운 귀를 보호하면서 모습을 살피고 있노라니 아이자와 저택에서 사람이 뛰어 나왔다. 전통복 차림의 중년 여성과 우람한 체격의 중년 남자. 그리고 오쿠무라와 가요코다.

"마사시!"라고 부르면서 중년 남자가 뛰어오더니 마사시라 불린 청년의 팔을 잡았다.

"왜 이렇게 늦어!"라며 마사시는 팔을 휘두른다. 마치 어린아이 같다.

"미안. 이제 볼일은 다 끝났어. 가자, 응? 아빠가 기다리게 해서 미안해."

그다음 대화를 들어보니 이 중년 남자가 아키스에 지로였다. 하트풀 커피의 베테랑 사원이다. 전통복 차림의 여자가 아이자와 사장의 부인으로 마땅치 않은 얼굴을 하고 아키스에 부자를 바라보고 있다.

당연하다. 나도 기가 막혔다.

아키스에 씨가 뭘 하러 와 있었는지는 가요코 팀이 돌아온 다음에 바로 알았다. 하트풀 커피의 앞으로의 경영에 대해 의논하고 있었던 것이다.

"그 아들이 좀 이상하군요."

다시 뒷좌석에 자리를 잡고 오쿠무라가 말했다.

"아이자와 부인의 이야기로는 유학까지 가서 그림 공부를 했다고 하는데, 유학보다 상식적인 사회인으로서의 예절 교육을 다시 시키는 게 좋지 않을까요."

차를 출발시키면서 가요코가 말했다.

"무슨 환자 같았어요. 심상치가 않아요."

"신경질적인 성격이겠지요."

그런 게 아니라니까. 마약 때문이라고!

"아이자와 부인은 아키스에 씨가 자기 아들을 천재로 믿고 있다며 웃었지만."

오쿠무라가 쓴웃음을 짓고 있다.

"그 친구 대학에서도 계속 유급당했다고 했어요. 어떻게 할 건지."

가요코는 생각에 잠긴 눈을 하고 있다. 마약에 빠진 예술가 지망생인가……. 그러자 나도 기분이 나빠지기 시작했다.

그날 밤에 가요코는 이토코에게 이런 질문을 했다.

"이토코, 내 말 좀 들어 봐. '백기사'라고 하면 너는 무슨 생각이 떠올라?"

무심히 텔레비전을 보고 있던 이토코는 즉각 대답했다.

"『거울 나라의 앨리스』."

"동화?"

"동화가 아니야. 그건 판타지야. 어른이 읽어야 진정한 재미를 알아."

가요코는 '항복'의 뜻으로 두 손을 들었다.

"알았어. 하지만 나는 『이상한 나라의 앨리스』밖에 모르거든."

"그럼 가르쳐 주지."라며 이토코가 앉은 자세를 바로했다.

"『거울 나라의 앨리스』는 『이상한 나라의 앨리스』 다음에 쓰여진 작품이야. 앨리스는 체스 세계로 들어가서 마지막으로 하얀 여왕이 되는데 그녀를 거기까지 에스코트하는 것이 바로 백기사라는 거야."

"아아!" 납득하는 가요코. "그럼 캐릭터로서는 착한 나라 쪽이야?"

"맞아. 『거울 나라의 앨리스』 안에서 앨리스에게 가장 친절하게 대하는 신사지. 그 이야기의 등장인물이니까 물론 별나긴 하지만. 자꾸만 말에서 떨어지고 자기 투구 안에 빠질 때도 있어. 잠깐만 기다려."

이토코는 가볍게 일어나 자기 방으로 가서 책을 한 권 가지고 왔다.

"기사는 주석으로 만든 갑옷을 입고 있었지만 그건 전혀 몸에 맞지 않는 것 같았습니다."라고 읽어 준다.

"이 부분은 굉장히 좋은 장면이야. 백기사는 노래를 불러. '…… 기사는 말을 멈추고 고삐를 목에 떨어뜨렸습니다. 그리고 한 손으로 천천히 박자를 맞추면서 살며시 미소를 지었습니다. 그는 얌전하고 얼빠진 얼굴을 밝게 하고 노래를 부르기 시작했습니다.'"

노래를 마친 기사는 앨리스를 숲 끝까지 데리고 가서 거기서 자기를 배웅해 달라고 부탁한다.

"오래 걸리지는 않아. 잠깐만 기다려, 내가 저 모퉁이까지 가면 손수건을 흔들어 줘, 그러면 나는 기운을 차릴 수 있을 거야."

가요코는 가만히 듣고 있다가 살짝 웃었다.

"그거 나 좀 빌려 줄래? 오늘 밤에 읽어 볼게."

"알았어. 삽화도 잘 봐. 테니엘(John Tenniel, 영국 출신의 삽화가. 『이상한 나라의 앨리스』의 삽화로 유명하다 – 옮긴이)의 그림인데 아주 멋져."

이토코는 말을 하고 고개를 갸우뚱했다.

"그런데 왜 갑자기 백기사에 대해 물어봤어?"

가요코는 설명했다. 아이자와 부인의 이야기지만 도시히코가 언젠가 한 번 '저는 백기사입니다'라고 말한 적이 있다는 것이다.

그가 차를 처분했을 때의 일이라고 한다. 원래 부인이 소개해준 딜러한테서 산 것이라고 하는데 팔 때도 그곳에 의뢰했다고 한다.

"아깝다. 왜 그러는데?"라고 부인이 묻자 도시히코는 웃으며 이렇게 대답했다.

"저는 백기사입니다."

"그게 뭘까?" 이토코가 물었다.

"이상하지. 나도 전혀 짐작이 되지 않아."

"하지만 특히 백기사라는 말을 선택해서 사용한 거라면 그건 역시 앨리스에 나오는 이 기사를 말하는 것 같아. 예를 들면 지난번 신문에서 읽었는데 그거 있잖아. 요즘 '기업 매수'라는 게 있지."

"응. 주식을 사들이는 거."

"주식을 사들인 회사가 상대에게 저항하기 위해 자금 원조를 해 줄 다른 기업을 찾는 일이 있대. 그럴 때 '○○사(社)는 백기사를 구하고 있다'라고 표현한대. 그것도 결국 『거울 나라의 앨리스』의 선량한 기사에서 온 말이라는데. 그 정도로 일반적인 거야."

사정이 그렇게 되어 가요코는 그날 밤 늦게까지 『거울 나라의 앨리스』를 읽었다. 나는 그 발치에 몸을 웅크리고 앉아 창문을 두드리는 마른 나뭇가지 소리를 듣고 있었다.

그리고 문득 생각했다. 백기사란 눈(雪)을 말하는 건가, 하고.

눈을 이끌고 이 사무소를 찾아온 도모에 씨의 하얀 얼굴이 그런 연상을 불러일으킨 건지도 모른다.

6

백기사는 그렇다 치고 그로부터 일주일 정도 가요코는 자주 움직였다. 도시히코의 친구와 동료들에게 그가 사채를 빌린 이유에 대해 짚이는 바가 있는지 여부를 끈질기게 탐문하고 다녔다.

그러나 다들 고개를 갸우뚱거리며 이상하게 여기고 있었다. 도시히코에게는 그렇게 비밀로 하고 싶은 이유가 있었던 걸까.

가장 많은 이야기를 한 사람은 오쿠무라가 의혹을 품고 있는 우다가와 다쓰로였다.

햇볕에 잘 그을린 매우 핸섬한 청년이다. 머리도 좋다. 틈만 보이면 가요코에게 추파를 던지려 드는 점만 제외하면 만점을 줘도 좋을 것 같았다.

"좋은 녀석이었어요. 좀 어둡긴 했지만 성실했고. 무모하게 빚을 지는 부류는 아니었습니다. 그래요. 그 녀석, 신용카드도 갖고 있지 않았을걸요. 요즘엔 드문 일이지요. 그런데 오늘 밤에 시간 있어요? 요코하마 베이 브리지 야경을 보러 드라이브 같은 건 어떨까요?"

"전 업무 때문에 그곳에 자주 가요. 아이자와 사장님은 어떤 분이었습니까? 예를 들면 가불 같은 걸 해 주는 경우가 있었나요?"

"전혀. 엄격한 영감이었어요."

"엄격하다고요? 돈에?"

"만사가 다. 전에 근무하던 친구가 한 번 음주운전으로 잡혔을 때는 정말 살벌했지요. 그 자리에서 쫓겨났으니까."

"…… 그건 정말 지독하군요."

"결벽증이었습니다. '법을 지키지 못하는 녀석은 사회생활을 할 자격이 없다!' 이게 말버릇이었습니다. 저기, 그럼 멋진 와인 바는 어때요?"

"미안해요. 와인은 질색인걸요. 사원들은 모두 아이자와 사장의 그런 지독한 점을 잘 알고 있었던 거지요?"

"알고말고요. 아무튼 까다로운 사장이었어요. 우노와 싸우게 된 것도 사채회사에서 그 친구를 찾는 전화가 오는 바람에 사장에게 채무 건이 들통이 나 버렸기 때문이에요."

"게다가 도시히코 씨가 사장에게 돈을 빌려 달라고 했으니까……."

'너 따위한테 2백만 엔씩 운운'했던 부분이다.

"하지만 특히 힘들었던 사람은 역시 아키스에 씨였을 겁니다."

"아키스에 씨? 사장님과 같이 일한 지 오래되었으니까?"

"그것도 있지만 그 사람의 아들이 글쎄,"

우리를 어이없게 만들었던 마사시를 말하는 것이다.

"화가가 되겠다며 파리로 가기도 했는데 지독한 녀석이었어요. 정말 재능이 있는지 여부도 의심스럽지만 아키스에 씨도 자식이라면 무조건 오냐오냐하는 부모라 한번은 개인전까지 열어 준 적이 있습니다. 나도 초대를 받아 어쩔 수 없이 가 보긴 했지만 엉성하기만 하고 그림은 도무지 좋지도 않았어요. 그 녀석은 불쾌한 분위기를 만들었고."

"그렇군요. 문제가 있을 것 같은 사람이긴 하던데……."

마사시의 기행과 그것을 개의치 않는 아키스에 씨의 맹목적인 자식 사랑은 하트풀 커피에서는 유명한 이야기라고 한다.

"아키스에 씨 자신이 젊은 시절에 화가가 되고 싶었던 모양입니다. 그래서 자신이 이루지 못한 꿈을 자식에게서 이루고 싶었겠지만, 저 지경까지 되고 보면 우스꽝스러움을 넘어 불쌍해지는 거지요."

"단순히 지나친 응석 같다는 생각은 들었습니다만."

"그래서 사장도 화를 냈던 겁니다. '아키스에는 자식 교육이 틀려먹었어'라고 자주 말했습니다. 그 두 사람, 사장과 사원이기 이전에 친구이기도 했으니까요, 상당히 신랄하게 의견을 말한 적도 있는 모양입니다. 뭐 아키스에 씨 입장에서 보면 원치 않는 참견이었던지라 가끔 불평을 하기도 했습니다."

"최근 아키스에 씨의 아드님을 만난 적이 있습니까?"

"아니오. 집에 무슨 아틀리에를 증축한다나 뭐라나, 틀어박혀 지내게 된 모양이라서. 저기, 영화는 어때요? 기분전환이 될 겁니다."

"이번 질문에 대답해 주시면 생각해 보겠어요. 사건 당일 오후 8시부터 10시까지 어디에 있었습니까?"

"쳇!"

"어디에 있었지요?"

"집에 있었어요. 혼자. 옆집 여자한테 물어봐도 되요. 나에 대해 잘 알고 있으니까."

가요코는 빙그레 웃었다.

"그래요, 그럼 영화는 그 여자랑 가면 되겠네요. 협조 감사합니다."

우리는 아키스에 씨도 만나러 갔다.

그 사건과 관련하여 탐정사무소 사람이 왔다고 하면 처음에는 모두 어느 정도 경계하기 마련이다. 이야기를 해 보고 우리 조사의 목적을 알면(이 경우는 그게 더 낫겠다고 판단해서 가요코는 의뢰자가 도모에 씨라는 것도 이야기했다) 안심하거나 동정하기도 하면서 허물없는 분위기가 되는 과정을 거치는 것이 보통이다.

아키스에 씨도 그랬다. 처음에는 미심쩍은 얼굴을 했지만 도모에 씨의 이름이 나오자 갑자기 태도가 부드러워졌다.

"그렇습니까…… 안됐군요. 그래서 그때 당신이 사장 집에 왔던 거군요."

"그때는 정말……."

"아니요, 나야말로 마사시가 컨디션이 좀 좋지 않아서 부끄러운 모습을 보이고 말았습니다."

잔뜩 주눅이 들어 있다. 일단 그게 꼴불견에다가 상식을 벗어난 일이었다는 점은 인식하고 있는 모양이다. 원래는 성실하고 다른 사원들로부터 평판도 나쁘지 않은 인물이니까.

이것도 부모의 맹목적인 자식 사랑이라는 건가, 하고 나는 마음이 약간 무거워졌다. 이야기가 좀처럼 본론으로 넘어가지 않는 것이다. 아키스에 씨는 마사시에 대한 이야기만 계속 늘어놓고 있다.

방문 후 비로소 알게 된 사실이지만 그는 홀아비였다. 부인은 1년 전에 세상을 떠났다고 하며 지금은 마사시와 둘이서 살고 있다.

집 자체는 아담한 편이지만 부지는 넓었다. 우다가와 청년도 이야기했던 마사시의 아틀리에를 그 부지 한 모퉁이에 건설 중이었다.

"집사람이 살아 있을 때 마사시의 작품을 세상에 발표하게 해 주고 싶었습니다만……. 마사시도 엄마를 잃은 충격이 아직 남아 있는 상태입니다."

그래서 각성제를 복용하는 건가, 나는 아니꼽게 생각했다.

짜증이 난다. 내가 인간의 말을 할 수 있었으면 싶은 때가 바로 지금과 같은 상황이다. 아키스에의 맹목적인 자식 사랑은 마땅치 않지만 심정은 이해가 간다. 그러니까 이봐요, 우선 아드님을 의사에게 데리고 가는 게 먼저요, 라고 충고해 주고 싶은 것이다.

"이건 전부 아드님이 그린 겁니까?"

방 안을 둘러보고 가요코가 물었다. 별로 넓다고 할 수 없는 이 거실에도 그림이 두 점 걸려 있다. 복도는 물론이고 현관에도 있었다.

"그렇습니다. 색깔 사용이 독특하지요. 한 번 보면 잊을 수 없는 작품이라는 평을 듣습니다."

과연 그럴까…… 싶은 느낌이었다. 약간 초현실적으로 비틀어 본 풍경화, 라는 설명이 붙어야 할 정도의 것이지 그렇게 인상적이라고는 생각되지 않는다.

그리고 약간 오싹한 느낌이었다. 예술가가 각성제뿐 아니라 약물을 복용하는 문제는 종종 있는 일이다. 마사시가 자부심과 부모의 기대를 만족시키기 위해, 자신의 재능을 끌어내 보려고 약물을 이용하고 있는 거라면. …… 그리고 그것이 결과적으로 그가 가진 본래의 재능을 소모시키고 있는 거라면.

"훌륭합니다." 가요코는 아키스에 씨의 기분을 맞춰 주었다. "유학도 다녀왔다고 하던데요."

"예. 역시 그림 공부는 본고장으로 가지 않을 수가 없습니다. 큰 전시회를 앞두고 있어서 한동안은 일본에 있지만 끝나면 다시 그쪽으로 갈 예정입니다."

아들 하나에 모든 걸 걸고 유학을 보내는 것은—그것도 예술이라는 유난히 돈이 많이 드는 분야에—경제적으로도 엄청난 부담일 것이다. 경찰도 그 점을 염두에 두고 사건 후에 상당히 면밀하게 조사를 벌였다.

그 결과에 의하면 아키스에 씨는 아이자와 사장과 마찬가지로 주식투자를 하고 있었고, 그것이 매우 견실한 방법인 데다가 호조를 보이고 있다고 한다. 얼핏 그런 식으로 보이지는 않아도 그는 유복한 편이다.

오쿠무라는 전에 아키스에 씨의 알리바이도 분명하지 않다고 말했지만 그에게 1,200만 엔 때문에 사장을 죽여야 할 이유는 없다.

한 시간 정도 마사시의 작품 이야기를 한 다음 드디어 도시히코의 화제로 전환할 수 있었다. 그러나 막상 이야기를 시작하자 아키스에 씨의 입이 무거워졌다.

도시히코가 빚을 진 이유에 대해 전혀 짐작 가는 바가 없다고 한다.

"그리고 말입니다. 그 친구 누나의 심정은 이해가 가지만 그런 걸 조사해 봐야 아무 소용도 없을 거라는 생각이 드는군요."

"그럴까요."

"예. 지금 젊은 사람들은 유혹에 약하고 '사채'라는 것의 성질 자체가 옛날과 달라지고 있잖습니까? 쉽게 빌릴 수 있으니까 이렇다 할 목적도 없으면서 물 쓰듯 흥청망청 써 버리고 다시 빚을 지고…… 악순환이지요. 정신을 차렸을 때는 이미 꼼짝도 못할 정도가 되어 있었다. 뭐 대충 그런 상황이 아닐까 싶습니다만."

확실히 그런 경우는 늘고 있다. 소장과 친한 변호사가 젊은이의 신용파산이 너무 많아 재판소의 파산 업무 담당들은 이리 뛰고 저리 뛰며 일을 처리한다고 이야기한 적도 있다.

"하지만 '우노 씨는 돈에 쪼들리기는 했지만 행복해 보였다'라고 말하는 사람도 있습니다."

아키스에 씨가 하하하 웃었다.

"그거야말로 막다른 처지에 몰리기 전까지는 빚을 가볍게 생각했다는 증거가 아니고 뭐겠습니까?"

가요코는 입을 다물어 버렸다.

헤어지기 전에 현관에서 가요코가 빈말로나마 다시 한 번 그림을 칭찬하고 "제게도 화가를 지망하는 동생이 있습니다."라고 말하자 아키스에 씨는 일부러 다시 안으로 들어가 작은 데생을 가지고 왔다.

"동생에게 전해 주세요. 모사(模寫)에 사용할 수 있습니다. 마사시가 파리의 오페라극장을 그린 작품입니다."

어딘가 석연치 않은 얼굴로 가요코가 그 데생을 들고 돌아왔다. 이토코에게 보이자 그녀는 일언지하에 혹평을 내뱉었다.

"뭐랄까, 불건전한 그림이네."

맞다. 이토코의 감상안(鑑賞眼)은 정확하다.

"게다가 나는 파리보다 뉴욕으로 가고 싶은 사람이야."

이리하여 마사시의 데생은 어딘가에 처박히는 신세가 되었다.

그로부터 열흘 후에 가요코는 월척을 낚는 행운을 거머쥐었다. 계기가 된 물건은 도시히코의 소지품 안에 잠자고 있었다.

사건 발생과 그의 실종으로부터 한 달 정도가 지난 후, 그가 살던 아파트는 계약이 만료되어 아파트 안에 있던 소지품이 모두 누나 도모에 씨의 집으로 보내졌다.

가요코는 그것을 꼼꼼히 조사했다. 특히 주의를 기울인 것은 업소 이름이 들어간 성냥이나 영수증, 여러 업소에서 발행하는 서비스권이나 고객카드 같은 것들이다. 이런 것들은 특별한 장소에 한정되어 있고 이용일시가 적혀 있기 때문이다. 도시히코가 언제 어디를 가고 누구와 만나고 무엇을 했는지에 대한 단서를 추적하기에 더없이 좋은 자료가 된다.

가요코는 그중에서 도시히코가 사채업자로부터 돈을 빌렸다는 작년 10월말 전후의 자료를 골라내서 하나하나 철저하게 조사했다. 미용실도 있었고 치과, 서점 같은 것도 있었다.

중요한 단서가 된 것은 어떤 레스토랑 바의 서비스카드였다.

'다음에 방문하실 때 이 카드를 제시하십시오. 원하시는 요리 하나를 서비스하겠습니다'라고 되어 있다. 고무인으로 찍혀 있는 날짜는 작년 11월 첫 번째 토요일. 도시히코가 사채업자로부터 돈을 빌린 후의 일이다.

가요코는 이 업소를 찾아갔지만 이미 3개월 이상 지난 일이라 유감스럽게도 점원의 기억은 기대에 미치지 못했다. 그러나 이 서비스카드는 병을 맡겨 놓고 마시는 단골들에게만 주는 것이라고 한다.

"여기에서는 병을 주문한 손님의 이름을 기록해 놓거나 합니까?"

"예. 합니다. 특별히 거절하지 않으시는 이상 고객카드에 이름과 주소를 써달라고 합니다. 크리스마스나 밸런타인데이 같은 날 초대장을 보내고 있거든요."

그 고객카드를 보여 주는데 11월 4일에 '우노 도시히코'라는 이름이 있었다.

그렇다면 가능성은 두 가지.

1. 도시히코가 누군가와 여기에 왔고, 그 '누군가'가 병을 주문하고 서비스권을 도시히코에게 주었다.

2. 그날 여기에 와서 병을 주문한 '누군가'가 그 후 어딘가에서 도시히코와 만났을 때 도시히코에게 이 서비스카드를 주었다.

어느 쪽이든 그 '누군가'는 도시히코를 만난 적이 있을 것이다. 친한 사람일 가능성도 높다. 그래서 가요코는 고객카드의 내용을 메모해서 그것을 도시히코의 동료, 친구들, 학생 시절 같은 반 친구들의 명단과 꼼꼼히 대조해 보았다.

그리고 그 '누군가'를 찾아낸 것이다. 그는 도시히코의 고등학교 시절 친구로, 문제의 토요일 오후에 도시히코와 우연히 마주쳐 오래간만이라 같이 한잔 하러 갔다고 한다. 그때 병을 주문한 것이다.

그는 대기업에 근무하는 회사원으로 가요코를 만나기 위해 점심시간을 내주었다. 물론 사건에 대해 알고 있고 도시히코의 안부를 걱정하고 있었다.

"살인이라니요. 죽어도 절대로 못할 녀석이었습니다만……." 라며 표정이 어두워진다.

"우노 씨를 만났을 때의 일을 기억하십니까?"

가요코의 질문에 양복 안주머니에서 수첩을 꺼내 이리저리 펼치면서 고개를 끄덕였다.

"그 친구를 만난 건 요쓰야에 있는 '피에로'라는 카페 안에서였습니다. 3시경이었나?"

"혼자였습니까?"

"저는 혼자였습니다. 그 친구는 누군가와 만나고 있었습니다. 무슨 서류 같은 걸 주고받았던 것 같은데……. 그게 끝나고 둘이 같이 그곳을 나가려고 하기에 내가 우노에게 말을 걸어 보았습니다. 그랬더니 여기로 와서."

"같이 있던 남자는 그대로 나갔습니까?"

"예. '그럼 이 건은 확실하게……'라면서 받아든 서류를 들고 나갔어요. 우노 그 친구 그날 표정이 무척 밝았습니다."

그리고 이때도 도시히코는 '나는 백기사야'라고 말하더란다.

"무슨 말이냐고 물어도 웃기만 할 뿐 대답하지 않았어요."

"도시히코 씨가 만났다는 사람은 어떤 인물이었습니까?"

"어떤 인물…… 지극히 평범한 회사원 같은 느낌이었습니다. 단정하게 양복을 입고 넥타이까지 반듯한. 누구냐고 우노한테 물어보긴 했습니다만."

"뭐라고 하던가요?"

"그냥 병원 의사…… 라고."

"병원……."

"그 친구 누나, 다리가 불편하잖아요. 그 일인가 싶었고 '누가 아파?'라고 물었더니 '아니. 그건 아니고. 이제 차츰 좋아질 거야'라면서…… 말끝을 얼버무리면서 더 이상 대답하지 않았지만 아무튼 굉장히 기뻐하는 얼굴이었습니다."

마지막으로 그는 중요한 기억을 떠올려 주었다.

"그러고 보니 그 사람 양복을 입고 있었는데 신발은 슬리퍼를 신고 있었지요. 아마."

이때는 오쿠무라도 같이 있었다. 중요한 단서라 좋아하긴 했지만 말은 그렇지 않았다.

"하지만 그때 도시히코를 만난 상대를 찾기는 어려울 것 같군. 자료가 너무 없어요."

나는 다리를 걸어 넘어뜨려 버릴까 생각했고 가요코는 그의 등을 톡톡 두드렸다.

"정신 차려요. 단서라면 있어요."

"어떤 단서요?"

"당신도 그런 거 하잖아요? 양복에 슬리퍼 차림. 도시히코의 상대는 '피에로' 부근에 있는 '병원' 사람이라고요. 가까우니까 겉옷은 걸치고 나와도 슬리퍼는 갈아 신지 않고 사무실 안에서 신고 다니던 그대로 나온 거지요."

카페 피에로에서 반경 1킬로미터 이내에 있는 병원을 알아내 도시히코의 얼굴사진을 들고 일일이 찾아다니며 묻다가 드디어 그 인물을 찾아낼 수 있었던 것은, 그로부터 나흘 후였다.

7

그곳은 정확하게 말하자면 '병원'은 아니었다.

'도야마 멘탈클리닉'이라는 곳인데 정서장애아나 신경증 환자, 그리고 중증 약물중독 환자를 전문으로 다루는 치료기관이었다.

약물중독자. 나는 록펠러센터 빌딩처럼 귀를 꼿꼿하게 세웠다.

늘 그렇듯 나는 의료기관에는 출입할 수가 없다. 다음 이야기는 나중에 들은 내용을 요약한 것이다.

문제의 인물은 야마다 씨로, 그곳에서 사무 책임자로 있는 사람이었다. 말쑥한 신사로 '목소리가 아주 좋은 사람'이었다고 한다.

그는 도시히코의 얼굴을 기억하고 있었다. 얼굴 사진을 보이자 금방 알아보았지만 이름이 다르다고 한다.

가요코도, 동행한 오쿠무라도, 꼭 같이 가 보고 싶다며 따라온 도모에 씨도 모두 놀랐다. 야마다 씨도 놀라고 있었다. 서류를 갖고 와서 페이지를 넘긴다.

"얼굴은 이 사람입니다. 하지만 이름은…… 우다가와 도시히코 씨인데요."

입원동의서의 '보증인' 란에 그 사인이 있었다. 도시히코의 필적이었다.

"우다가와는 회사 동료의 성입니다. 우노 씨는 가명을 썼던 거군요."

가요코는 심장이 두근거렸다고 한다.

"하지만 왜?" 도모에 씨는 중얼거렸다.

야마다 씨는 굳은 얼굴을 감추려고도 하지 않았다. 아이자와 사장의 사건에 대해서는 지금 처음 듣는다고 했다.

"저는 사회면 기사를 잘 읽지 않습니다. 봤다 해도 신문 사진은 너무 작아서 몰라봤을 겁니다. 이름까지 다르니 전혀 알아차리지도 못했겠지요. 그가 이런 사건을 일으켰다니…… 저의 실수였습니다. 역시 무리였던 겁니다."

"무리?"

덤벼들 것 같은 오쿠무라의 질문에 대해 야마다 씨가 대답했다.

"작년 10월경이었나. 우다가와 씨가, 그러니까 이 우노 도시히코 씨지요. 우리를 찾아오셨습니다. 여기서 지인을 치료하고 싶은데 비용은 얼마나 들겠느냐고 물었습니다."

그 지인의 이름은 '이토 아케미'라고 했다. 입원동의서에 기재되어 있는 환자다.

그녀는 각성제 중독자였다.

"분명히 말씀드리는데 여기는 비용이 상당히 많이 듭니다. 통원치료나 카운슬링도 하고 있지만 중증인 경우 원칙적으로 입원치료를 해야 하니까요. 특히 약물중독자 치료는 단순히 약에 대한 의존만 끊는 게 아니고, 같은 일을 반복하지 않도록 완전히 사회복귀를 할 수 있는 단계까지 보살피게 되어 있기 때문에 더욱 비쌉니다."

그래도 좋으니 제발 부탁한다고 도시히코가 말했다고 한다.

"선금이 250만 엔입니다. 우노 씨가 일주일도 되기 전에 즉각 돈을 지불하러 와서 우리는 이토 아케미 씨를 맡았습니다."

단 거기에는 조건이 붙어 있었다.

"우리 클리닉에는 성격상 신원을 감추고 입원하고자 하는 환자가 많습니다. 때로 연예인이 오는 경우도 있습니다. 그래서 이상한 요구에도 익숙합니다만, 우노 씨가 내민 조건은 특히 이상했습니다."

이토 아케미라는 환자에게는 여기는 공립병원이라 나라에서 비용을 지불해 주니 안심해도 된다고 말해 달라고 하고, 자신이 비용을 지불했다는 사실은 그녀에게는 말하지 말아 달라고 부탁했다고 한다.

"그래서 필요한 서류나 비용을 주고받는 일도 이토 씨의 눈에 띌 걱정이 없는 장소에서 했습니다. 우노 씨는 어디까지나 그 거짓말을 끝까지 지키고 싶어 하는 눈치였습니다. 이토 씨에게도 걱정할 것 없다고 몇 번이나 다짐했습니다."

그 두 사람은 그 정도로 친한 사이처럼 보이지는 않았다. 뭔가 사정이 있는 듯하다는 생각은 들었다며 야마다 씨는 입술을 깨물었다고 한다.

"하지만 입원비를 지불하기 위해 강도짓을 했다니……."

"아니, 비용은 그가 사채까지 빌리면서 마련했을 겁니다. 강도사건은 그보다 훨씬 나중에 일어난 일입니다."

가요코는 단호하게 말했다. 도모에 씨가 물었다.

"이토 아케미 씨는 도시히코 사건에 대해 모르겠군요?"

야마다 씨가 고개를 끄덕였다.

"알 리가 없지요. 클리닉 안에서는 신문을 읽을 수도 없고 텔레비전도 없습니다. 단지……."

"단지?"

"벌써 오랫동안 우다가와 씨, 그러니까 우노 씨가 모습을 보이지 않았기 때문에 쓸쓸해했고, 걱정하고 있었습니다."

도모에 씨는 격려를 구하는 눈으로 가요코를 바라보고 나서 이렇게 말했다.

"그녀를 만날 수 있을까요?"

예쁜 아가씨였어, 라고 나중에 가요코가 말했다. 완전히 나았다고도 했다.

면회 장소는 클리닉 안마당이었다. 이토 아케미는 잔디 안에 설치된 벤치에 앉아 스웨터를 짜고 있었다고 한다.

"이쪽은 우다가와 씨의 누님인 도모에 씨. 그리고 도모에 씨의 친구인 하스미 씨와 오쿠무라 씨야." 하고 야마다 씨가 가요코 일행을 소개했다.

그녀를 만나기 위해 가요코와 도모에 씨가 작은 거짓말을 생각해 냈다.

"처음 뵙겠습니다. 도시히코의 누나 도모에입니다."라고 먼저 인사를 하고 나서 도모에 씨가 그 거짓말을 했다.

"도시히코는 지금 일 때문에 해외에 나가 있습니다. 처음에는 한 달 정도면 돌아올 수 있을 거라고 했는데 일이 늦어지는 바람에 아직 돌아오지 못하고 있어요. 그런데 바로 지난주에 전화가 왔는데, 친구가 이 클리닉에 입원해 있으니까 잠깐 병문안을 다녀와 주지 않겠느냐고 부탁하더군요. 놀라게 해 드려서 죄송해요."

이토 아케미―아직 18세라고 하니까 이토코와 한 살 차이다. 나는 속으로 그녀를 '아케미 짱'이라 부르기로 결정했다―는 도모에 씨의 얼굴을 물끄러미 응시했다. 그러고 나서 꽃이 피어나듯 미소를 지었다고 한다.

"그랬군요. 다행이네. 난 우다가와 씨가 나를 잊었는 줄 알고…… 정말 그런 생각이 들었어요. 뻔뻔하다고 하겠지만 나 같은 사람을 애당초 상대해 주었다는 게 오히려 이상할 정도지만, 그래도 왠지 서글퍼져서…… 그랬군요. 외국에 출장을 갔던 거군요. 잘 있나요?"

도모에 씨는 대답하지 못했다. 대신 가요코가 말했다.

"예. 당신이 걱정된다고 하더군요."

"그 친구도 참 싱겁네. 애인이 있으면 있다고 진작 말을 할 일이지……." 오쿠무라가 말끝을 흐리자 아케미 짱이 고개를 흔들었다.

"천만에요. 저는 우다가와 씨의 애인이 아니에요. 전 그런 자격 없어요."

그리고 도모에 씨를 쳐다보며,

"저에 대해 우다가와 씨한테 아무 말도 듣지 못했나요?"

"예. 자세한 건 아무것도. 이름만 알려 주더군요."

그러자 아케미가 이야기를 시작했다.

"여기 있다는 것만으로도 짐작이 가시겠지요? 저는 각성제 중독이었어요."

도시히코와는 신주쿠에서 알게 되었다고 한다. 말이 좋아 알게 된 것이지 요컨대 그녀가 그의 소매를 잡아끌었다고 했다.

매춘, 그것도 소위 '거리의 여자'로 일컬어지는 매춘부였다. 물론 약값이 필요해서 택한 직업이었다.

"원래 저는 가출소녀였어요. 15살 때 집을 나와…… 그때부터 여기저기 전전하는 신세가 되었고. 그런 여자아이가 각성제 같은 못된 짓을 배운 이유는 대충 짐작이 가시겠지요?"

대충, 남자 때문일 것이다. 밤이면 휘황찬란하지만 차갑기만 한 도시에서 반반한 얼굴로 부드럽게 다가온 남자. 한 달만 지나면 본색을 드러내게 마련이다.

이야기하는 중에 아케미는 도시히코를 '그 사람'이라고 부르기 시작했다. 가요코는 '그 사람'이라는 말을 입에 올릴 때의 그녀의 어조를 이렇게 비유했다.

"어린아이가 '달님'이라고 말할 때랑 비슷했어."

이야기를 하는 동안에도 아케미는 몇 번인가 무릎 위에 놓인 뜨다 만 스웨터를 쓰다듬었다고 한다.

"그 사람 처음부터 이상했어요. 신주쿠에서 내가 말을 걸었을 때 내 얼굴을 찬찬히 뜯어보다가 이렇게 말했어요. '마지막으로 밥을 먹은 게 언제야?'라고."

도시히코도 도시의 젊은이다. 이 거리의 이런 여자들과 놀아 본 적도 있을 것이고 면역도 되어 있었을 것이다. 그런데 특히 아케미에게 마음이 움직인 것은 그녀가 너무 젊고 안타깝고 그리고…….

"그런 생각을 한 것도 무리는 아니라고 생각해. 아케미라는 여자, 분위기나 생김새가 도모에 씨랑 닮았어." 가요코가 말했다.

그날은 도시히코와 식사를 하고 헤어졌다고 한다. 이상한 손님이 다 있네, 라고 생각했는데 다음날 그가 다시 찾아왔다.

"식사를 하게 해 주고, 호텔에 묵게 해 주고…… 나 혼자만. 어엿한 시티 호텔이었어요."

그런 일이 몇 번 계속되는 동안 도시히코는 그녀가 약물중독이라는 것을 알았다.

"약을 끊고 이런 직업에서 발을 빼라고 했어요. 그게 가능할 까닭이 없잖아요. 난, 혼자가 아니었어요. 도망쳤다간 죽일 거라고 했어요. 그랬더니 좋은 병원이 있다, 거기 들어가 시간을 들여 치료하고 소란이 가라앉을 때까지 숨어 있으면 된다고."

"그런 돈 없어요."
"돈은 들지 않아. 공립 시설이니까. 거래처 업소에서 들었어. 아주 좋은 병원인 모양이야. 어떻게든 들어갈 수 있게 수배해 놓을 테니까 몰래 이 동네를 빠져나와. 알았지?"

그렇게 해서 도시히코는 그녀를 도야마 멘탈클리닉으로 데리고 갔다. 그리고 비용은 자기가 마련하고.

빚을 진 이유가 바로 그것이었다. 굳이 가명을 사용한 것도 만일 '공립병원'이라는 거짓말이 탄로가 나더라도 아케미가 그를 찾아낼 수 없도록 하기 위해서였을 것이다.

그는 끝까지 철저하게 이름 없는 사람이 될 생각이었던 것이다.

"그 사람 가끔 만나러 오겠다고 약속했는데 벌써 오랫동안 오지 않아서 걱정했어요……."

가요코는 웃으며 얼버무리는 게 고작이었다.

"그 사람은 당신한테 항상 친절했어요?"
"굉장히."
"백기사였던 거군."이라고 말하자 아케미가 놀랐다.

"어떻게 그걸 알고 있어요? 내가 붙여 준 별명인데."

가출을 했을 정도니까 그녀의 가정환경은 짐작할 만했지만, 단 한 가지 중요하게 여기는 추억의 물건이 있다고 한다.

표지가 너덜너덜 닳아빠진 『거울 나라의 앨리스』였다.

"나를 예뻐하던 이웃 아주머니가 크리스마스 선물로 줬어요. 이 책에 나오는 '백기사'였어요. 난 도쿄에 가면 이런 백기사를 만날 수 있을 거라고 생각했어요. 하지만 내가 만난 건 무시무시한 하얀 가루의 기사뿐이었다고 했더니 그 사람이 '그럼 내가 진짜 백기사가 되어 줄까?'라고 말했어요. 앨리스의 백기사처럼 내가 멋지게 여왕이 되는 단계까지 보내 주겠다고. 왜 나한테 이렇게 친절하게 해 주는 거냐고 물었더니……."

"뭐라고 대답했는데?"

"내가 건강해지면 그걸로 자기도 해방된다고. 무슨 말인지 잘 이해가 가지 않았어요. 하지만 그다음에는 뭘 물어도 웃기만 했어요."

가요코 일행과 헤어질 때 아케미는 거의 다 떠놓은 스웨터를 몸에 대보며 웃었다.

"이거, 우다가와 씨한테 선물하려고 뜨고 있는 거예요. 입어 줄까요?"

도모에 씨가 그 말에 대답했다.

"분명히 좋아할 거야. 내 동생이 좋아하는 색인걸."

그 스웨터는 엷은 파란색이었다고 한다.

"그런 사람이 강도짓을 할 거라고 생각하나?"

클리닉을 나와 차로 돌아오더니 오쿠무라가 화난 듯 말했다.

"우노 도시히코는 돈을 노리고 사람을 죽일 사람이 아니라고."

기다리던 나는 돌아온 도모에의 빨개진 눈과 핏기를 잃은 얼굴에 놀랐다.

지금까지의 이야기만으로도 그녀의 눈물은 납득이 간다. 충분하고도 남을 정도로. 그러나 지금 저렇게 심하게 동요하는 데는 또 한 가지 이유가 있는 것 같았다.

가요코도 그 점을 눈치채고 있었다.

"아케미가 정상적인 사회인으로 복귀하면 그걸로 자기도 해방될 수 있다고 했다지. 그 말의 의미가 궁금해. 그가 그렇게까지 그녀를 위해 애를 써 준 이유는 뭘까, 도모에 씨, 알아요?"

그녀가 대답하기까지 한참이 걸렸다. 드디어 들려온 목소리는 기어들어가듯 희미했다.

"나 때문이에요."

불편한 쪽 다리에 살며시 손을 올리며 말했다.

"이 다리. 어릴 때 교통사고 때문에 이렇게 되었어요. 자전거를 타는 연습을 하다가…… 난 운동신경이 둔했어요. 아무리

해도 제대로 타지를 못하고 사고를 당했을 때도 도시히코가 뒤에서 밀어 주고 있었어요."

그 광경이 눈에 선했다.

"…… 정신을 차리고 보니 트럭이 눈앞에 다가와 있었어요."

'책임'이라는 말을 나는 생각했다. 자기 때문에 누나의 다리가 저렇게 되었다고 느끼며 자란 청년을.

"도시히코 때문이 아니었어요. 딱히 누가 잘못한 것도 아니었어요. 운이 나빴을 뿐. 하지만 그 아이는 줄곧 괴로워했고, 그걸 보는 나도 괴로웠어요. 말로는 도저히 이해할 수 없었어요. 걱정하지 않아도 된다고 말할 때마다 도시히코가 자신을 책망하고 있다는 것을 알았어요. 그래서 우리는 떨어져서 살아 왔던 거예요."

도시히코 입장에서 보면 영원히 집행유예 같은 심정이었을 것이다. 아무리 안타까워해도 돌이킬 수 없는.

"도시히코 씨는 나름대로 자신을 도울 방법을 찾고 있었는지도 몰라."

가요코가 중얼거렸다.

"그때 아케미를 만났던 거지요. 손을 내밀어 주지 않으면 그녀가 어떻게 될 것인지 불 보듯 빤한 일이었을 거예요. 그래서 도와주려고 했을 거예요. 무상으로 그녀를 도움으로써 그는 당신에 대한 짐을 조금이라도 가볍게 할 수 있다고 생각한 게 아닐까요?"

어떤 의미에서는 아케미라는 아가씨는 인질 같은 입장이었던 것이다.

"네가 건강해지면 나도 구원을 받는다고."

당신을 보내면 거기서 나를 배웅해 줘. 그렇게 하면 나는 기운을 차릴 수 있어.

"그래서 그는 돈에 쪼들리면서도 행복해 보였던 거지요. 쪼들림으로써 구원을 받았던 거예요. 괴로워함으로써 편해질 수 있었던 거지요. 그런 그가 아무리 돈에 쪼들렸다고 해서 강도짓 같은 걸 할 것 같아요?"

오쿠무라의 말에 가요코도 도모에 씨도 눈을 들었다. 그 눈이 겁에 질려 있었다.

먼저 말을 꺼낸 것은 도모에 씨였다.

"그럼 진범은 누구죠? 그리고 도시히코는 지금 어디에 있는 거지요?"

8
그날 밤 나는 세상에서 제일 시끄러운 개였다.

이토코가 마사시의 스케치를 넣어 둔 창고 앞에서 나는 짖고 또 짖었다. 알고 있는 사람은 나뿐이기 때문에 목이 찢어질 때까지 짖어 댈 작정이었다.

"마사가 좀 이상해."

이토코가 먼저 그렇게 말을 꺼냈다. 그러나 핀트가 어긋나 있었다.

"지진이라도 나려는 건가?"

그게 아니야, 이토코.

그래. 분명 지진이 일어나기 전에 소란을 피우는 일이 있기는 하지만.

"밖에 나가고 싶은 거 아닐까?" 가요코도 엉뚱하게 헛짚고 있다.

미간에 주름이 생길 정도로 그녀의 얼굴에 초췌한 기색이 농후하다. 도시히코 이외에 사장을 죽일 동기를 갖고 있는 사람이 있는지를 줄곧 생각하고 있었던 것이다.

돈인가? 사장이 죽으면 득을 보는 사람이 누구지? 여자? 원한? 도시히코는 거기에 어떤 관련이 있는 걸까? 아까부터 가요코는 혼자서 자문자답을 반복하면서 머리를 감싸고 있었다.

나는 그 단서를 알고 있다고, 가요코!

"언니도 참, 괜찮아? 커피라도 갖다 줄까?"

이토코가 말을 시키자 가요코는 자료를 노려보면서 가볍게 한 손을 들었다.

"오케이! 위에 구멍이 날 정도로 진한 걸로 갖다 주지."

이토코는 부엌으로 갔다. 나는 코웃음을 쳤다.

"하지만 언니. 우노 씨가 마지막으로 사무실에 돌아왔다는 사실은 확실하잖아? 그러면 진범은 어디에 있었던 걸까. 숨어 있었나?"

가요코는 처녀답지 않은 손놀림으로 머리를 벅벅 긁더니 크게 한숨을 내쉬었다.

"숨어 있었을 거야. 그 빌딩은 위험해. 복마전이야."

"그럼 왜 사장이 혼자가 될 때까지 기다리지 않았던 걸까?"

"바로 그거야. 고마워." 가요코는 커피 잔을 받아들었다.

"진범은 아이자와 사장과 도시히코 씨 두 사람을 다 없애고 싶었던 걸까. 아니면 단순히 경찰의 눈을 속이기 위해 도시히코 씨를 이용한 것뿐일까."

"끔찍한 이야기야." 이토코가 입을 삐죽 내밀며 말했다.

나는 결심을 하고 뒷다리로 일어서서 벽장문을 벅벅 긁기 시작했다. 가재도구를 상하게 하는 이런 행위는 극도로 피하고 있었지만 이제는 어쩔 수가 없다.

"야! 마사! 너, 나잇살이나 먹은 개가 새끼 고양이 흉내나 낼래!"

커피 잔을 놓고 이토코가 뛰어왔다. 나는 얼른 코를 벌름거리고 짖어 대며 이토코의 다리에 매달렸다.

"이상하네……." 그제서야 그녀는 벽장으로 시선을 주었다.
"최근에 여기다가 뭔가 넣어 둔 게 있나?"

내 목을 두드리면서 이토코가 생각에 잠겼다. 생각을 떠올려 줘, 빨리!

"사건에 관계가 있는 물건인가?"

있어도 크게 있다고! 라며 나는 짖었다. 이토코의 눈이 반짝였다.

"그 불건전한 스케치 아냐?"

그녀가 스케치를 꺼내는 모습을 보고 나는 한층 우렁차게 짖었다. 가요코가 놀란다.

"어머. 이게 도대체 어쨌다고……."

흠칫 놀란다. 그래. 맞아. 그거야!

"이토코."

"응."

"저기, 화가가 마약에 의존하는 버릇이 있어?"

이토코는 코에 주름을 만들었다.

"그렇다고 대답하면 엄청난 빈축을 살 거야. 그런 거 없어."

하지만 아키스에 마사시는 그렇다니까.

"하지만 일부는 있을지도 몰라. 마약으로 예술적인 영감을 얻을 수 있다는, 불행한 오산을 하는 사람이 가끔은 있는가 봐."

가요코는 스케치를 들고 그 안에 답이 그려져 있을지도 모른다는 표정으로 노려보고 있다. 양 어깨가 긴장하고 있었다.

"만약…… 만약에 아키스에 마사시도 각성제 중독환자였다면……."

가요코의 중얼거림에 이토코는 깜빡이던 눈을 크게 부릅떴다.

"그게 들통이 나면 곤란하니까 살인을 한 건지도 모르잖아? 살해당한 사장은 아주 엄격한 사람이었다지? 오랫동안 자신의 부하로 일해 온 아키스에 씨의 아들이라도, 아니지 같이 오래 일했기 때문에 더욱 묵과할 수가 없었던 게 아닐까? 형무소에 처넣으라고 소리쳤지만 아들을 끔찍이 사랑하는 아키스에 씨는 그렇게 할 수는 없다고……."

가요코는 스케치를 든 손을 내리고 고개를 흔들었다.

"아니야. 마사시 씨는 형무소에 가게 되지는 않을 거야."

"뭐? 하지만 각성제 소지는 엄연한 범죄행위야."

"그렇긴 하지만 초범이라 무작정 형무소행은 되지 않을 거야. 틀림없이 일단은 집행유예가 붙을 거야. 보호관찰 처분은 되겠지만 사실상 자유의 몸이지. 그 정도의 처벌을 피하기 위해 살인을 한다는 건 너무 위험하고……."

말을 하다 말고 가요코가 눈을 깜빡였다.

"난 참 바본가 봐! 초범이라는 보장이 없잖아."

"누가? 아키스에 마사시 씨가?"

"그래."

가요코는 스케치를 놓고 책장으로 다가가 『최신판 형사사건 판례』라는 책을 꺼내 왔다. 페이지를 넘겨 찾고 있던 부분을 발견하고 선 채로 열심히 읽는다. 그리고 그 페이지에 손가락을 끼우고 이토코를 돌아다보았다.

"초범의 경우는 집행유예가 붙어. 하지만 그 집행유예 기간 중에 재범을 저지른 경우는 대부분 실형을 선고받아. 초범의 집행유예도 물론 취소가 되기 때문에 1~2년으로는 절대로 나올 수 없을 거야."

"그거야."라며 이토코가 손가락을 튕겨 소리를 냈다. "하지만 마사시에게 전과가 있는지 여부를 어떻게 조사하지?"

이튿날 가요코는 다시 한 번 아이자와 사장 부인을 찾아갔다. 이번에는 당당하게 신분을 밝히고 용건을 자세히 설명하고 협조를 구했다.

"사장 부인은 분명 알 거야. 되거나 말거나 일단 부딪혀 봐야지."

"힘내, 언니."

밖에서 꼼짝 않고 대기하고 있는 나한테 돌아오기까지 한 시간 이상 걸렸다. 돌아오는 가요코가 마치 삼손처럼 씩씩하게 땅을 차며 걷는 모습을 보고 성과가 있었음을 알았다.

가요코의 생각은 이랬다.

"이건 어디까지나 추측이지만 마사시는 다시 약을 복용하기 시작한 거 아닐까? 아키스에 씨는 그걸 알고 치료를 위해 은밀하게 그를 도야마 멘탈클리닉으로 데리고 갔다. 그리고 거기서 우연히 아케미를 보살피러 와 있던 도시히코 씨를 만났다……."

아이자와 부인의 이야기로는 분명히 1년 정도 전에 마사시는 각성제 문제로 한 번 체포되어 집행유예가 붙은 실형 판결을 받았다고 한다. 그때 아키스에 씨에게 변호사를 소개해 준 사람이 아이자와 사장이었다.

그리고 그 당시 아키스에 마사시는 치료를 위해 6개월간 도야마 멘탈클리닉에 다녔다는 것이다.

"아이자와 사장이 '제대로 된 병원을 만나지 못하면 나을 병도 도진다'라면서 아키스에 씨를 설득했다고 부인이 그랬어."

마사시가 입원을 끔찍하게 싫어해서 통원치료와 카운슬링을 받았다. 그것도 마사시 혼자 보내면 약속을 무시해 버리기도 하기 때문에 항상 아키스에 씨가 따라갔다고 한다.

"그 보람이 있어서 그때는 완전히 나은 것처럼 보였대."

그렇다면 마사시가 재발―재투약―을 시작했을 때 아키스에 씨가 다시 도야마 멘탈클리닉을 찾아가 신세를 졌다 해도 수긍이 가는 이야기다.

단지 이것만은 직접 도야마 멘탈클리닉에서 알아낼 수가 없다. 의사에게는 환자의 비밀을 지킬 의무라는 것이 있기 때문에 설사 경찰이 물어도 환자에 대해 이야기하지 못한다.

"거기까지는 가설을 세워 놓고, 그럼 그 경우 사장은 마사시의 재발에 대해 알지 못했다는 거네." 하고 말하는 이토코.

"그래. 하지만 의심은 했을 거야. 근거가 있는 건 아니지만 마약이란 게 어지간해서는 완전히 끊을 수가 없는 거니까 조금만 방심해도 도로 아미타불이 되는 게 아닐까 하는 걱정 때문에 의심을 했을 거야."

'철저하게 치료하려면 아예 한동안 처박아 두는 게 낫다. 아키스에는 아들을 과잉보호하기 때문에 그런 말을 하면 얼굴을 붉히며 화를 내겠지만'이라고 부인이 말한 적이 있다고 한다.

"그거야. 아무도 모르는 사이에 마사시를 치료하고 싶었던 아키스에 씨로서는 매일이 살얼음 위를 걷는 심정 아니었을까. 그런데 거기서 도시히코 씨를 만났으니……."

당연히 입막음을 했을 것이다. 그러나 불안을 떨치지 못했을 것이다. 언제 탄로가 날지, 언제고 도시히코가 사장에게 이야기를 하지 않을까, 하고.

"나는요, 한 가지 생각했어요. 저기 있잖아요. 사건이 나기 직전에 아이자와 사장과 도시히코 씨가 말다툼을 했다고 하잖아요."

너 따위에게 2백만 엔을 내줄 이유가 없어! 라는 고함소리가 들렸을 때의 일이다.

"그건 혹시 이런 의미였던 게 아닐까요. 도시히코, 생판 알지도 못하는 남에게 그것도 제 스스로 타락의 길로 들어가 각성제 중독이 된 여자를 위해 왜 네가 2백만 엔이나 내줄 필요가 있지!"

"그럼 아이자와 사장은 도시히코 씨의 비밀을 알고 있었다는 거야?"

가요코는 고개를 끄덕이며 쓴웃음을 지었다.

"응. 오히려 아무것도 눈치채지 못했다면 부자연스럽다고 생각해. 도시히코 씨가 경제적으로 힘들어하고 있다는 사정은 주위의 모든 사람이 알고 있었어. 사장도 예외가 아니었겠지. 그러면 까다롭고 엄격한 사장으로서는 왜 그렇게 돈에 쪼들리는지 도시히코 씨를 불러 물어보는 게 자연스럽지 않았을까?"

"그런가…… 그래서 말다툼이 난 건가."

그런데 주위 사람들은 그걸 돈을 빌리는 문제로 벌어진 다툼으로 들었다.

아키스에 씨 한 사람만 빼고.

"도시히코 씨의 비밀이 사장에게 알려졌을 때 아키스에 씨는 두려움에 떨었을 거야. 그렇게 되면 마사시의 건도 어떤 계기로 사장의 귀에 들어갈지 모른다. 우노 도시히코가 사장에게 떠들어 대는 게 아닐까, 그 생각만 했을 거야. 도시히코 씨는 그런 고

자질을 할 사람이 아니겠지만."

이토코가 얼굴을 찡그렸다.

"그런 상식적인 생각이 아키스에 씨의 머리에서 떠나지 않았던 게 아닐까? 약점이 있는 사람은 의심이 많아지게 되어 있거든."

그리고 만약 사장에게 알려지면—아무 말 없이 넘어갈 리가 없다. 정당한 방법으로 경찰에 신고할 것이다. 그렇게 되면 이번에야말로 마사시는 형무소행이 된다.

어쩌지, 떠들어 대면 곤란한데, 어쩌지. 계속 고민하다 쫓기는 기분으로 아키스에 씨는 계획을 세워 실행에 옮겼다…….

"그 방법으로 강도로 위장해 사장을 죽이고 도시히코 씨를 범인으로 몰아 사라지게 만든다면 단번에 모든 게 해결되지."
가요코는 말했다. 그러고 나서 입술을 꽉 깨물었다.

사라지게 만든다고?

가요코의 머리에 있는 추측을 나는 훤히 들여다볼 수 있다. 아마 도시히코는 살해당했을 것이다. 시체는…….

"시간이 없었어. 사장의 시체는 언제 발견될지 모르니까 멀리까지 옮겨갈 여유는 없었을 거야. 가까이에 절대로 발견될 염려가 없고 쉽게 파묻을 수 있는 장소는…… 어디라고 생각해?"

내 머리에 떠오른 대답을 이토코가 말로 해 주었다.

"건축 중인 아틀리에 밑."

9

작전은 쉬웠다. 오쿠무라가 취재를 요구한 것이다.

"저는 문예부 기자는 아니지만 작은 특집기사에 올릴 자료를 찾고 있습니다. '가족의 초상'이라는 테마입니다. 그러다가 하스미 씨로부터 아키스에 씨와 아드님에 대한 이야기를 들었습니다. 두 분의 그림에 대한 정열이라는 것을 다루고 싶습니다만."

아키스에는 반색을 했다. "취재할 때 저도 같이 가도 될까요?"라는 가요코의 제의도 싱글벙글 웃으면서 승낙해 주었다.

우리는 카메라맨을 동반하고 아키스에 가로 들어갔다. 나는 요령껏 움직여 넓은 마당으로 나왔다.

괴로운 일이지만 나는 열심히 일했다.

찾지 못했으면 좋겠다. 추측이 빗나갔으면 좋겠다. 그렇게 생각했다. 두 번 다시 경험하고 싶지 않은 수색이었다.

그러나 내 코는 나의 기대를 저버렸다.

썩는 냄새가 나는 시트 자락을 흙속에서 끌어내며 나는 짖었다.

내 울부짖음에 대답하듯 발소리가 났다. 큰 소리가 났다. 이웃 사람들도 얼굴을 내밀고 아키스에 가 쪽에서 플래시가 번쩍이기 시작했다.

돌아보니 망연자실한 표정으로 서 있는 아키스에 씨의 얼굴이 보였다. 얼어붙은 표정의 오쿠무라가 있었다.

가요코는 창백한 얼굴로 슬픈 듯 나를 바라보고 있었다.
"왜 그래? 시끄럽게."
마사시의 목소리가 들린다.

사건의 전말은 가요코가 추측한 대로였다.
"아이자와 사장과는 전부터 마사시의 일로 의견대립이 있었습니다. 내 생각이 짧았습니다. 그런 짓을 하면 안 되는 것이었습니다."
처음 각성제 혐의로 체포되었을 때도 "사실은 집행유예 따위로 대충 넘어갈 게 아니라 어느 정도는 형을 살게 했어야 했습니다. 이제야 모든 걸 깨달았습니다."라고 말했다고 한다.
아키스에 씨의 편을 드는 건 아니지만 그건 역시 잔혹했을 거라고 나는 생각한다. 그렇다고 아키스에 씨가 한 짓을 용서할 수는 없겠지만.
"사장은 마사시 같은 예민하고 섬세한 사람을 형무소에 보내면 어떻게 될지, 전혀 이해하려고 하지 않았습니다."
불쑥 그렇게 말했다.
금고 안에는 돈이 있다. 낮에 있었던 회의에서 오늘 밤 마지막으로 돌아올 사람이 도시히코라는 것도 알았다. 그가 사장을 죽이고 돈을 갖고 도망친 것으로 위장할 수 있다.

절호의 기회라고 생각했다고 한다.

"그때까지도 혹시 우노가 마사시의 일을 떠벌이면 어쩌나 하는 불안에 시달렸기 때문에 제정신이 아니었습니다."

자식의 얼굴밖에 보이지 않았던 걸까.

"일단 퇴근한 척하고 남아서 상황을 보고 있었습니다. 사장은 전화를 하면서 창문으로 밖을 보고 있었습니다. 우노의 차가 돌아오는 걸 보고 '아, 지금 우노가 왔어'라고 말했기 때문에 살며시 다가가서 머리를 때린 겁니다. 금고는 열려 있었습니다. 그리고 우노가 사무실에 들어오는 것을 숨어서 기다렸다가 뒤에서 넥타이로 목을 졸라 죽였습니다."

재떨이에 도시히코의 지문을 찍고 돈과 그의 시체를 자신의 차로 옮겼다. 관리인의 눈만 조심하면 위험은 없었다.

"그대로 집으로 돌아와 한밤중이 되기를 기다렸다가 우노의 시체와 1,200만 엔을 아틀리에 바닥에 같이 묻었습니다."

그 어두운 비상구와 그날 밤의 어둠을 나는 떠올리고 있었다.

도모에 씨는 사건으로부터 한 달 정도 지나 도시히코의 유골을 안고 고향으로 돌아갔다. 숲이 무성한 곳에 부모님과 함께 묻어 주겠다고 했다.

"오쿠무라 씨가 역까지 배웅하러 와 주셨어요."

배웅하러 갔던 가요코가 말했다. 사건 후에 처음으로 밝은 얼굴을 했다.

"같이 가고 싶은 얼굴이었습니다."

이토코가 웃으며 말했다.

"이번에는 그 사람이 도모에의 백기사가 되어 주는 거 아냐?"

아케미는 아직 클리닉에 있다. 퇴원할 때까지 그녀에게는 진상을 이야기하지 말자고 하스미 사무소 식구들은 결정했다. 완전히 다시 일어서기까지, 그게 그녀를 위하는 길이라고 나는 생각한다.

혹시 그녀의 꿈속에 도시히코가 나타나는 걸까. 꿈속에서 그녀가 짠 스웨터를 입고 있을까.

그랬으면 좋겠다. 앞다리 위에 코를 얹고 나는 생각한다.

그리고 머릿속에 흐르는 백기사의 노래를 듣는다.

마사, 빈집을 지키다

3박 4일의 대만 여행.

사립탐정에게는 명절도 연휴도 사원 단합여행도 없다. 나는 줄곧 그렇게 생각해 왔다. 그런데 태양 아래 새로운 것이 없다더니 세상에 '절대 없는 일'은 없는 모양이다. 그렇다. 하스미 탐정 사무소 식구들이 사원 단합여행을 떠나게 된 것이다.

가요코와 고등학교 시절부터 친하게 지내는 다카코라는 친구가 여행사에 근무하고 있는데, 권장할 만한 투어 상품이 나올 때마다 꼬박꼬박 정보를 보내 준다는 것은 나도 알고 있었다. 하지만 가요코는 탐정이라 보통 회사에 다니는 여자들처럼 황금연휴나 명절 휴가를 제대로 챙기는 처지가 아니다. 항상 보내 주는 팸플릿을 한번 쭉 훑어보고 여기 참 좋겠다, 저기도 가 보고 싶어, 라고 중얼거리다가 그걸로 끝나는 식이었다.

그런가 하면 이토코는 고등학교 3학년이다. 그림쟁이가 되고 싶은—그 분야도 일러스트레이터나 그래픽 디자이너, 혹은 팝 아티스트 등 여러 가지가 있는 모양이지만 일단 이 중 어느 것 하나나 둘 혹은 세 가지 일을 하고 싶은—그녀는 졸업하면 꼭 뉴욕에 가 보고 싶은 희망을 갖고 있는 모양이지만.

"뉴욕은 돈이 들고."

"졸업여행 시즌에 가 봐야 일본 여학생들이 우글거릴 테고."

"뉴욕에 다리가 달려 있는 건 아니니까 서둘지 않아도 어디로 사라지지 않을 테니까."

이렇게 말하며 느긋하게 마음을 먹고 있다.

이토코는 누구보다 현실적인 성격이라 소장이 아무것도 모르는 사이에 스스로의 진로에 대해 야무진 계획을 세우고 있었다. 그 계획에 의하면 먼저 미대가 아닌 예술 쪽으로 유명한 디자인 학교를 들어가기로 되어 있다. 이토코의 전망(그리고 미술 선생의 예측)으로는 아마 이 시험에는 합격할 수 있을 것이고, 떨어졌다 해도 1년 더 분발하면 된다. 미술 공부는 여러 가지로 돈이 들기 때문에 이토코는 소장에게 받는 돈뿐만 아니라 아르바이트를 하면서 열심히 돈을 모은다. 그래서 와세다에 있는 디자인 사무소에서 주로 문구류나 사무용품의 디자인을 맡아서 일을 하는 중이다.

"일하면서 공부도 할 수 있고 일석이조인 것 같아서."라며 생글생글 웃는 이토코의 말에 소장도 가요코도 크게 걱정하지 않고 동의했다. 두 사람 모두 이토코의 장래 꿈에 대해서는 전부터 알고 있었기에 이제 와서 새삼 논의할 필요도 없었다.

그런 사정으로 고교 생활의 마지막 여름방학을, 물론 이토코는 수험생이지만 일반 대학 입시를 준비하는 고3보다는 훨씬 여유롭게 보내고 있었다.

디자인 학교의 입시 과목은 극히 제한되어 있다. 원래 벼락치기나 암기 재주가 통하는 분야가 아닐 뿐더러 경향과 대책이 있는 것도 아니고, 3학년 1년 동안만 미친 듯이 파고들어 공부한다고 될 일도 아니다. 게다가 이 디자인 학교는 들어가기는 수월해도 들어간 다음 공부는 힘들어서 도중하차하는 경우가 많아 졸업하기도 어려운 부류의 학교라고 하니 이토코로서는 미래의 어려운 학교생활에 대비해 긴장해야 할 필요는 있지만 덮어놓고 입시공부를 할 일은 아니었다.

그러나 이토코의 친구들은 거의 대부분이 이 여름 동안 필사적으로 공부해야 한다. 이토코 혼자만 느슨한 시간을 보내는 것은 당연한 결과다. 와세다의 디자인 회사에서는 여름방학 중이라도 시간이 있으면 와 달라는 요청이 있어서 이토코도 기꺼이 다니기 시작했는데, 그것도 일주일에 사흘이라 시간적으로는 크게 얽매이지 않는다. 작년 여름에는 동아리 활동이다 캠프다 합숙이다 스케치 여행이다 하며 분주해서 "마사, 다녀올게!"

"마사, 나 왔다."라는 말밖에 들을 수가 없었던 이토코가 올해는 여유롭게 집에서 지내면서 식구들의 식사를 준비하거나 나랑 산책도 하고 목욕도 시켜 주곤 했기 때문에 나로서는 참으로 행복한 일이었다.

행복한 마음은 소장도 마찬가지였을 것이다. 그러나 소장이 나하고 다른 것은 내년 이후 이토코의 모습을 상상하면, '여유를 부릴 수 있는 것도 지금뿐이겠구나' 싶었을 것이고 그런 생각이 소장으로 하여금 이런 말을 하게 했던 것이다.

"이토코의 졸업여행을 앞당기는 셈 치고 여름방학 중에 다 같이 어디 여행이나 갈까?"

가요코는 "좋지요."라고 대답했다.

"하지만 무리예요, 아빠. 사무소를 비워 둘 수는 없잖아요. 아버지랑 이토코만 다녀오세요."

"그러면 의미가 없지. 다 같이 가야지."

"그렇지만 사무실을 비워 둘 수는……."

"그러니까 잠시 문을 닫으면 된다는 거야. 사원 단합여행이야."

이 말에 가요코는 기가 막히다는 얼굴을 했다.

"단합여행이요?"

"그래. 특별히 이상할 거 없잖아? 우리도 엄연히 법인이니까."

"단체로 단합여행을?"

"우리 사무소의 탐정은 모두가 사원이니까 사원여행이야."

사실 하스미 탐정사무소의 사원들은 경리담당 아주머니 1명을 제외하고 모두 계약사원이다. 그들의 의견을 물어보면 경리 아주머니와 그녀와 친한 여성 탐정 1명을 제외하면 사원여행보다 휴가를 원한다는 응답이었다. 그렇다면 의기투합해서 여행을 떠나게 되는 건 하스미 일가 3명과 경리 아주머니, 여탐정까지 5명. 이 5명이라는 인원수가 가요코를 자극했다.

"5명이 한 조라면 다카코한테 부탁해서 괜찮은 투어를 짜 달라고 할까?"

"그럼 상담해 봐."

다카코는 신이 나서 상담에 응해 주었다. 그렇게 해서 완성된 기획이 3박 4일의 대만 여행이었다. 그러나 대만이라는 여행지를 결정한 것은 이토코였던 모양. 그녀는 어떻게든 '뜸 박물원'이라는 곳에 가 보고 싶었다고 한다. 이상한 취미라고 생각하겠지만…….

여행을 앞두고 가요코에게는 두 가지 걱정거리가 있었다. 하나는 지금 담당하고 있는 안건에 관련된 긴급사태가 일어나면 곤란하다는 것. 하지만 고작 나흘 정도 사무실을 비울 것이고, 운 좋게도 이번 여름에는 그렇게 복잡한 사건을 맡고 있지도 않다. 게다가 휴가로 처리하게 되는 계약사원인 탐정들이 있기 때문에 그런대로 괜찮을 거라는 결론이 나왔다.

난감한 문제는 다른 데 있었다. 그렇다.

"마사를 어떻게 하지? 그냥 두고 가?"

이거였다.

오해를 받는 건 본의가 아니기 때문에 미리 말해 두지만 나는 나름대로 자립이 가능한 개라서 사흘이나 나흘은 혼자서 집을 지키지 못할 것도 없다. 통조림 따개를 사용할 수가 없기 때문에 사료를 준비해 주지 않으면 불편하긴 해도 유사시에 음식 정도는 얼마든지 스스로 조달할 수 있다. 쓰레기 집하장 부근을 돌아다니면 되니까.

그러니까 문제는 내가 아니고 가요코 식구들 쪽에 있다. 나를 혼자 두고 가는 것이 아무래도 마음에 걸린다는 의미일 것이다. 이 식구들은.

"마사. 쓸쓸하겠다." 이토코가 내 목을 쓰다듬으면서 중얼거린다. 나는 '쓸쓸한 건 내가 아니고 이토코잖아?'라고 생각했지만 나 역시 쓸쓸할지도 모른다는 생각도 들고 이토코가 쓸쓸해하는 것을 보니까 왠지 쓸쓸해질 것 같기도 하다. 무슨 말인지 혼란스럽기는 하지만.

"애견호텔이라도……."

가요코가 꺼내는 말에 내가 우우 신음하는 소리를 듣고는 '…… 찾아볼까'라는 말을 얼른 삼켰다. 눈치 빠른 아가씨다. 나는 무슨 일이 있어도 그런 곳에 들어가는 건 절대 싫다. 그런 데

맡겨 놓을 거라면 떠돌이개가 되어 야생의 삶을 선택할 것이다.

사실 이 난관을 해결해 줄 사람이 하스미 가 바로 이웃에 살고 있었다. 하스미 탐정사무소가 있는 건물은 하스미 가의 주거지이기도 한데, 동네 한가운데 있다. 건물의 맞은편은 일반주택이고 세 번째 집은 빵가게, 대각선으로는 세탁소가 있다. 그리고 왼쪽 옆은 '하이네스 다나카'라는 다가구 주택이 있다. 4세대가 입주할 수 있는 세련된 주택 101호실, 하스미 가에서 가장 가까운 곳에 고바야카와 준코라는 여성이 살고 있었다. 이사 온 지 2년 정도 되는 사람으로 나이는 30대 후반이고 직업은 번역가라고 하는데 그런 답답한 일을 하는 사람이라고는 보이지 않을 정도로 외향적이고 활달한 사람이다. 이 사람이 열렬한 애견가라 아침저녁으로 산책하다가 우리를 발견하면 인사를 던지곤 하기 때문에 제일 먼저 가요코와 친해졌고, 나중에는 이토코와도 친해져서 현재는 하스미 가와 허물없는 사이가 되었다. 가요코에게 여행 이야기를 들은 순간,

"어머, 그런 일이라면 내가 마사를 맡아 줄게요. 내가 보살피게 해 줘요."라고 용감하게 나서 준 것이다.

준코 씨라면 나도 불만 없다. 개를 좋아한다고 해 놓고 쓸데없이 주물럭거리며 장난감 다루듯 하는 사람이 아니라는 것은 나도 잘 알고 있다.

"아침저녁에 같이 산책하고 깨끗한 물과 사료를 줄게요. 그러

면 되지요? 마사는 이제 어른 개잖아요. 아, 그리고 사무실 화분 물도 내가 줄게요. 가요코 씨 집에 있는 포토스(실내원예용 관엽식물-옮긴이)도 모양을 조금만 다듬어 주면 멋질 거라는 생각을 줄곧 했거든요. 집을 비운 사이에 내가 좀 만져도 되죠?"

대충 일이 이렇게 진행되어 가요코 일행은 여행을 떠났고 나는 준코 씨와 함께 지내게 된 것이다. 8월, 거리에 그림자가 짙게 드리우고 단내가 날 것 같은 무더운 여름의 3박 4일 동안 빈집 지키는 일이 시작되었다.

첫째 날

출발 비행기가 아침 일찍 이륙한다는 이유로 가요코 일행은 실제 출발일 전날 밤부터 나리타 공항의 호텔에 묵게 되었다. 그러니까 나는 그날 밤부터 혼자가 된 것이다.

가요코 일행이 나리타를 향해 떠난 지 두세 시간 후인 밤 11시경이었나, 사무실 뒷문을 열쇠로 여는 소리가 나고 "안녕!" 하는 목소리와 함께 준코 씨가 얼굴을 내밀었다. 동시에 딸각 전등이 켜졌다. 나는 사무소에서의 내 위치—손님용 소파와 가요코의 책상 사이에 놓인 깔개 위에서 몸을 일으켜 준코 씨의 얼굴을 보러 갔다.

"아, 마사! 있었구나." 준코 씨가 웃으면서 말했다. 내가 여기 아니고 어디에 있어야 한단 말인가. 그런데도 준코 씨는 항상 내 얼굴을 보면 그 말부터 한다.

"잠깐 밤 산책하러 갈까?"

준코 씨는 나를 향해 목줄을 흔들어 보였다. 나는 꼬리를 흔들어 반응했다. 가요코와 이토코가 있으면 산책을 나갈 때마다 일일이 이런 과정을 거치지 않고 넘어갈 수 있지만 역시 준코를 상대로 하자니 분위기가 좀 다르다. 정확한 의사소통을 위해서는 나도 조심스럽게 행동을 보여 줘야 한다.

준코 씨는 하얀 바지에 티셔츠, 꽤 낡은 고무슬리퍼를 신고 목에는 하얀 타월을 감고 있었다. 여기에 앞치마라도 두르면 심야 영업을 하는 채소가게 아줌마라고 해도 통할 것이다.

"푹푹 찌는 날씨, 정말 지겨워. 스이조 공원 쪽으로 가 볼까?"

스이조 공원은 사무소 근처에 있는데, 원래는 운하였던 곳을 매립하여 개조한 아주 예쁜 공원이다. 과거에 운하였다는 보기 드문 경력을 가진 공원이라 길쭉한 구조로 되어 있어서, 동쪽 끝 출입구로 들어가 서쪽 끝 출입구까지 갔다가 동쪽 끝 출입구로 되돌아 나오는 루트를 거치면 꽤 긴 코스를 걸을 수 있다. 더구나 자동차가 들어오지 않는다. 가요코와 날마다 다니던 산책 코스였기 때문에 익숙한 길이다. 그러나 최근에는 어떤 사정이 있어서 밤에는 와 본 적이 없다.

그래도 나는 준코 씨를 쳐다보며 꼬리를 흔들었다. 준코 씨 자신이 그 자리에 가면 현재의 스이조 공원이 안고 있는 '어떤 사정'에 대한 기억이 날 거라 생각했기 때문이다. 그리고 어떻게 할지는 그녀에게 맡기겠다.

"자, 나갈까."

내 목에 줄을 매달고 활기차게 말을 걸며 준코 씨는 빠른 걸음으로 걷기 시작했다. 산책할 때의 준코 씨의 가벼운 발걸음이 나는 아주 마음에 들었다. 이런 식으로 걸어 주면 나는 산책을 하는 전체 거리의 약 60퍼센트 정도를 경마에서 말하는 갤럽(gallop, 말이 빨리 걷는 걸음걸이-옮긴이)의 속도로 나아갈 수 있는 것이다. 이건 참으로 훌륭한 운동이 된다.

개를 키우며 그 개를 사랑하고 기본 이상으로 올바른 훈련을 시킬 수 있는 주인이라도 그 개의 종족이나 연령, 건강 상태에 맞는 적절한 산책 속도에 대해서는 의외로 무지한데다 무관심한 경우가 많다는 사실에 놀라기도 하고 실망하기도 한다. 예를 들면 머저리 같은 모로오카 신야처럼 처음부터 끝까지 뛰기만 하는 산책을 따라가다 보면 더 이상 젊지 않은 나는 턱이 빠질 것처럼 숨이 차다. 그런가 하면 소장처럼 오로지 터덜터덜 천천히 걷는 사람과 같이 다니면 몸이 풀어지지 않아 나른하다.

지금까지 드문드문 흘려들은 이야기에 의하면 물론 준코 씨도 애견을 기른 경력이 있고 개의 출산까지 지켜본 적이 있다고 하니까, 우리 견족에 대해 매우 실질적이고도 체험적인 지식을 갖고 있는 게 분명하다. 준코 씨는 남의 개라도 가까이 다가가 아는 척하지 않고는 배기지 못하는 성격의 사람인데 나는 지금까지 한 번도 그녀가 예의에 어긋난 행동을 하는 걸 본 적이 없다. 예를 들면 아무리 얌전한 개를 만나도 갑자기 멈춰 선 그 자세로 위에서 손을 뻗어 머리를 쓰다듬거나 하지 않는다. 반드시 쪼그리고 앉아 개와 시선을 맞추며 인사한다. 그리고 개 주인에게 "만져도 되나요?"라고 승낙을 받은 후 목덜미를 쓰다듬어 준다. 그리고 그 개의 상태가 매우 양호하여 개 주인과 준코 씨의 애견에 대한 취향이 맞아떨어지면 어머, 그렇군요, 라고 악수까지 나누고 기분 좋게 헤어진다. 그러나 개는 매우 슬픈 듯 지친 눈을 하고 있는데, 준코 씨가 개를 쓰다듬는 내내 주인이 자기 개가 얼마나 비싼지, 얼마나 손이 많이 가는지, 기대했던 애교를 부리지도 않고 개집 지키는 개로도 별로 도움이 되지 않는다는 등 본인—이 아닌 본견(本犬)—을 앞에 놓고 쓸데없는 말만 뇌까리는 작자인 경우에는 슬며시 인사를 하고 헤어진 후 집으로 오는 내내 그 개 주인에 대해 화를 내며 욕을 퍼붓는다.

오늘 밤도 열대야인 듯하다. 나와 준코 씨는 젖은 이불 같은 열기에 감싸여 일찌감치 땀을 흘리기 시작하면서 걸어갔다. 대로에는 빨간 램프를 켠 버스 막차가 지나간다. 드문드문 통행인이 눈에 띄지만 하나같이 한 잔 걸친 회사원이나 집안의 통금시간을 걱정하는 젊은 아가씨들로, 곁눈질도 하지 않고 집으로 열심히 걷는 모습이다.

스이조 공원으로 가는 도중에 이제부터 잠자리에 들 준비를 하고 있는 조용한 마을 안에서 딱 한 군데, 휘황하게 밝고 이질적인 장소를 통과한다. '라이프라이트'라는 편의점이다. 24시간 영업하는 이 편의점은 원래 작고 운치 있는 술집이었는데 2년쯤 전에 선대 주인으로부터 지금의 젊은 주인으로 대물림할 때 전업했다. 가요코는 아침 산책에서 돌아오는 길에 이 편의점에서 우유나 빵을 사는 등 편리하게 이용하고 있다. 내가 먹을 사료가 똑 떨어졌을 때도 얼른 사러 온다. 그래서 단골로 이용하는 곳이지만 밤에는 이상한 장소가 된다. 주류도 취급하는 편의점이라 때로는 술 취한 사람이 비틀거리고 있기도 하고, 그보다 조금 더 빈번하게, 이런 녀석들의 부모는 도대체 뭘 하는 걸까 싶은 중학생에서 고등학생 정도의 젊은 아이들이 그 앞에 모여 서성거릴 때도 빈번하기 때문이다.

3개월쯤 전이었다. 밤 11시경 이토코가 나를 데리고 두루마리 화장지를 사러 여기에 왔다가 머리를 황금색으로 물들인 몇몇 아이들이 시비를 걸어 왔다. 싸움이 날 뻔해 나는 오래간만에 이빨을 잔뜩 드러냈다. 그 이후로 이토코는 무서워서 이 가게 근처에 오지 않게 되었다. 선대 술집 주인은 좋은 장사꾼이었기 때문에 아들 대에서 가게가 이런 꼴이 되어 버린 사실을 알면 분명 마음 아파할 것이다.

그러나 오늘 밤 라이프라이트 앞에는 아무도 없었다. 가게의 입장에서도 가게 '안'이 붐비는 게 아니고 가게 '앞'이 북적대는 사태는 결코 환영할 만한 것이 아닐 테니까 기뻐해야 할 것이다. 그러나 교복 차림의 여학생이—아마 고등학생일 것이다—가게 출입구의 자동문 바로 옆에 설치되어 있는 카드식 공중전화기를 혼자 차지하고 긴 통화를 하고 있다.

저런, 하고 생각하는데 카드 전화기를 껴안듯이 달라붙어 떠들어 대던 여학생 옆을 지나가면서 준코 씨가 큰 소리로 말했다.

"얘, 뭐 하는 거니. 빨리 집에 들어가!"

나는 돌아다보지 않았지만 인간보다 시야가 넓은 견족의 장점 덕분에 시야 한쪽 끝에 깜짝 놀란 듯 몸을 일으켜 준코 씨를 쳐다보는 여학생의 모습이 정확하게 포착되었다. 그리고 그녀가 작은 목소리로 내뱉는 욕설을 들었다.

"뭐야. 저건…… 빌어먹을 노인네."

다행히 준코 씨는 듣지 못한 것 같다. 속도를 내서 가볍게 뛰어가면서 투덜투덜 불만스러운 말을 중얼거리고 있다.

"도대체가 저런 아이는 부모 얼굴이 보고 싶다니까. 교복 차림으로 이 시간까지 바깥을 싸돌아다니게 하다니. 안 그러니, 마사?"

맞는 말이지만 당사자인 여학생의 부모는 아마 텔레비전이나 보며 아무 걱정도 하지 않을 것이다. 아니면 벌써 잠들어 있거나.

준코 씨는 계속 화를 낸다.

"게다가 지금 고등학교 교복은 왜 그렇게 치마가 짧은 거야? 허리를 조금만 숙여도 팬티가 다 보이잖아. 나 같으면 딸한테 말할 텐데, 너 학생 때부터 그런 꼬락서니로 다니다가 앞으로 평생 팬티 보이면서 살 작정이냐고."

이런 소리를 들으면 여자아이들은 또한 반격할 것이다. "아무도 너한테 팬티 보여 달라고는 하지 않을 거야, 아줌마."

그리고 이 말은 논점은 한참 어긋나지만 감정적으로는 옳은 반론일 것이다. 저런 아이들한테 타일러 봐야 아무 소용도 없을 것이다.

전방에 스이조 공원의 숲이 보인다. 어둠의 농도가 열기로 중화되는 걸까.

숨이 좀 차는지 준코 씨는 스이조 공원 입구에서 발을 멈췄다. 호흡을 가다듬고 목에 건 타월로 땀을 닦고 있다. 나는 고개를 흔들어 주위를 둘러보았다. 인기척은 없다. 도로의 아스팔트는 낮 동안의 열기가 남아 미지근하고 또 물렁한 것 같아 발바닥에 닿는 감촉이 영 찝찝하다.

얼굴의 땀을 닦더니 "자, 가자."라며 준코 씨가 나를 잡아당겼다. 나는 고분고분 따라갔다. 그 거리에서도 스이조 공원 입구에 입간판이 서 있는 게 내 눈에 보였다. 마치 다다미를 세로로 반을 자른 정도의 넓이에 해당하는 하얀 바탕에 검정과 빨강 페인트로 글씨가 크게 쓰여 있었다.

"어?"

문을 지나 간판 가까이 가서야 준코는 그 글씨를 알아보았다. 올려다보는 표정이 순식간에 험상궂은 얼굴로 변했다. 표지판에는 이렇게 쓰여 있었던 것이다.

주의!

올해 들어서면서부터 스이조 공원 안에서 밤늦은 시간에 여러 집단에 의한 악질적인 날치기, 공갈사건이 빈번하게 발생하고 있습니다. 상해사건으로 발전한 경우도 있습니다. 날이 어두워진 후 공원을 통과하거나 보행할 경우에는 각별히 주의를 기울여 주십시오. 피해를 당했거나 수상한 인물을 목격했을 시에는 즉시 110에 신고하여 주십시오.

문장 마지막에 관할 경찰서 전화번호가 적혀 있다. 이 표지판은 비교적 새로운 것이었다. 아마 오래된 표지판이 심하게 더러워졌거나 부서져서 최근 새것으로 교체된 것 같았다. 왜냐하면 내가 가요코와 여기로 와서 처음 이 표지판을 발견한 게 올해 2월경이었기 때문이다.

"어머, 뭐야. 몰랐어."

준코 씨는 남자처럼 머리를 벅벅 긁었다. 나는 꼬리를 살짝 흔들어 그녀의 주의를 끌었다. 그리고 콧잔등을 스이조 공원을 따라 난 일방통행 포장도로 쪽을 가리켰다. 그곳이라면 가로등이 켜져 있어 밝을 것이다. 발바닥 감촉은 영 찝찝하지만.

"마사, 공원에 들어가고 싶지 않은 거야?"

준코 씨는 눈치가 빠르다. 보다 정확하게는 내가 아니고 준코를 공원에 들어가게 하고 싶지 않은 거지만.

"그럼 다른 데로 돌까." 준코 씨는 다시 뛰기 시작했다. "땀을 많이 흘리면 집에 가서 마시는 맥주 맛이 끝내주거든. 가자!"

스이조 공원에서 날치기나 공갈을 저지르는 비행 청소년 무리가 있는 것 같다는 소문은 작년 연말경부터 하스미 탐정사무소 식구들의 귀에도 들려왔다. 지역의 일이고 관할 경찰서와의 관계도 있기 때문에 소문이라고 해도 비교적 정확한 편이다.

그 당시 이야기로는, 구체적으로 자전거를 타고 지나가면서 가방을 낚아채 달아나는 사건이 두세 건 있었고, 밤에 나와 놀던 여고생 두 명이 소년 조직에 에워싸여 있는 돈을 모조리 빼앗긴 사건도 한 건 있었다. 이야기를 들은 소장은 이런 짓을 하는 범인 조직은 조속히 잡아들이지 않으면 점점 그 도가 심해진다며 걱정했다.

실제로 그 걱정이 현실이 되었다. 새해가 시작되고 나서 1월

중순경, 자정이 지나 신년 모임을 마치고 술에 취해 비틀거리며 스이조 공원을 걷던(아마 지름길이었던 모양이다) 50대 회사원이 3인조 소년에게 둘러싸여 곤죽이 될 정도로 맞은 끝에 가방과 지갑을 빼앗기는 사건이 일어난 것이다. 사건의 현장검증이 끝났나 싶은 이튿날 밤, 이번에는 밤 11시 전에 스이조 공원에서 개를 산책시키던 40대 주부가 칼을 든 두 소년에게 위협을 당한 사건이 발생했다. 그녀는 지갑을 갖고 있지는 않았지만 소년 하나가 팔을 찔러 전치 2주의 부상을 입었다. 그로부터 사흘 후에는 비슷한 시간대에 공원을 지나가던 젊은 회사원이 다시 습격을 당했는데 이번에는 다치지도 않고 피해도 없이 넘어갔다. 피해자인 회사원이 다행스럽게도 재빨리 도망칠 수 있었다고 한다.

하스미 사무소에서는 경찰이 조속히 나서서 지역 주민에게 경고를 해 두는 게 좋지 않을까 하며 마음을 졸이고 있었다. 그러는 한편 하스미 소장은 가요코가 나를 데리고 심야에 스이조 공원을 산책하는 일을 엄격하게 금지시키고 가요코도 그 명령에 고분고분 따랐다. 그러나 공원 안에 들어가지 않아도 가요코는 나를 데리고 거의 매일 밤 공원 주변을 걸었다. 그때 그 표지판을 발견한 것이다.

표지판이 세워진 이후, 스이조 공원의 불온한 정보는 지역 주민들 사이에 단번에 퍼졌다. 야간 통행은 격감했고, 각 학교에서는 해가 진 후에 아이들이 절대 이곳을 지나가지 않도록 학생들을 지도했다. 역 앞의 버스 정거장, 주민 센터 등에도 경고 전단이 붙었다.

그러나 준코 씨는 이러한 주변의 동향을 알지 못했다. 혼자 사는 프리랜서 번역가다 보니 주민회의 활동과도 인연이 없거니와 자녀가 없으니 학교와도 교류가 없다. 그러다 보니 아무래도 정보가 전달되기 어려웠을 것이다.

그녀가 오늘 밤에 공원 안을 지나가는 것을 단념하자 다행이야, 하고 나는 안도했다. 준코 씨의 성격으로는,

"보디가드 부탁해, 마사! 시원치 않은 경찰 대신 내가 범인 녀석들을 잡아야지!"라며 팔을 걷어붙이고 나설지도 모르기 때문이다.

실제로 가요코도 그렇다. 나를 데리고 매일 밤 공원 주위를 걸었던 것도 산책을 겸한 순찰을 위해서였기 때문이다. 공원 안에서 '꺅!' 혹은 '아악!' 혹은 '살려 줘요!'라는 소리가 나면 나를 끌고 달려갈 생각이었다. 하지만 나는 그런 상황에 맞닥뜨리지 않았으면, 하고 내심 조마조마했다. 그야 가요코는 호신술 교실에 다녀 수료증을 받았으니 불량 소년들의 습격을 받아도 보통 젊은 아가씨보다는 훨씬 정확하게 행동할 수 있겠지만 그래도 공격하는 쪽의 숫자가 많아 힘을 못 쓸 수도 있다. 내 엄니는 지금도 그럭저럭 날카롭긴 하지만 그래 봐야 턱은 하나밖에 없으

니 처음부터 승산 없는 작전은 세우지 않는다는 프로의 법칙에 따라 함부로 덤벼서는 안 된다.

나와 준코 씨는 평화롭게 산책을 마치고 목이 말라 집에 도착했다. 준코 씨는 맥주로 목을 적시기 전에 나를 위해 먼저 깨끗한 물을 실컷 마시게 해 주었다. 그리고 엉망이 된 내 털을 브러시로 빗어 주고 불을 끄고 사무소 문단속을 야무지게 해 놓은 후 돌아갔다.

이렇게 하여 나는 외톨이의 밤 동안 조용히 잤다. 꿈은 꾸지 않았다. 그러나 역시 빈집 지키기 역할의 책임감으로 신경이 날카로워져 있었는지 깊은 잠은 들지 않았다. 새벽에 신문배달원이 사무소 앞을 지나가는 자전거 소리가 들릴 즈음에는 깨어나 창문의 블라인드 너머로 비쳐드는 아침 햇살의 서광을 무심히 바라보고 있었다.

그리고…… 문득 묘한 소리를 들었다.

멀리서 누군가―그렇다 '누군가'다, 인간이다, 분명 두 개의 다리로―다가온다. 종종걸음으로 타타타타. 귀를 기울이고 들어 보니 그 발소리는 가벼운 느낌이었다. 어린아이 같았다. 그러나 아이 치고는 발걸음이 무겁다고 할지―불규칙하고 자유스럽지 못한 느낌이다. 무슨 짐이라도 들고 있는 걸까.

나는 어둑한 사무소 안에서 두 귀를 바짝 세우고 집중하고 있었다. 발소리는 점점 가까워져 하스미 탐정사무소 정문까지 와서 뚝 멈췄다. 얼핏 보기에 일반주택처럼 보이는 이 철문은 지금 꼭 닫혀 있고 인터폰 옆에는 작은 메모지가 붙어 있을 것이다. 가요코가 또박또박 정성들여 쓴 글씨로, 4일간 사무소가 쉰다는 내용을 알리는 메모다.

바스락바스락 소리가 났다. 문 너머에서 다가온 누군가가 사무소 문 앞에 뭔가를 놓고 있는 듯하다. 나는 얼른 뒷문 쪽으로 돌아갔다. 거기에는 문이 닫혀 있어도 드나들 수 있는 내 전용 쪽문이 있기 때문이다.

쪽문을 나온 나는 건물 옆에 세워져 있는 이토코의 자전거 옆을 돌아 정문이 있는 곳으로 달렸다. 문 바로 앞에 밀감 상자 정도의 종이상자 하나가 놓여 있는 게 보였다. 내가 한 발 늦게 나오는 바람에 주위에는 아무도 없다. 둘러봐도 도망쳐 가는 뒷모습도 보이지 않는다.

옆구리에 '고랭지 양배추'라고 인쇄된 종이상자였다. 상자 윗면에서 열게 되어 있다. 테이프 같은 것으로 봉해 있지도 않고 뚜껑 한쪽이 비스듬하게 열린 것이 신문 투입구 쪽으로 향해 있었다.

상자로 다가간 나는 그곳에서 짐승의 냄새를 맡았다. 나도 모르게 흠칫 놀라 귀가 점점 날카롭게 곤두섰다.

누군가 놓고 간 상자가 꿈틀꿈틀 움직였다. 나는 펄쩍 뛰었다.

종이상자는 바스락바스락 소리를 내고 있었다. 그리고 짐승 냄새가 났다. 그 냄새는 나에게 아득한 옛날 꼬마 시절에 초등학교 운동장으로 잘못 들어갔을 때의 기억을 상기시켰다. 먼 기억이지만 냄새의 기억은 뚜렷했다. 누가 뭐래도 나는 경찰견 출신 저먼셰퍼드가 아닌가.

초등학교 운동장—그 한 귀퉁이에 녹색 철망으로 둘러쳐진 사육장 울타리.

목을 쭉 빼고 나는 상자 안을 들여다보았다. 상자 뚜껑으로 빛을 가린 어두운 바닥에서 합계 다섯 쌍의 눈동자가 빼꼼히 나를 보고 있었다. 내 등줄기의 털이 모조리 곤두섰다.

의도적인지 우연인지 모르지만 '고랭지 양배추' 상자 안에는 양배추를 즐겨 먹는 동물이 들어 있었다. 나는 한동안 내 눈을 의심했지만 틀림없었다.

그곳에는 뜻밖에도 다섯 마리의 작은 토끼들이 몸을 웅크리고 있었던 것이다.

"귀엽다, 저것 좀 봐. 잘 먹는다."

준코 씨는 상자 옆에 쪼그리고 앉아 얼굴 가득 웃음을 머금고 말한다. 상자 안의 토끼들에게 쉬지 않고 양배추며 양상추, 당근을 넣어 주며 신이 났다.

"맛있지, 그래. 착하다."

토끼 머리 위에서 말을 걸고 있다. 이러니 사이즈가 작은 동물이 유리한 것이다.

토끼들을 발견한 후에 나 혼자서는 어떻게 하지도 못하고 결국은 상자 옆에서 망을 보면서 준코 씨가 오기를 기다렸다. 참으로 얼간이 같은 광경이었지만 이른 아침이라 아무도 보지 못했고 달리 어떻게 할 수도 없었던 것이다.

우리 동네에 사는 동물은 개나 새나 고양이나 종족에 관계없이 대부분의 경우 서로 의사소통이 가능하다. 말하자면 그 지역에서 사용되는 인간의 말이 우리 동물들의 공통어로 편리하게 사용된다. 일본에 살고 있으면 미국인이라도 프랑스인이라도 이란인이라도 일본어로 대화할 수 있는 것과 같다. 게다가 미국인이 일본인의 식생활에 적응하지 못하거나 프랑스인이 일본인의 생활습관을 무시하거나, 이란인이 종교에 대한 개념이 독특한 일본인에 대해 화를 내거나 하듯이 동물들도 마찬가지로 개와 고양이, 고양이와 새, 새와 토끼 등 서로의 종족 간 차이에 놀라거나 웃거나 혐오한다.

그러나 고랭지 양배추 상자 안의 토끼들의 경우, 이 아이들이 생후 얼마나 된 녀석들인지 나는 짐작도 못하겠지만 아직 너무 어려서 대화를 할 수 있는 상황이 아니었다. 요컨대 아기들인 것이다. 그러나 같은 동네 아이들이라 견족인 나의 냄새를 맡고도 미친 듯이 도망치려고 하지 않고 무서워하지도 않는 게 다행이었다.

준코 씨는 그런 분야의 직업을 가진 사람치고는 아침에 일찍 일어나는 습관이 있어서 매일 아침 7시경에는 활동을 시작한다. 이 날도 그랬다. 그리고 하스미 사무소 문 앞에서 콧잔등에 묻은 토끼들의 솜털이 간질거려 재채기를 해 대는 내 옆에 고랭지 양배추 상자가 나란히 있는 것을 발견했다.

준코 씨는 상자의 내용을 확인하자마자 갑자기 이렇게 말했다.

"마사, 이 토끼들 도대체 어디서 갖고 온 거야?"

내가 갖고 올 리가 없지 않은가.

"버려진 고양이가 아니고 버려진 토끼구나. 그런데……."

준코 씨는 토끼들을 한 마리씩 손바닥 위에 올려놓고 눈빛이며 털의 상태를 살피는 것 같았다.

"다 건강하니까 아마 지금까지는 소중하게 보살핌을 받고 있지 않았을까. 다섯 마리 모두 어린 토끼니까 어딘가에서 토끼 한 쌍을 키우는 사람이 새끼를 낳아 숫자가 너무 많아져서 어쩔 수 없이 버리러 왔는지 몰라. 토끼는 무서울 정도로 빠르게 번식하니까."

준코 씨는 개만 좋아하는 게 아니고 동물을 다 좋아하는 동물애호가인 모양이었다. 나는 토끼에 대해 아무것도 모른다. 이 어린 토끼들에 대해 내가 준코 씨보다 잘 알고 있는 거라고는 오늘 아침 토끼들을 하스미 사무소 앞에 놓고 간 인물은 99퍼센트 어린아이일 것이라는 정도다. 그 가벼운 발소리로 보아 틀림없을 것이다. 그리고 그 아이는 혼자였다. 같이 걷는 발소리도 대화 소리도 들리지 않았으니까.

애완동물로 기르는 토끼가 너무 많아져서 몇 마리를 버려야 할 경우 아이 혼자서 그것을 실행할까. 부모가 그렇게 시키는 걸까. 좀 심하다고 나는 생각한다. 준코 씨의 생각은 보통 사람이라면 당연한 추리겠지만 이 경우에는 적용되지 않을 것 같다는 생각이 든다.

나는 답답해 죽을 지경이었다. 준코 씨는 가요코나 이토코에게 이야기하듯 나한테도 말을 걸어온다. 내가 그 말을 이해하고 있다고 믿고 있는 모양이다. 맞다. 다 이해한다. 그래서 더 안타깝다. 내가 사람처럼 발성기관이 있거나, 준코 씨가 다른 동물들의 말을 알아들을 능력이 있다면 오늘 아침 타타타타 걸어온 가벼운 발소리에 대해 이야기해 줄 수 있으련만.

"마사는 다른 생물이 옆에 있어도 신경이 쓰이지 않는가 봐. 넌 역시 어른 개야."

준코 씨는 내 목을 쓰다듬어 주었다. 그래요, 준코 씨. 나는 꼬마 토끼들을 학대하거나 하지 않아요. 하지만 역시 어린 토끼들을 만진 손으로 그대로 나를 만지지 말았으면 좋겠어요. 냄새가 나거든요.

"하지만 여기다 계속 같이 놓아두면 불쌍하니까, 집주인한테 부탁해서 일단 맡아 줄 곳을 찾을 때까지 토끼는 내 방에서 보살펴 줘야겠어."

그렇게 해 주면 더 바랄 게 없다. 정말이다. 어린 토끼들이 이곳에 버려진 후 나는 처음으로 안심이 되어 잠깐 졸았다. 토끼들에게 정신이 팔린 준코 씨가 나와의 아침 산책을 빼먹은 게 오히려 고마울 정도였다.

시작은 소란스러웠지만 그날 하루는 조용히 지나갔다. 사무소에서 빈집을 지키고 있으면 때로 삐 하는 전자음이 난 다음에 팩시밀리가 웅웅 소리를 내며 종이를 토해 내는 현상이 발생한다. 여행에 참여하지 않고 유급휴가로 되어 있는 계약직 탐정들이 결국은 쉬지 않고 어떤 보고를 보내 오는 건지도 모른다. 그러나 전화는 거의 울리지 않았다. 여행 전에 가요코 일행이 관계자들에게 연락을 철저하게 해 놓은 덕분일 것이다.

저녁나절, 사무소 블라인드로 붉은 노을이 비쳐 들 무렵 2층 하스미 가의 거실 쪽에서 전화가 울렸다. 사무소 전화가 아니고 하스미 가의 전화다. 당연한 일이지만 부재중 전화로 전환되었고 이토코의 목소리로 3박 4일간의 여행을 떠났음을 알리는 응답기 녹음이 들리기 시작한다. 그리고 그것이 끝나자마자 전화를 걸어온 모로오카 신야의 목소리가 들려왔다.

"어라, 뭐야, 진짜 여행을 간 건가? 나는 그냥 농담인 줄 알았는데."

나는 2층 계단 입구에서 귀를 기울이면서 흥! 코웃음을 쳤다. 이런 통화를 녹음하는 건 테이프 낭비다.

"가족여행이라니, 그게 무슨 재미가 있다고. 심심하잖아. 가요코도 이토코도 시간이 어지간히 남아도는군. 여행이란 모름지기 짜릿한 경험이 제일인데."

짜릿한 여행이라는 건 도대체 어떤 걸까.

"어쩔 수 없군. 돌아오면 다시 전화할게요. 그럼 이만."

전화는 끊어졌다. 조작 방법만 알았다면 2층으로 올라가 방금 녹음된 메시지를 지워 버릴 텐데. 아니면 전원을 빼 놓을까.

너무 노골적으로 일을 저질러 놓으면 가요코도 이토코도 깜짝 놀랄 것 같기에 가능한 조심스럽게 참고 있지만, 사실 전기 제품 스위치를 켜거나 끄는 일 정도는 나도 얼마든지 할 수가 있다. 텔레비전 같은 건 혼자서 켜고 볼 수도 있다. 전화도 발끝이 전화기 본체까지 닿기만 한다면 모니터 폰을 눌러 스피커폰으로 해 놓고 번호 버튼을 누르면 되니까 걸 수도 있다. 그러나 공중전화의 경우를 제외하고는 휴대전화의 저 콩알만 한 버튼을 누르는 것은 불가능하다. 부재중 전화 같은 복잡한 기능 역시 내 능력 밖이다. 음식점 초주안(長寿庵)에 전화해 "메밀국수 하나랑 우동 2인분이요."라고 주문을 할 수 없는 건 말할 것도 없다.

　불편한 점이라면 그밖에도 또 있다. 내 목걸이에 이름표를 매달고 몸단장을 하고 있어도 나 혼자서는 한낮에 어슬렁거리며 동네를 돌아다닐 수 없다. 이것이 최대의 불편인지도 모른다. 왜냐고? 세상에는 개를 좋아하는 사람만 있는 게 아니고 무서워하는 사람 또한 많아서, 그런 사람이 덩치 큰 저먼셰퍼드가 주인도 없이 길거리를 어슬렁거리는 모습을 발견하면 공포에 떨며 즉각 110에 신고해 버릴 가능성이 있기 때문이다. 나는 경찰견 출신이지만 그렇다고 높은 사람과 안면이 있는 것도 아니고 쓸데없는 소동을 일으키는 것도 좋아하지 않는다.

　그런 사정이 있기 때문에 이날도 나는 해가 지고 밤이 오기를 끈기 있게 기다렸다. 준코 씨는 어젯밤보다 일찍인 오후 10시에 나를 산책시키러 와 주었지만 어제보다 짧은 코스를 돌고 30분 만에 사무실로 돌아왔다. 이유는 말할 것도 없이 자기 집에 토끼들이 있기 때문이다. 그러나 나는 마음에 두지 않았다. 준코 씨가 "잘 자." 하고 물러난 후가 나의 진짜 행동시간이 되기 때문이다.

　오후 11시 30분. 사무실 디지털시계로 시간을 확인하고 나서 나는 천천히 일어나 쪽문을 지나 밖으로 나왔다. 버스 막차도 지나갔고 인적이 끊긴 이 시간대 이후로는 인간의 눈을 걱정하지 않고 탐문하러 다닐 수 있다. 무슨 탐문이냐고? 저 토끼들을 가져온 타타타타 발소리의 주인공이 지나가는 모습을 사무소 근처 누군가—개나 고양이, 참새 혹은 까마귀—가 목격했을지도 모르지 않는가.

나는 먼저 하스미 사무소에서 북쪽으로 한 골목 더 간 3층짜리 세련된 집으로 발길을 돌렸다. '아오키'라는 문패가 붙어 있는 이 집에서는 털 손질이 잘 된 암컷 시바견을 한 마리 키우고 있는데 그녀는 바로 한 달 전에 출산했다. 모자는 집 옆에 있는 튼튼한 개집에서 사이좋게 살고 있고 밤에는 철망 너머로 이야기를 할 수 있다. 게다가 타타타타 하는 그 발소리는 내 귀에는 아무래도 이쪽 방향에서 온 것처럼 들렸다.

"마사 씨, 안녕하세요."

어미 개가 나를 보고 고개를 반짝 쳐들었다. 두 개의 눈동자가 밤기운을 받아 더욱 검게 보인다. 개 주인 아오키 씨는 그녀를 꽤나 자랑스럽게 여기는 것 같지만 그녀가 실제로 얼마나 예쁜 개인지를 실감할 수 있는 건 견족인 우리뿐이다.

"안녕. 아이들은 벌써 자나?"

"아직요. 밤새 잠을 자질 않네요."

과연 강아지들은 깨어 있었다. 자기 꼬리를 쫓아 뱅글뱅글 돌며 놀고 있다. 내 얼굴을 보더니 "아, 마사 아저씨다!"라고 말했다.

"이제 곧 훈련학교에 갈 거잖아? 그렇게 안 자고 버티면 혼날 걸."

"정말? 혼나는 거예요?"

"그럼. 그러니까 어서 자거라."

어미 개는 자기도 훈련학교의 경험이 있지만 아무래도 일시적이나마 아이들을 떼어 놓는 것이 걱정인지 요즘 나랑 얼굴을 마주칠 때마다 그 이야기만 한다. 그럴 때마다 나는 3주의 훈련기간 정도는 눈 깜짝할 사이에 지나간다고 위로해 주었다. 그러나 문제는 기간이 아니다. 어미 개도 나도 입 밖으로 말하지는 않지만 잘 알고 있다. 3주의 훈련을 경계로 하여 그 후 강아지들은 극적으로 달라질 것이다. 어엿한 어른 노릇을 하는 개가 되어 돌아오는 것이다. 그건 물론 기쁜 일이지만 강아지만이 어미 개에게 줄 수 있는 기쁨을 더 이상 기대할 수 없는 것도 사실이다.

나는 어미 개에게 짧게 용건을 설명했다. 그녀는 아름다울 뿐 아니라 현명한 개라서 금방 말이 통하기는 했지만 대답은 신통치 않았다.

"오늘 아침이라면…… 어린아이의 발소리…… 글쎄요. 별로 짚이는 데가 없는데요."

"그래? 뭐 이쪽에서 왔는지 어떤지 확실한 건 아니야."

"자전거 소리라면 들었는데. 하지만 신문배달 자전거인지도 몰라요."

"토끼 냄새도 느끼지 못했다는 말이군?"

"토끼요…… 어떤 냄새였더라? 잊어버렸어요."라며 어미 개가 웃었다.

"마사 아저씨, 토끼랑 살아요?" 강아지가 눈을 동그랗게 뜨고 물었다.

"고맙게도 같이 살지는 않는단다."

"토끼는 맛있어요?"

"네가 먹는 통조림 음식보다는 맛이 없을 거다. 먹으려면 번거롭기도 하고. 그러니까 토끼한테는 가까이 가지 않는 게 좋아."

인사를 한 나는 어미 개와 강아지를 떠났다. 어슬렁어슬렁 걷고 있노라니 저 멀리 앞에서 귀 밝은 하라쇼가 "어이, 이리 좀 와 봐!"라며 짖는 소리가 들렸다. 하라쇼의 주인이 "시끄러워!"라고 호통을 치기 전에 달려가려고 했지만 때는 늦었다. 내가 얼굴을 내밀었을 때 이미 하라쇼는 2층 창에서 뿌리는 물벼락을 맞고 있었다.

"어이, 아저씨, 산책하는 거요?"

하라쇼는 머리에서 물방울을 떨어뜨리면서 나를 보고 웃었다.

"너도 고생이 많다."

"고생? 고생이 뭐요?"

하라쇼는 복서(boxer, 독일이 원산인 개의 한 품종 – 옮긴이)의 혈통이 섞인 잡종견이다. 6개월 정도 전에 어딘지 모르는 곳에서 지금 주인인 철공소 아저씨에게로 왔다.

이 철공소 아저씨는 하라쇼를 항상—그렇다, 말 그대로 항상—비오는 날이나 바람 부는 날이나 눈 오는 날이나 공장 옆 폐철 집하장에 묶어 놓고 있다. 하라쇼를 처음 만났을 무렵 나는 그의 비참한 처지를 보고 놀라서 물었다. 전 주인은 하라쇼가 이런 대접을 받는다는 걸 알고 있느냐고, 전 주인에게 돌아가고 싶지 않느냐고 끈질기게 물었다. 그런데 하라쇼는 멍청한 얼굴을 하고 전 주인의 집에 있을 때도 이런 생활이었고, 태어났을 때부터 줄곧 이렇게 살아왔다는 것이다. 철공소 아저씨에게 온 것은 전 주인이 하라쇼에게 싫증이 나서였던 모양이다.

내가 본 바로 하라쇼의 나이는 지금 세 살 정도일 테니 보통은 훌륭한 성견이라 할 만하지만, 방치된 개라서 그런지 아직 강아지 같은 면이 있었다. 몇 번을 만나도 내 이름을 외우지 못하고 항상 '아저씨'라고 부른다.

이야기가 뒤죽박죽이 되었는데 '하라쇼'라는 건 그의 이름이다. 무슨 외국어인 모양인데 철공소 아저씨가 붙여 준 이름이다(전 주인의 집에서는 단순하다고 할지 게을러서인지 그냥 복서라고 불렸다고 한다). 철공소 아저씨가 어떤 의도를 갖고 이 이름을 붙였는지는 전혀 알 수 없다. 주인의 입장에서 각별히 불쾌한 인물의 별명인지 모른다. 그것을 애완견의 이름에 붙여 학대함으로써 간접적으로 보복을 하고 있는 것인지도 모른다. 그렇게 생각하지 않을 수 없을 정도로 하라쇼가 처한 환경은 가혹했다.

하라쇼는 늘 배가 고프고 목이 마르고 몸은 더러워서 벼룩이 들끓었고, 이런저런 피부병이 끊이지 않고 배탈에 시달리고 있다. 지금도 그의 물그릇은 텅 비어 있고 먹이 그릇에는 말라빠진 닭 뼈 몇 개가 들어 있을 뿐이다. 냄새가 지독하다. 도대체 언제 받은 먹이일까. 사흘 만에 만나는 하라쇼의 모습은 연일 계속된 더위로 한층 야위어 갈비뼈가 다 드러나 셀 수 있을 정도다.

"아저씨는 좋겠다. 마음대로 나돌아 다니고. 어디 가는 거야? 나도 데리고 가 주면 좋을 텐데. 아저씨는 오늘 뭐 했어? 뭐 재미있는 일 있었어? 맛있는 거 먹었어? 나는 심심해 죽겠는데, 거기다 덥기는 왜 이렇게 덥지?"

하라쇼는 외롭고 애정과 우정에 굶주려 있다. 그래서 이상할 정도로 귀가 밝아 다가오는 견족의 낌새를 금세 알아채고 누가 오면 하아, 하아, 하고 숨이 차도록 이야기를 하는 것이다. 나는 하라쇼 옆에 앉아 그가 속사포처럼 쏟아 내는 말을 중간에서 끊고 사정을 이야기했다.

"토끼라고……? 토끼가 어떤 거였더라?"

"작고 귀가 긴 녀석."

"푸들같이 생겼어?"

하라쇼는 견족의 종족 구분을 거의 인식하지 못하는데 푸들만은 알고 있다. 왜냐하면 주인이 새하얀 푸들을 키우고 있기 때문이다. 이 푸들은 실내견으로 하라쇼와는 180도 반대의 극진한 대접을 받고 있다. 거기다가 이 푸들은 하라쇼를 상대해 주지도 않는다. 하라쇼 혼자 그녀를 흠모할 뿐이다. 푸들은 암캐다. 그러고 보니 왠지 모르지만 동네에서 나는 수컷 푸들은 본 적이 없는 것 같다.

"아니, 푸들처럼 귀가 축 처져 있는 게 아니야. 위로 불쑥 솟아 있어."

"흐음, 난 잘 모르겠는걸."

하라쇼는 상상도 할 수 없는 동물인 모양이다. 그의 세계는 어느새 길이 1미터의 사슬이 닿는 넓이로 한정되고 있다. 그런 생활 속에서는 상상력 따위가 자랄 수 없다.

나는 하라쇼를 만나면 항상 분노로 뱃속이 부글부글 끓는 것 같다. 이 녀석의 주인은 단순히 개를 싫어한다거나 귀찮아하는 게 아니고 적극적으로 하라쇼를 괴롭히며 즐기고 있는 것이다. 하라쇼는 방치하면서 푸들은 끔찍이 아끼는 것이 가장 확실한 증거다. 하라쇼가 건강하게 사는 것을 방해하면서 멍청하다느니 도움이 안 된다느니 하면서 발로 차거나 먹이를 주지 않고 물을 끼얹기도 한다. 만약 인간의 아이가 이런 꼴을 당하고 있다면 분명 그 부모에게 죄를 물을 것이다. 그러나 인간의 법률은 애완동물을 보호해 주지 않는다. 전에 가요코가 관할 경찰서 형사와 잡담하는 걸 들은 적이 있는데 애완동물은 법률적으로 기물(器物)로 취급된다고 한다. 하라쇼가 이렇게 학대를 당하고 있건만 아무도 주인을 고발할 수가 없다.

지금까지 나는 몇 번인가 가요코와 산책할 때 그녀를 억지로 하라쇼가 있는 철공소까지 끌고 와서 그 녀석의 모습을 보여 준 적이 있다. 가요코는 즉시 하라쇼의 끔찍한 상황을 알아보고 마음 아파했다. 한번은 소장과 상담하여 복서를 키워 보고 싶으니 하라쇼를 넘겨 줄 수 없겠느냐고 철공소 아저씨에게 교섭하러 가 준 적도 있다.

그러나 철공소 아저씨는 일언지하에 거절했다. 인정사정없이 쌀쌀맞은 느낌이었다. 우리의 소중한 개니까 어디에도 줄 수 없다고 했다. 도대체 소중하기는 뭐가 소중하다는 소리인지. 철공소 아저씨가 사디스트라 하라쇼를 학대하며 즐기고 있다고 흔들림 없이 확신한 것은 이때였다.

하라쇼 구출에 실패한 가요코는 그 이후로 가끔 철공소 아저씨의 눈을 피해 하라쇼에게 먹이를 갖다 주고 있다. 그러나 하라쇼의 먹이 접시에 못 보던 개 사료가 들어 있는 것을 발견하고 주인이 그것을 버린 모양이다. 게다가 그것도 모자라 "우리

개한테 이상한 걸 먹이려는 작자가 있어서 불안해 죽겠다."라며 투덜거린다고 한다. 그 소문을 듣고 나는 머리의 혈관이 모조리 터질 뻔했다.

버리고 간 토끼들에 대한 정보원으로서 하라쇼에게는 기대할 것이 없었다. 이를 처음부터 알고 있었다. 나는 하라쇼에게 뭔가 좀 더 나은 생활을 할 수 있도록 해 주고 싶어서 여러 가지 방법을 생각하고 있다고 말했다. 마음만은 거짓이 없다. 그러나 할 수 있는 일은 한정되어 있다. 그래도 말하지 않을 수가 없었다. 지금 하라쇼가 놓여 있는 상황이 너무나 불공평한 것임을 이해만이라도 시키기 위해. 그러나 다른 생활을 모르고 다른 주인을 모르는 하라쇼는 이렇게 말하는 것이다.

"그래? 하지만 나는 지금 생활이 그렇게 괴로운 건 아닌데. 아저씨, 너무 걱정하지 않아도 돼."

하라쇼의 이빨이 군데군데 빠져 있는 것을 확인한 나는 바닥이 깊은 늪처럼 어두운 기분으로 그와 헤어졌다.

그러고 나서 나는 하스미 사무소를 중심으로 동심원을 그리듯이 탐문의 범주를 넓히면서 걸었다. 그리고 동심원의 가장 바깥, 다섯 번째 모퉁이 서쪽 끝에서 비로소 한 가지 단서를 잡았다.

토끼들을 가지고 온 타타타타 발소리의 정체를 목격했다는 증언이 아니다. 그러나 귀중한 정보였다.

"우리 집 아가씨가 친구한테 들었는데 학교 사육장의 어린 토끼가 없어졌다고 했어. 여름방학 중인데 학부형들 사이에서 난리가 난 모양이야. 너희 집에 간 토끼들은 그 토끼인지도 몰라."

토끼가 사라진 학교는 조토 제3초등학교라고 한다. 나한테 이 이야기를 해 준 검은 고양이의 주인 아가씨는 이 학교 1학년이라고 한다.

검은 액체를 고양이 모양으로 짜낸 것 같은 날씬한 고양이였다.

"난 샴고양이의 피가 섞여 있어. 당신은 순수 혈통의 저먼셰퍼드 같은데?"

"많이 늙기는 했지만 맞아. 너희 주인 아가씨는 토끼가 없어진 일로 충격을 받고 있는 것 같더냐?"

검은 고양이는 금빛 눈을 가늘게 떴다.

"글쎄……. 걱정은 했어. 이웃인 제2초등학교에서 키우던 토끼가 너무 많이 불어나서 골치가 아프다고 해서 다섯 마리를 받아 온 지 얼마 되지 않았대. 토끼들이 제3초등학교에 온 지 아직 1주일 정도밖에 안 되었다고 하던데."

"그럼 그때까지는 제3초등학교에서는 토끼를 키우지 않았던 거야?"

"그렇대. 왜일까? 학교에는 메추라기나 닭이나 토끼는 당연히 있는 건데."

그렇다. 다섯 마리의 어린 토끼들을 인수하면서 사육장도 일부러 만들었을까?

"글쎄, 거기까지는 나도 몰라. 우리 아가씨도 모르지 않을까. 이제 겨우 1학년인걸."

검은 고양이를 그녀가 살고 있는 아파트 비상계단 입구까지 데려다 주고 나는 그녀가 가르쳐 준 길을 따라 제3초등학교를 향해 걸었다. 학교가 가까워지면서 운동장의 모래 먼지와 아이들의 신발 고무 냄새가 느껴져 위치는 금방 찾을 수 있었다. 5분도 되기 전에 나는 제3초등학교의 비상구 앞에 섰다.

2미터 가까운 높이의 철문이다. 조금만 낮으면 나도 뛰어넘을 수 있을 텐데……. 어쩔 수 없다. 머리를 한 번 흔들고 다른 입구를 찾았다. 학교라는 건 참 이상한 곳이라 운동장을 에워싼 울타리 어딘가에 반드시 한군데는 무너진 곳이 있게 마련이다. 동네 고양이들이 그곳을 비밀 출입구로 삼는다. 그러나 문제는 설사 그런 비밀의 문을 발견할 수 있다 해도 내 몸이 그곳을 통과할 수 있을지의 여부다.

조토 제3초등학교는 재건축을 한 지 얼마 되지 않은 듯 건물은 하얗고 얇은 초록색 울타리에 부서진 부분도 없고 나무들은 반듯하게 심어져 있었다. 운동장을 에워싼 L자형 건물의 1층 끝에 불이 켜 있을 뿐, 나머지는 캄캄하지만 자세히 보면 학교 건물의 전등이 켜 있는 창문에서 약간 북쪽으로 희미하게 사육장 같은 것의 윤곽이 보였다. 밤인데다가 멀리서 보는 것이라 확실치는 않지만 최근 지어진 것처럼 보이지는 않았다.

들어갈 만한 구멍을 발견하지 못한 채 나는 학교 울타리를 반쯤 돌아 조금 전 비상구와는 반대쪽에 있는 정문이 있는 곳까지 와 버렸다. 그러나 이 정문에 희망이 있었다. 높이가 1미터도 되지 않는다. 속도를 확보하기 위해 나는 일단 뒤로 물러섰다. 그러고 나서 기세를 몰아 달려가서 힘껏 뛰어올랐다.

그때, 째질 듯한 목소리가 들려왔다.

"헤이! 유, 왓쓰업?"

기겁을 한 나는 땅을 걷어차고 뛰어오를 타이밍을 놓치고 정문에 몸이 부딪혔다. 콧잔등을 철책에 부딪혀 눈까지 푹 꺼지는 게 아닌가 싶었다. 너무 아파서 눈앞이 빙빙 돌았다.

"헤이! 빅 데인저러스! 유, 뭐해?"

오두방정을 떠는 목소리가 머리 위에서 들린다. 나는 눈물이 핑 도는 눈으로 머리 위를 올려다보았다. 몇 번 눈을 깜빡이고 나니 시야가 밝아져서 정문 철책 끝에 문과 비슷한 높이에 새카만 까마귀 한 마리가 앉아 있는 게 보였다.

"헤이! 왓 츄어 네임? 아 유 크레이지?"

아까부터 이 까마귀가 뭐라고 떠들어 대고 있었다.

"내가 알아들을 수 있게 말해 봐."

코끝을 핥아 통증을 가라앉히면서 나는 신음하듯 말했다.

"몰라? 유 바보 아냐?"

바보는 그쪽이지.

"까마귀가 이런 데서 뭐하고 있는 거야?"

새까만 새는 거드름을 피우듯 날개를 펼치고 한바탕 주위를 가리켰다.

"여기, 마이 활동 구역. 미, 여기서 살아. 이 학교, 이 공원."

그러고 보니 제3초등학교 정문 맞은편에는 작지만 숲이 짙은 공원이 있었다.

"거짓말 하지 마라. 까마귀는 밤이면 외곽 쪽으로 더 멀리 돌아갈 텐데. 동네에 사는 게 아니다."

"미는 살고 있다고!"

까마귀는 분한 기색으로 날개를 크게 퍼덕거렸다. 인간이라면 어깨를 들썩이는 동작에 해당할까.

"너, 무리에서 떠난 까마귀구나?"

까마귀는 고개를 획 돌리며 외면했다. 그래도 이 녀석들은 새니까 날이 밝기 전에는 아무것도 보이지 않을 것이다. 내가 있는 방향은 목소리나 기척으로 느끼고 있을 것이다. 그런 것치고는 제법 정확한 위치 파악이었다.

"뭐, 그런 건 아무래도 좋다."

겨우 콧잔등의 아픔이 가라앉아 나는 자세를 똑바로 했다.

"네가 이 학교를 활동 구역으로 삼고 있다니 마침 잘됐다. 물어보고 싶은 게 있어. 너 토끼 알아? 이 학교 사육장에서 키우고 있었는데 오늘 아침에 행방이 묘연해졌다던데."

까마귀는 날개를 접어 몸에 착 붙이더니 내 쪽을 내려다봤다. 그리고 볼멘소리로 말했다.

"미는 눈이 멀쩡한 까마귀다."

"새눈이잖아?"

"마을은 완전히는 어두워지지 않아. 그래서 보인다고. 잘은 보이지 않지만 보여. 유는 개지?"

"뱀이나 이구아나가 아닌 것만은 확실하다."

까마귀는 다시 목을 까딱까딱 움직이며 주위를 둘러보는 몸짓을 했다. 이건 까마귀의 독특한 동작이라는 것을 나는 상기했다.

"유, 토끼 찾고 있어?"

"찾는 게 아니고 누가 토끼를 꺼내 갔어. 아니, 데리고 나간 건지는 모르지만."

까마귀는 고개를 갸우뚱했다. "와이?"

"뭐라고?"

"왜냐고 묻는 거야. 왜 토끼를 감춘 사람을 찾는 거지?"

이 까마귀는 토끼를 '감췄다'고 말했다. '감춘 사람'이라고도

마사, 빈집을 지키다 253

했다.

"너, 뭔가 알고 있구나?"

"미는 너가 아니야. 이름이 있어."

까마귀는 점잔을 빼며 부리를 한껏 추어올려 위로 향했다.

"아인슈타인이라고 해."

나는 다시 눈이 빙빙 도는 것 같았다. "그게 무슨 소리야?"

"마이 이름이야."

"그럼 너는 인간에게 사육당한 적이 있구나."

우리 동물은 인간에게 양육을 당한 경험이 없으면 '자신의 이름'이라는 개념을 가질 수가 없다. 그럴 필요가 없기 때문이다. 그래서 자신의 이름을 소개하는 동물은 거의 예외 없이 애완동물이었던 과거를 갖고 있다고 판단해도 좋다. 설사 그것이 까마귀라도.

"그럼 아인슈타인, 토끼에 대해 알고 있는 걸 가르쳐 줘."

"노!"

아인슈타인은 날카롭게 내뱉더니 훌쩍 날아올랐다. 내 머리 바로 위를 빙 돌아 날개가 일으키는 바람으로 나를 어지럽게 해 놓고 던지듯 내뱉었다.

"유 따위에게 방해당하지 않을 거야. 잘 가!"

한심하지만 나는 눈 깜짝할 사이에 날아가 버린 검은 까마귀를 보며 괜히 눈만 희번덕거릴 뿐이었다.

이틀째

이상한 까마귀와의 조우 탓인지 나는 그날 밤에 얕은 잠을 자다 깨다 하면서 연달아 이상한 꿈만 꾸었다.

어떤 꿈속에서 나는 까마귀 같은 어투로 가요코와 쉴 새 없이 논의를 했다. 내가 "아 유 크레이지?"라고 말하자 가요코가 화를 내며 내 머리를 때렸다. 생시에는 가요코가 나를 때린 적이 한 번도 없었기 때문에 꿈을 꾸는 나는 이게 꿈이지, 하고 알면서도 상당한 충격을 받았다.

다른 꿈에서 나는 작은 토끼들과 함께 좁은 상자 안에 갇혀 있었다. 토끼들은 코를 찡긋찡긋하면서 내 배 아래로 파고들려 한다. 어미젖을 찾고 있는 것이다. 나는 토끼들에게서 도망치려고 한다. 옴짝달싹도 못할 것 같은 작은 상자 안에 있을 터임에도 불구하고 그게 바로 꿈의 이상한 면이라 나는 상자 바닥의 어둠 속을 끝도 없이 달리고 또 달려 도망치는 것이었다.

그렇게 달려간 곳에서 하라쇼를 만난다. 하라쇼는 저 끔찍한 사슬에 묶여 있지도 않고 내 얼굴을 보고 반갑게 말을 걸어온다. 나는 하라쇼를 다그쳤다. 묶여 있지도 않은 지금이 기회다, 같이 도망가자고. 그러나 하라쇼는 고개를 가로젓는다.

"나는 여기에 있어야 해, 아저씨. 그게 내 운명이야."

아무리 타일러도 하라쇼는 어둠의 바닥에 엉덩이를 바짝 붙이고 움직이려 하지 않는다. 그러는 동안 나는 토끼들에게 잡힐 뻔했지만 얼른 도망친다. 뒤에서 하라쇼의 "아저씨, 잘 가요."라는 목소리가 들린다.

깜짝 놀라 거기서 한 번 잠이 깼다. 사무실의 디지털시계는 새벽 3시를 가리키고 있었다. 불길한 꿈이라는 생각이 들었다. 가요코의 화난 얼굴과 하라쇼가 슬픈 얼굴로 '잘 가'라고 인사하던 소리가 마치 꿈속의 일이 아니고 생시의 기억인 것처럼 내 망막과 귓속에 남아 있었다.

어두운 기분으로 다시 잠이 들었는데 또 꿈을 꾸었다. 내 옆에는 걱정스러운 얼굴을 한 이토코가 있고 "마사, 죽지 마. 죽지 마."라고 되풀이하고 있었다. 꿈속의 나는 자고 있는 마사이고, 자고 있는 마사를 꿈꾸고 있는 마사이다. 내가 늘어지게 잠들어 있다는 것을 이토코는 알아채지 못하고 있고, 나 자신은 이를 답답해하면서 지켜보고 있다.

다음에 잠이 깼을 때는 사무실 창문의 블라인드 틈이 하얗게 밝아 오고 있었다. 여름은 아침이 이르다. 나는 끙, 기지개를 켜며 일어나 온몸을 부르르 떨었다. 가요코는 서류 작업이 많아 '어깨가 뭉쳤어'라고 투덜거릴 때가 있다. 그럴 때는 아마 지금 나와 비슷한 느낌일 것이다. 자고 일어난 지금이 자기 전보다 피곤하다니, 정말이지 비효율적이고 고약한 잠이었다.

떠놓은 물을 마시면서 나는 아직 잠에서 깨지 않은 머리로 생각했다. 전체적으로 불길하다고 할지, 어두운 꿈이었다. 꽤 오래전 사건이다. 내가 하스미 사무소에 온 지 얼마 되지 않았을 무렵 아직 어렸던 이토코는 내가 전 주인을 그리워하며 외로운 나머지 죽어 버리지 않을까 걱정이 되어 매일 밤 몰래 내 모습을 살피러 온 적이 있었다. 그때의 정경이 꿈속에서 재현된 것이다. 그래도 그렇지 왜 지금 와서 그런 꿈을 꾸는 걸까. 혼자 지낸 지 고작 두 밤밖에 지나지 않았는데 나는 스스로 생각하는 이상으로 쓸쓸해하고 있는 걸까.

시계를 보니 새벽 5시 30분을 조금 지났다. 일찍 일어나는 준코 씨도 아직 한 시간은 더 잘 것이다. 잠깐 나가서 하라쇼의 얼굴을 보고 올까 생각했다. 꿈속에서 '아저씨, 잘 가'라고 인사하던 목소리가 아무래도 마음에 걸려 불안하다.

쪽문 쪽으로 향했을 때 내 귀는 희미한 소리를 들었다. 멀리서 오는 소리. 가까이 오고 있다…….

어제 아침의 그 가벼운 발걸음이다. 나는 순간 움직임을 멈추고 레이더처럼 귀만 움직여 잘못 들은 것이 아님을 확인했다. 틀림없다. 다가오고 있다. 뛰어온다. 어제보다 훨씬 빠른 걸음으로 망설임 없는 뜀박질이다.

나는 살며시 쪽문을 빠져나왔다. 이토코의 자전거와 하스미 사무소 건물 사이에 몸을 숨기고 신중하게 바깥 거리를 내다보았다. 얼마 후에 하스미 사무소 앞을 동서로 지나는 8미터의 도로 왼쪽에서 작은 소녀 1명이 달려왔다.

작다고 했지만 어린아이는 아니다. 몸집은 작아도 초등학교 5학년이나 6학년은 되었을 것이다. 반바지에 티셔츠, 맨발에 하얀 운동화를 신고 있다. 드러난 정강이는 가냘프고 햇볕에 탄 복사뼈가 어떤 시기의 작은 인간 여자아이만이 갖는 독특하고 예쁜 선을 그리고 있었다.

하스미 사무소 앞까지 오더니 소녀는 걸음을 뚝 멈췄다. 급하게 멈춰서는 바람에 그녀의 귀 양 옆으로 늘어뜨린 두 갈래 머리칼이 가죽 띠처럼 크게 흔들렸다. 머리끝에는 작고 빨간 리본이 묶여 있다. 그 색깔이 소녀의 하얀 얼굴에 반사되었다.

소녀는 짐짓 '발소리를 죽이는' 걸음걸이로 사무소 현관 주변을 두리번거리기 시작했다. 뭔가를 찾고 있는 눈치였다. 나는 자전거 뒤에 콧잔등을 감추고 숨을 죽였다.

이 소녀가 어제 토끼를 갖다 놓은 거라면 지금은 뭘 하러 여길 왔을까. 내 청력과 귀로 들은 정보를 분석하는 경험칙(經驗則)은 이 아이가 문제의 '타타타타 발소리'를 낸 주인공이라고 단정하고 있다. 그러나 그녀가 지금 여기에서 무엇을 하고 있는지 나는 도통 알 수가 없었다. 토끼들을 다시 가지러 왔다는 말인가.

그때 내 바로 왼쪽에서 목소리가 들렸다.

"어머, 역시 왔구나."

준코 씨의 목소리였다. 나는 기겁하듯 놀라 펄쩍 뛰어오르려다가 하마터면 이토코의 자전거를 쓰러뜨릴 뻔했다. 준코 씨가 눈치채지 못하도록 엄니를 꽉 깨물고 몸을 움츠렸다.

준코 씨의 모습을 본 소녀는 당장이라도 도망칠 기세였다. 준코 씨도 얼른 그녀에게 다가갔다.

"도망가지 마! 화내는 거 아니니까. 분명히 어떻게 됐나 보러 올 줄 알고 아줌마가 어제부터 기다렸어."

소녀는 도망치려는 자세 그대로 고개만 비틀어 준코 씨를 바라보고 있었다. 어제 상자 안의 토끼들보다 지금 그녀가 훨씬 더 겁에 질려 있는 것처럼 보였다.

"토끼들은 아줌마가 맡아 두고 있어. 다섯 마리 모두 건강해. 보고 갈래?"

준코 씨의 말에 소녀는 튕기듯이 반응했다.

"봐도 돼요? 정말 괜찮아요?"

준코 씨가 웃으면서 고개를 끄덕였다. "응. 괜찮아. 귀여운 토끼들이야. 네가 기르던 거야?"

소녀는 고개를 숙이고 말이 없었다.

"아줌마 집은 바로 저기야. 같이 갈래? 아, 그래 모르는 사람 집에 들어가고 싶지 않은 거구나. 잠깐 기다려, 아줌마가 지금 가서 데리고 올 테니까."

준코 씨는 다시 집으로 뛰어갔다. 나는 자전거 뒤에서 내다보면서 이 틈에 소녀가 도망치거나 하지 않기를 빌었지만 그건 나의 기우에 지나지 않았다. 소녀는 준코 씨가 사라진 쪽으로 고개를 빼고 토끼들이 오기를 기다리고 있었다.

역시 너무 불어난 새끼들을 버리고 오라는 명령에 마음에도 없는 짓을 했던 걸까. 그렇다 해도, 준코 씨는 소녀가 오늘 아침 다시 여기로 올 것을 어떻게 예상할 수 있었을까?

눈에 익은 상자를 안고 준코 씨가 다시 왔다. 소녀는 상자로 달려가 안을 들여다보고 반가운 듯 얼굴 가득 미소를 지었다. 나는 살짝 자전거 틈에서 밖으로 나와 하스미 사무소 문 앞에 섰다.

준코 씨가 나를 알아보고 소녀에게 말했다. "저기, 애야, 큰 개는 무섭지 않아? 괜찮아? 그럼 뒤를 돌아다 봐. 네가 갖다 놓은 토끼들을 제일 먼저 발견한 게 저 셰퍼드였어. 아마 저 개도 너한테 인사하고 싶은가 봐."

"나도 언젠가 그런 기억이 있어." 하고 준코 씨가 감회에 젖은 얼굴로 말했다.

나랑 준코 씨는 소녀를 가운데 두고 하스미 사무소 문 앞에 나란히 앉았다. 소녀는 토끼가 담긴 상자를 무릎 위에 올려놓고 있었다.

"초등학교 때였나. 기르던 고양이가 새끼를 낳는 바람에 고양이가 너무 많아진 거야. 아버지가 갖다 버리고 오라고 하셨어.

타월에 싸서 춥지 않도록 해서 언니랑 둘이 울면서 집 근처 신사 경내에 버리고 왔단다. '누구든 좋으니 데려다 키워 주세요'라고 쓴 팻말을 세우고. 하지만 걱정이 되어 한 시간 정도 후에 어떻게 되었는지 살피러 가 보지 않을 수가 없었어. 동물을 좋아하는 사람이 어쩔 수 없이 동물을 버려야 하는 사정이 생기면 다들 똑같은 방법으로 할 것 같았거든. 그래서 아줌마는 어제 하루 종일 신경을 곤두세우고 있었어. 누군가 하스미 사무소 주변을 얼쩡거리는 낯선 사람이 없나 하고. 하지만 낮에는 아무도 오지 않더구나. 그래서 어제 토끼들을 두러 왔던 바로 그 시간, 아침 일찍 오지 않을까 하고 부지런히 와서 보고 있었단다."

과연, 그렇게 된 거군. 이번만큼은 애완동물을 키워 본 적이 없는 나로서는 상상하기 어려운 심리였다.

준코 씨는 크게 하품을 하고 웃었다.

"덕분에 아줌마 수면 부족이야."

소녀는 가는 목을 움츠렸다. "죄송해요……."

"사과할 거 없어. 그런데 아줌마한테 가르쳐 주지 않을래? 너는 왜 토끼들을 하스미 사무소 앞에 두고 갔던 거야? 하스미 씨네 집은 지금 여행 중이고 2~3일은 돌아오지 않을 거야. 그건 알고 있었어?"

소녀는 동그란 눈을 더 크게 부릅떴다. "몰랐어요. 누가 있는 줄 알았거든요."

"그랬구나. 인터폰 옆에 메모가 붙어 있는데. 작은 메모지라서 몰랐구나. 하스미 씨네 집이 그냥 보통 집이 아니고 탐정사무소라는 건 알고 있었어?"

소녀는 고개를 숙였다. 진지한 얼굴이었다. 무의식중에 그러는 건지 토끼가 들어 있는 상자를 꼭 껴안는다.

"알고 있었어요."

"탐정이 무슨 일을 하는 건지도 알아?"

"예."

"하지만 그럼 더 이상하네, 왜 토끼들을 탐정사무소에……."

준코 씨는 이마를 탁 쳤다. 그리고 즐거운 듯 웃었다.

"그렇구나! 야, 정말 놀랍다. 탐정 아저씨, 토끼들을 데려다 키워 줄 사람을 찾아 주세요, 그런 의미가 있었던 거구나? 그렇지?"

그렇지는 않은 것 같았다. 소녀는 상자를 껴안은 채 땅바닥을 보며 아무 말도 하지 않았다. 준코 씨의 웃는 얼굴도 금세 어두워졌다.

"…… 아냐?"

"……."

"뭔가 더 깊은 이유가 있어?"

소녀는 눈을 깜빡거린다. 긴 속눈썹이다. 가까이에서 보니 소녀의 머리에 묶여 있는 리본도 형편없이 서툰 솜씨로 어설프게 묶여 있고 오른쪽 리본은 아예 거꾸로 매달려 있다는 것을 나는 깨달았다. 자기가 묶은 건가.

준코 씨는 손을 뻗어 토끼 상자 위에 손바닥을 얹었다. 그리고 부드럽게 말을 걸었다.

"너만 괜찮으면 이 토끼는 아줌마가 책임지고 소중하게 키울게. 그러니까 안심해. 하지만 그거 말고 또 다른 걱정거리가 있으면 이야기해 주지 않을래? 아줌마는 혼자 살고 있고, 학교와 연결되는 사람은 전혀 없으니까 너에 대해 선생님한테 이르거나 하지 않아. 하지만 네가 왜 그렇게 어두운 얼굴을 하고 있는지 아줌마도 궁금하고, 네가 뭔가 아주 곤란한 일이 있는 거라면 너희 아빠나 엄마께 알려드려야 할지도 모르지만. 그것도 네가 절대 싫으니까 말하지 말아 달라고 하고, 아줌마도 그렇겠구나 하는 생각이 들면 아무 말도 하지 않을 거야."

나도 준코 씨와 똑같은 생각이었다. 이 토끼들이 소녀의 토끼가 아니고 조토 제3초등학교 사육장에서 데리고 나온 토끼인 것 같다는 정보를 얻어 낸 만큼 내가 걱정하는 내용이 조금 더 구체적이었을 것이다. 나는 소녀를 위협하지 않도록, 콧김이 거칠어지지 않도록 조심하면서 가만히 옆에 앉아 있었다.

소녀는 입술을 깨물었다. 점점 더 불안하게 눈을 깜빡거렸다. 이윽고 정말 작은 목소리로 불쑥 고백했다.

"이 토끼, 제 거 아니에요."

준코 씨는 깜짝 놀라는 것 같았지만 애써 표정에 드러내지 않고 가만히 소녀를 지켜보고 있었다.

"학교 사육장 토끼예요."

"너희 학교?"

소녀는 고개를 끄덕인다. "조토 제3초등학교예요."

준코 씨는 내 머리로는 떠올릴 수도 없는 질문을 했다. "너 혼자 가끔 이렇게 데리고 나오곤 했구나. 어떻게 데리고 나오는 거야?"

본래는 여기서는 어울리지 않는 감정일 테지만 소녀는 약간 으스대는 표정을 지었다.

"나는 사육 당번 아이랑 친구라서 열쇠가 있는 장소를 잘 보고 기억해 두었어요. 지금은 여름방학인데 낮에는 아무래도 누군가에게 들킬지도 모르기 때문에 아침 일찍 아무한테도 들키지 않게 학교로 숨어들어 열쇠로 열고 데리고 나왔어요."

"대단하구나." 준코 씨는 감탄하고 있다. 그리고 간발의 차이도 없이 물었다. "왜 그런 짓을 했어?"

소녀는 얼른 고개를 숙였다. 부끄러워하는 것처럼 보이기도 했고 두려워하는 것 같기도 했다. 그러나 대답하는 목소리에는 그 이외의 감정, 내 귀가 틀림이 없다면 분명 분노의 감정이 포함되어 있었다.

"…… 사육장에 넣어 두면 죽일 테니까요." 소녀가 대답했다.

이번에는 준코 씨가 깜짝 놀랐고 그것을 숨길 수가 없었다.

"죽인다고? 누가? 누가 토끼를 죽인다는 거야?"

소녀는 크게 고개를 끄덕인다. "전에도 그런 일이 있었어요. 내가 3학년 때 사육장 토끼나 닭이 전부 처분되었어요."

"너 지금 몇 학년이니?"

"5학년이에요."

"그럼 2년 전인가."

준코 씨가 중얼거렸고 그때 나는 불쑥 기억이 났다. 어젯밤의 꿈을.

가요코가 이상한 어조로 말하는 나와 토론하다가 화를 내고 있는—꿈의 그 부분은 진짜 '꿈'이지만 가요코가 누군가와 이야기를 하면서 노골적으로 화를 내고 있는 광경은 생시에 있었던 일이었다. 좀처럼 화를 내지 않는 가요코가 정말 무시무시하게 화를 누르지 못하는 모습으로 주먹을 그러쥐면서 이야기하고 있었다.

그렇다. 그건 2년 전이었다. 제3초등학교 사육장 동물들이 한밤중에 침입한 누군가에 의해 참담하게 죽었다. 당시 가요코가 그 사건에 대해 친하게 지내는 관할 형사와 이야기하는 것을 내가 바로 옆에서 들었다. 어젯밤 하라쇼와 만났을 때 퍼뜩 머리에 떠오른, 애완동물은 기물로 취급된다는 지식도 그때 가요코가 하는 이야기에서 얻은 것이다.

"저항할 수 없는 작은 동물을 몰살하다니, 어떤 이유가 있어도 용서할 수 없어."

가요코는 씩씩거리며 화를 냈다.

"범인은 어차피 비뚤어진 심성을 가진 사람이겠지만 '미안합니다, 장난이었습니다'로 끝날 일은 아니잖아. 찾아내서 엄하게 처벌해야 한다고요."

학교에서 기르는 작은 동물들이 죽임을 당하거나 상처를 입거나 하는 사건은 슬픈 일이지만 전국 도처에서 발생하고 있다. 그러나 우리가 사는 이 동네에서 그런 일이 일어난 건 그때가 처음이었다. 그래서 충격이 더 컸다.

"난 3학년 때 사육 동아리에 들어가 당번을 맡곤 했기 때문에 정말 많이 슬펐어요." 소녀는 말을 이었다. "죽은 토끼들은 모두 이름을 붙여 주었기 때문에 내가 부르면 달려왔어요. 그런데 목이 비틀려 죽어 있거나 가위로 귀를 자르고 나는……."

소녀의 목소리가 자지러지듯 떨렸다. 준코 씨가 위로하듯 가볍게 소녀의 팔을 두드려 주었다.

"그래서 토끼를 죽인 범인은 잡았어?"

늘어뜨린 머리칼을 휘두르듯 소녀는 격렬하게 고개를 가로저었다. "전혀. 아무것도 밝혀내지 못했다고 했어요."

그랬다. 그때 가요코가 그렇게 화를 냈던 것도 수사가 전혀 진전이 없었기 때문이다.

그때나 지금이나 경찰은 바쁘고 애완동물은 기물로 다루어지는 존재니까.

"그랬어……. 정말 괴로운 일이었겠구나." 준코 씨가 말하며 소녀의 얼굴을 들여다보았다.

"그럼 너는 이 토끼들도 또 죽이는 게 아닐까 걱정이 돼서 데리고 나온 거구나? 그런데 2년 전 사건이 있고 난 후에는 사육장 동물이 죽는 일은 일어나지 않았잖아?"

"그 사건 후에는 사육장에서 아무것도 키우지 않았으니까요. 텅 비어 있었어요."

"어머, 그랬구나……."

"이 토끼들은 우리 학교에 온 지 아직 2주 정도밖에 되지 않았어요. 지난 주 수영 수업이 있던 날 당직 선생님이 사육장을 청소하고 제2초등학교에서 토끼가 많이 불어나 몇 마리 받아오기로 되었다고 가르쳐 주셨어요. 앞으로는 절대로 그런 일을 당하게 하지 않도록 선생님들이 교대로 망을 볼 거라고 하면서. 그래도……."

소녀의 이야기는 어젯밤 내가 조토 제3초등학교 1학년 학생이 키우는 검은 고양이한테 들은 이야기와 합치되는 내용이다.

준코 씨는 심각한 얼굴이 되었다.

"그런 일이 있었구나……. 네가 걱정하는 마음은 아줌마도 이해가 된다."

소녀는 상자를 꼭 껴안았다.

"하지만 선생님이 그렇게 말한 이상 이번에는 사육장에 넣어 둬도 괜찮지 않을까? 네가 말없이 토끼들을 데리고 나오면 너랑 마찬가지로 토끼를 귀여워하는 아이가 지금쯤 밤에 잠도 못 잘 정도로 걱정하고 있을지도 모르잖아."

고개를 숙이고 몸을 잔뜩 긴장한 채 소녀는 고개를 가로저었다. "괜찮지 않아요. 하나도 괜찮지 않다고요!"

"왜? 어떻게 알아?"

"난 들었어요."

소녀는 고개를 들고 매달리는 눈빛으로 준코 씨를 쳐다보았다.

"그저께 밤에 게임센터에서 모르는 오빠들이 이야기하는 소리를 들었어요. 제3초등학교 토끼 사육장에 가서 토끼를 죽이자고. 정말이라고요. 내가 직접 들었어요!"

"토끼들은 괜찮을 거야. 내가 잘 보살피고 있고. 이 일은 아무한테도 말하지 마."

그렇게 타이르고 나서 준코 씨는 소녀를 집으로 돌려보냈다.

헤어질 때가 되어서야 소녀는 이름을 가르쳐 주었다. 소녀의 이름은 다카마치 유카리라고 했다.

토끼들을 집에서 보호하고 준코 씨가 나를 아침 산책에 데리고 가 준 것은 그로부터 거의 한 시간이 지나서였다. 준코 씨는 몹시 피곤한 얼굴로 기운이 없어 보였다.

"어떻게 된 걸까, 마사."

터벅터벅 걸으면서 비어 있는 손으로 머리칼을 만지작거렸다.

"나는 자식이 없어서 이럴 때 어디 가서 의논해야 좋을지 도무지 모르겠어. 다짜고짜 경찰에 가는 것도 내키지 않고."

머릿속으로 유카리가 이야기한 내용을 정리하면서 나도 곰곰이 생각해 보았다.

그저께 밤에 게임센터 안에서 유카리는 교복을 입은 중학생 하나와 사복 차림의 중학생이나 고등학생 정도의 소년이 나누는 대화를 들었다. 둘은 시끄러운 비디오 게임기 앞에 앉아 게임은 하지 않고 계속 이야기에 열중했다고 한다.

그러나 유카리는 '토끼 살해 계획'에 관한 내용을 처음부터 끝까지 다 들은 건 아니었다. 두 소년의 대화 중간중간에 '제3초등학교' '토끼' '또 죽여' '조만간' 등의 단어가 섞여 있는 것을 단편적으로 흘려들었을 뿐이다. 그러나 단편적이라도 불온하고 위험한 단어임이 틀림없고 유카리가 걱정한 나머지 토끼를 몰래 갖고 나온 심정은 이해가 간다. 아이 나름대로 필사적인 방법이었다.

그러나 유카리의 이야기를 듣고 있던 중에, 이야기는 그렇다 치고 그저께 밤에 그녀 자신의 말처럼 유카리는 게임센터에서 뭘 하고 있었던 것인지 궁금하기 짝이 없었다. 준코 씨도 같은 심정이었을 것이다. 그러나 함부로 그걸 캐물었다가는 야단을 맞을까 봐 두려워한 유카리가 입을 다물어 버릴지도 모른다. 물어보는 타이밍이 어려웠다.

그러나 유카리는 나와 준코 씨가 생각하는 것보다 훨씬 현명했다. 준코 씨가 궁금해 하는 표정을 알아채고 얼른 설명해 주었다.

"우리 집은 게임센터를 하고 있어요. 우리 아빠 가게거든요."

'드림 랜드 다카마치'가 그 게임센터 이름이라고 한다.

"다카마치는 우리 성이에요. 5번지 '라이프'라는 슈퍼마켓 옆에 있어요."

준코 씨가 웃음을 터뜨리는 바람에 나는 깜짝 놀랐다.

"그 가게가 너희 집이었구나! 아줌마도 작년에 '버처파이터 2'에 빠져 일주일에 사나흘씩 다닌 적이 있어."

유카리는 "고맙습니다."라고 말했다. 하지만 아빠가 게임센터를 하고 있다는 이유로 학교 선생님이나 학부모회 사람들과 사이가 좋지 않다고 쓸쓸하게 이야기했다.

"가게에 초등학생이나 중학생이 드나들어 좋지 않다고요. 아빠는 우리 장사에 불평을 할 생각이냐고 화를 내고 싸움이라도 날 것처럼 시끄러워졌어요."

어려운 문제다. 부모의 직업이 생선가게나 세탁소라면 아무런 갈등도 없었겠지만.

문제의 소년들이 이야기한 것은 그저께 밤 8시경이었다고 한다. 7시가 조금 지나 교복 차림의 중학생 하나가 오더니 한 시간 정도 지나 사복을 입은 아이가 왔다. 중학생을 찾으러 온 것 같은 분위기였다고 한다. 그때 유카리는 환전이나 경품 인수를 하기 위한 카운터에 들어가 있는 아버지 뒤에 숨어 거기서 저녁을 먹고 있었다고 한다. 가게는 손님들로 붐볐고 아버지는 바빠서 카운터 바로 옆의 게임기 부근에 있는 소년들의 대화를 듣지 못하는 것 같았다.

"혼자서 밥 먹는 게 싫어서 나는 가끔 그렇게 아빠 뒤에 와서 밥을 먹곤 했어요. 대개는 편의점에서 파는 주먹밥 같은 것이라."

준코 씨가 놀라 너희 엄마도 같이 가게에서 일하느라 바빠서 밥을 해 주지 않는 것이냐고 물었다. 그러자 유카리는 지금까지 본 중에 가장 무안한 얼굴을 했다.

"엄마는 없어요. 내가 1학년 때 아빠랑 이혼했거든요."

유카리에게는 두 살 위의 언니가 있는데 엄마는 그 아이와 함께 떠났다고 한다. 부부가 1명씩 나누어 맡기로 한 모양이다.

나로서는 여러 가지 하고 싶은 말이 있지만 뭐 남의 집 일이고 지금은 아무 말도 하지 않겠다.

그저께 밤에 편의점 주먹밥을 먹으면서 소년들의 이야기를 주워듣고 두려움에 떨던 유카리는 몸을 잔뜩 긴장하며 카운터 안으로 숨었다. 소년들에게 지금 이야기를 들었다는 사실을 알게 해서는 안 된다고 생각했다고 한다. 그리고 8시 반경에 사복 입은 아이가 밖으로 나갔고 30분 정도 있다가 교복 입은 아이가 가게를 나가는 것을 보고 용기를 내 뒤를 쫓았다.

"교복을 보면 이름을 알 수 있을지 모른다고 생각했어요. 명찰이나, 학교 배지 같은 걸로."

공교롭게도 교복 입은 소년은 두 가지 모두 달고 있지 않았다. 그러나 그는 게임센터까지 자전거로 와서 돌아갈 때도 그 자전거를 탔다. 유카리는 그 자전거 안장 뒤에 하얀 페인트로 써 놓은 이름을 보았다. 조금 지워지기는 했지만 읽을 수는 있었다.

"'도도'라는 글씨를 읽을 수 있었어요."

이 도도라는 소년은 조토 제3초등학교로 온 지 얼마 되지 않은 토끼들을 죽이려고 한다. 그뿐 아니라 그는 '또 죽여'라고 했다. 그렇다면 2년 전 사건의 범인 중 한 명일 가능성도 있는 것이다.

그러나 유카리는 그것을 아무에게도 이야기할 수가 없었고 의논할 수도 없었다. 그녀의 이야기를 뒷받침해 줄 증거가 없었고 소년들의 정확한 신원도 모른다. 무엇보다 이 이야기를 어른들이 믿어 줄지 어떨지조차 의심스러운 것이다.

그렇게 되니 토끼 도살을 막으려면 토끼들을 피신시키는 수밖에 없었다. 결국 혼자 토끼들을 데리고 나왔고 하스미 탐정사무소에 맡기는 작전을 결행한 것이다.

"2년 전에 일어난 사건도 결국은 경찰이 범인을 잡아 주지 않아서 사육 동아리 친구들과 이야기해서 탐정사무소에 부탁하면 어떨까, 라는 의견도 있었어요. 그랬더니 친구 아빠랑 엄마가 상담해서 일단 물어봐 주겠다고 했어요. 그때 같은 동네에 있는 하스미 탐정사무소에 이야기했고, 그랬더니 하스미 사무소에서 사람이 와 주었다고. 여자였다고. 꼭 범인을 찾고 싶다는 말을 했다고 했어요."

아마 가요코였을 것이다. 그러나 이 건에 대해서는 나도 처음 듣는 이야기였다.

"하지만 결국 친구네 집에서도 탐정을 고용하지 않았어요. 학부모회 안에 범인을 찾아내는 일에 반대하는 사람이 있었대요. 친구 부모님도 주제넘게 나선다는 등 여러 가지 말을 들었다고. 하스미 사무소의 탐정이 아주 유감스러워 했다고 들었어요."

서글픈 일이지만 경찰과 달리 의뢰인이 없으면 아무것도 할 수 없는 게 탐정이다.

"동물을 아주 좋아하는 사람이었어요. 그런 짓을 하는 범인은 꼭 잡아내야 한다고 그 여자 탐정이 했던 말을 저는 기억하고 있었어요. 그러니까 분명 토끼도 소중하게 맡아 줄 거라 생각했어요. 그래서 여기로 가지고 온 거고요."

결과적으로 그 판단은 옳았다. 가요코는 대만에 가고 없지만 준코 씨가 있었으니까. 하늘은 유카리의 편을 들어준 것이다.

"어머, 여기야. 마사."

준코 씨는 나를 데리고 '드림랜드 다카마치' 앞까지 와 있었다. 상점가 안에 있는 작은 가게다. 가게 이름에 음표와 하트 그림을 곁들인 간판은 매우 지저분하고 낡아 있었다. 지금은 셔터가 내려와 있고 영업시간은 오전 11시부터 새벽 2시까지라고 적힌 큰 벽보와, 오후 6시 이후에는 미성년자의 출입을 금지한다는 주의사항이 적힌 팻말이 음산한 문지기처럼 셔터 좌우를 지키고 있었다.

준코 씨는 집 주위를 두리번두리번 살펴보았다. 유카리의 아버지가 어떤 인물인지, 가능하면 잠깐이라도 얼굴을 보고 싶은 것인지도 모른다. 그러나 유감스럽게도 '드림랜드 다카마치'는 아직 조용히 잠들어 있었다.

'우리 아빠는 아침 10시 전에는 일어나지 않기 때문에 나는 이른 아침에 여기저기 마음대로 돌아다닐 수 있어요'라고 유카리가 했던 말을 떠올렸다.

넓이는 제법 되는 모양이지만 입구가 작은 가게의 규모로 보아 '드림랜드 다카마치'는 보통 2층집의 1층 부분을 점포로 개장한 곳이었다. 2층에 있는 살림집으로 올라가려면 집 옆을 지나 뒷문으로 들어갈 것이다. 셔터 왼쪽의 주의사항이 적힌 팻말 옆에 작고 빨간 우편함이 설치되어 있었다. 우편함 문패에는 유카리와 그녀의 아버지 이름밖에 쓰여 있지 않다.

준코 씨는 한숨을 내쉬며 중얼거렸다.

"결국 가요코 일행이 돌아올 때까지 기다리는 수밖에 없네. 우리 집주인에게 저 토끼들의 출처가 알려지지 않도록 조심해야겠지."

그리고 나를 끌고 걸음을 옮겼다.

아무리 옳은 동기에서 나온 일이라도 초등학교 5학년인 유카리의 가슴 속에는 보통이 아닌 일을 해 버렸다는 공포와 죄책감이 있을 것이다. 그게 아니라도 조토 제3초등학교에서는 인수한 지 얼마 되지 않은 다섯 마리 어린 토끼의 행방불명 사건으로 이미 소동이 시작되었다고 한다. 여름방학 중이라 소문이 들불처럼 급속하게 번지거나 하지는 않겠지만 2년 전의 잔혹한 사건에 대한 기억이 지워지기도 전에 일어난 일이다. 조만간 여기저기에서 파문이 확산될 것이다. 사회 전체가 비슷한 사건의 발생에 신경을 곤두세우고 있는 시기이기도 하기 때문에 매스컴도 취재하러 올지 모른다. 당장 내일부터 일어날 움직임을 보거나 들을 때마다 유카리의 마음의 동요는 커질 것이다.

지금은 이미 안전하게 보호되고 있는 토끼들의 처지보다 나는 유카리의 앞날이 더 마음에 걸렸다.

그리고 유카리와 유카리의 토끼 반출 계획을 그 크레이지 까마귀가 어떻게 알고 있었는지도.

그날 밤 11시 반경이 되어 나는 집을 나왔다. 조토 제3초등학교로 가 보니 아인슈타인은 또 정문 철책 위에 앉아 있었다. 나를 기다리고 있다는 느낌이었다.

"어젯밤에 왔던 개군. 역시 다시 왔어."

나를 보자마자 이렇게 말했기 때문이다.

나는 아인슈타인을 쳐다보았다. 까마귀라는 새는 몸 전체도 큰 편이지만 특히 부리가 부자연스러울 정도로 크고 툭 불거져 보이는 편이다. 게다가 부리도 칠흑 같은 검은색이라 음산하게 보이는 경우도 많을 것이다.

"이봐, 아인슈타인. 너 어제 아침에 어떤 여자아이가 사육장에서 토끼를 데리고 나가는 걸 봤다고 나한테 말했지?"

아인슈타인은 고개를 약간 움직이면서 말없이 나를 내려다보고 있다. 목을 까딱까딱 움직일 때마다 내 말을 분석하고 있다는 느낌이 들었다.

"그뿐이 아니야. 여자아이가 토끼를 사육장에서 안전한 장소로 옮겨 감추려고 한다는 것도 알고 있었어. 그렇다면 너는 2년 전에 같은 사육장 토끼들이 살해당한 사건에 대해서도 알고 있겠구나?"

아인슈타인은 큰 날개를 한 번 푸드득 흔들더니 능숙하게 고개를 비틀어 멀리 학교 운동장 한 모퉁이의 사육장 쪽으로 시선을 주었다.

"2년 전 사건, 미, 봤지."

"봤지? 그럼 범인을 알고 있는 거군?"

"그림자만. 새카만 사람 모양. 미는 밤에는 눈이 잘 보이지 않아."

전혀 보이지 않는 건 아니지만 잘은 보이지 않는다고 말했다.

"그걸 봤을 때 미는 토끼들이 죽었다는 걸 몰랐어. 아침이 되고 나서 가까이 가 보고 알았지."

"사육장에는 자주 가나?"

아인슈타인은 날개를 푸르르 떨었다.

"당치도 않은 소리! 미가 사육장 옆에 있으면 인간에게 돌이 날아와. 쫓겨난다고. 미가 토끼들을 노리는 줄 알고."

까마귀는 뭐든 먹지만 작은 동물을 습격할 때도 있다. 까마귀가 둥지를 틀고 사는 동네에는 쥐가 많지 않다는 이야기를 나도 텔레비전 뉴스에서 본 적이 있었다.

"하지만 미는 토끼 따위는 노리지 않아. 토끼를 죽인 건 인간 아닌가?"

그리고 갑자기 날개를 펼치더니

"문을 뛰어넘을 수 있으면 미랑 같이 사육장에 가 볼래?"라면서 훌쩍 날아올랐다.

나는 간신히 문을 넘고 운동장을 가로질러 사육장으로 다가갔다. 조토 제3초등학교 운동장은 요즘 학교답게 물 빠짐이 좋은 고무시트 같은 것이 깔려 있어서 내 발바닥에 탄력을 주었다.

사육장은 가느다란 나무 기둥에 촘촘한 철망을 두르고 지붕을 함석으로 덮은 간단한 시설이었다. 출입구는 운동장 쪽을 향해 난 쪽문 하나였다. 물론 이 문도 철망으로 만들어져 있다. 문손잡이 부분에 자물쇠를 걸 수 있게 되어 있지만 지금은 아무것도 없었다. 문 자체도 조금 열려 있었다.

어린 토끼들의 냄새가 났다. 그에 못지않게 이곳에 드나들었던 아이들의 냄새도 남아 있었다. 옷 냄새, 고무바닥으로 된 신발 냄새, 음식 냄새, 소독약 냄새. 인간들은 본인은 전혀 모르는 것 같지만 언제나 실로 잡다한 냄새를 몸에 배게 하여 주위에 뿌리면서 살고 있다.

"2년 전 사건이 있었을 때 아인슈타인이 본 사람 모양은 몇이었어?"

사육장 함석지붕 위에 앉은 아인슈타인은 고개를 갸우뚱했다.

"하나. 유는 왜 그런 걸 물어?"

"정말 하나였어?"

"혼자였다니까. 혼자서 토끼도 닭도 병아리도 모두 죽이고 갔어."

나는 눅눅한 밤바람 속에서 눈을 가늘게 떴다. 유카리는 두 소년이 토끼를 죽이러 가자는 이야기를 들었다. 그 대화만 생각하면 그 둘은 2년 전 사건의 범인인 듯하다. 그러나 아인슈타인이 목격한 2년 전 범인의 모습은 '혼자'였다.

지난번 사건은 둘 중 한 소년의 범행이었지만 이번에는 둘이서 하자고 계획을 했다는 건가. 아니면 토끼 도살을 즐기는 건 두 소년 중 1명뿐이고 다른 1명은 이야기만 들었던 걸까. 말리지도 않고 충고도 하지 않고 누군가에게 밀고도 하지 않고.

"어제 아침에 본 여자아이는 토끼한테 말을 걸었어." 아인슈타인이 말했다. "여자아이가 토끼보다 훨씬 더 무서워했어."

"가까이에서 본 거야?"

"누군가 사육장으로 다가가기에, 미, 날아가 봤지. 또 토끼를 죽이는 인간일지도 모른다는 생각이 들었거든. 그런데 여자아이였어. 토끼를 안고 상자에 넣었어. 그리고 이야기를 걸더라고. 무섭지 않아, 무섭지 않아, 하고."

아인슈타인은 유카리의 목소리 흉내를 기가 막히도록 비슷하게 냈다.

"여기 있으면 위험하니까 다른 데로 가는 거야. 이렇게 말했어. 여자아이는 울상을 짓고 있었어. 어른들한테 들키면 야단을 맞을까 봐 그랬나?"

"그랬을 거야." 나는 고개를 끄덕였다.

"유, 왜 그 여자아이를 찾는 거야? 토끼를 감춘 여자아이를 찾는 거야?"

"어제도 말했지만 토끼도 여자아이도 찾지 않아. 그리고 지금 나는 그 아이가 어디의 누구인지도 알고 있어. 토끼를 지키기 위해 데리고 나갔다는 것도 안다고. 착한 아이야. 그 아이는 누군가가 토끼를 죽이려고 노리고 있다는 걸 알고 그 전에 구해 주러 온 거야. 그리고 나는 토끼를 노린 그 녀석들이나 재작년에 토끼를 죽인 녀석들을 잡을 단서를 찾으러 여기 온 거야."

아인슈타인은 나를 빤히 내려다보았다. 밑에서 올려다보는 내게는 어둠에 묻혀 있는 그의—아니, 그녀인가—모습을 구분할 수가 없었고, 단지 학교 건물 중에서 딱 한군데 켜놓은 전등 불빛을 받아 한 쌍의 칠흑 같은 눈동자가 나를 보며 번쩍 빛나는 모습이 보일 뿐이었다.

"2년 전 사건이 있던 날 밤에도 이런 식이었어? 범인은 학교 건물의 불빛을 의지해 사육장으로 숨어들었을까?"

"다른 불빛은 없었으니까." 어둠 속에서 아인슈타인이 대답했다. "그때 왔던 사람 형태는 손전등 같은 것도 갖고 있지 않았어.

그래서 미한테 또렷하게 보이지 않았어. 그 사람 형태가 이곳을 도망쳐 나갈 때 두세 번 뭔가…… 힐끗 빛이 반짝이는 것처럼 보였어. 하지만 미는 그게 뭔지 잘 알 수가 없더군."

"그랬구나……."

"인간은 왜 이런 데서 토끼를 키우지?"

아인슈타인이 말했다. 질문하는 어투였지만 나는 대답하지 못하고 잠자코 있었다.

"이런 데는 위험해. 난 처음부터 알고 있었어. 인간들 중에는 머리가 이상해진 작자들이 많아. 토끼는 아무 말도 못하고 죽었어. 그런데 왜 이런 곳에 토끼를 가두어 놓는 거지? 왜 피해를 당하고도 다시 키우지? 토끼가 죽는 게 재미있나?"

아인슈타인은 화를 내고 있었다.

"그래서 미, 그 여자아이가 옳다고 생각했어. 토끼는 이런 데 있으면 안 되는 거야. 그 여자아이는 토끼를 데리고 두 번 다시 찾지 못하는 곳으로 갔어. 그건 잘한 일이야."

그래서 이 까마귀가 어젯밤에는 내 질문의 목적을 알기 전이라 그 여자아이, 유카리를 두둔하려고 했던 걸까.

"미는 인간이 싫어." 아인슈타인이 작은 목소리로 말했다.

그럼 왜 너는 외톨이로 이렇게 마을에 붙어사는 거냐고 물어보려다가 그만두었다. 어젯밤에 내가 생각했던 것─아인슈타인은 인간에게 사육당했던 과거가 있을 거라는 추측은 일단 틀림

없을 것이다. 그래서 아인슈타인은 동포들에게로 돌아가고 싶지도, 돌아갈 수도 없는 것이다.

조류가 그 대표적인 예지만 무리를 지어 사는 습성이 있는 대부분의 동물들은 경계심이 강하기 때문에, 일단 무리를 떠나 인간의 손에 키워져 인간의 냄새가 배어 버린 동료가 돌아왔다고 해서, '그래 잘 왔다'라며 받아들이거나 하지 않는다. 인간들 입장에서는 그것을 '야생으로 돌려보내기가 어렵다'라는 말로 표현한다. 특히 까마귀는 새들 중에서는 특별히 똑똑하기 때문에 오히려 그런 금기가 강할지도 모른다.

"그 여자아이는 이름이 유카리라고 하는데 유카리는 무슨 일이 있어도 절대로 토끼들을 괴롭히거나 하지 않을 거야."

그 말만 하고 나는 아인슈타인에게 등을 돌리고 정문을 향해 걸어갔다.

조금 도는 길을 선택해 드림랜드 다카마치 앞을 지나 집으로 갈 생각이었다. 그녀가 안심하고 자고 있는 집 앞을 통과하는 것만으로 나도 왠지 위로를 받을 것 같다는 생각이 들었기 때문이다.

주변의 상점들이 셔터를 내리고 불을 끄고 잠들어 있는 가운데 드림랜드 다카마치의 간판에 불이 켜 있었다. 묘하게 싸구려로 보이는 분홍색으로 빛나고 있었다. 낮에 봤을 때도 시원치 않은 물건이라고 생각했었는데, 전구로 불을 밝힌 간판은 더 끔찍한 몰골임을 알 수 있었다. 작은 전구를 이용해 가게 이름을 표시하고 있는데 그것이 군데군데 전구가 꺼지는 바람에 '드 리 ㅐ 드 다 마치'가 되어 버렸다.

그래도 가게 안에는 손님이 있었다. 서너 명이나 될까. 모두 젊은이들이었다. 아니 소년들인가. 문을 닫고 에어컨을 켜고 있는지 가게 안에는 담배 연기가 가득 차 연보랏빛으로 자욱했다. 게임기 앞에 앉아 있거나 카운터에 기대서서 이야기하는 그들의 모습이 보였다.

가게 앞의 보도에는 자전거 세 대가 세워져 있었다. 통로를 막아 버릴 것처럼 아무렇게나 세워 놓은 자전거들은 아예 방치되어 있었는데 내팽개쳐져 있다고 말하는 게 나을지 모른다.

나는 자전거로 다가가 안장 뒤를 조사해 보았다. 순간 스스로도 의외일 정도로 가슴이 쿵 내려앉았다. 차도 쪽으로 가장 가깝게 세워진 자전거 안장 뒤에 하얀 페인트로 '도도'라는 이름이 적혀 있는 것을 발견한 것이다.

나는 기다리기로 했다. 밤은 길지만 드림랜드 다카마치의 영업시간은 새벽 2시까지다. 그렇게 어려운 잠복은 아니다. 그리고 잠복 대기에 들어가기 전에 도도의 자전거 뒤로 돌아가 타이어를 향해 오줌을 갈겼다. 품위 없는 이야기라 죄송하지만 필요한 행동이다.

보도 끝에 몸을 숨기고 기다리는 동안 문득 위를 올려다보니 간판 바로 위 2층의 난간 옆에 작은 화분 하나가 놓여 있는 것을 발견했다. 가늘고 긴 식물이 심어져 있다. 해바라기 같았다. 유카리의 여름방학 관찰일기 숙제를 위한 재료일 것이다.

옛날 이토코가 비슷하게 해바라기를 키웠던 여름을 떠올렸다. 그 식구들은 지금쯤 어떻게 하고 있을까. 이토코는 '뜸 박물원'이라는 곳에 갈 수 있었을까. 가요코는 맛있는 요리를 먹고 있을까. 대만은 도쿄보다 더 덥다고 들었는데 소장은 더위를 먹지는 않았을까.

내 나름대로 대만 여행을 상상하는 사이에 거의 한 시간이 지났던 모양이다. 귀에 거슬리는 소리가 나면서 드림랜드의 자동문이 열리고 안에서 두 사람이 나왔다. 나는 귀를 쫑긋 세웠다.

먼저 나온 건 꺽다리에 빼빼 마르고 묘하게 손발이 긴 소년이었다. 하얀 티셔츠에 무릎까지 오는 바지를 입고 고무 슬리퍼를 신고 있다. 고무 슬리퍼라고 해도 준코 씨가 산책 때 신는 클래식한 모양의 것이 아니고, 새까맣고 바닥은 5센티미터 정도로 두툼한 것이다.

또 한 명은 희고 헐렁한 바지를 입고 역시 비슷하게 두꺼운 바닥의 고무 슬리퍼. 그러나 용감하게도 상반신은 벌거숭이에 햇볕에 잘 태운 피부색을 갖고 있었다. 짧게 치켜 깎은 머리는 멋지게 보일 정도로 금빛이고 한쪽 귀에 반짝 빛나는 것이 있었다. 피어싱일 것이다.

내가 지켜보는 앞에서 한쪽 귀에만 피어싱을 한 반라의 소년은 다른 한 명에게 가볍게 손을 들어 "잘 가."라고 말했다. 하얀 티셔츠의 소년도 손을 들어 그 인사에 응답했다. 그리고 바지 주머니에서 열쇠를 꺼내더니 세 대 중 차도에서 가장 가까운 쪽에 있는 자전거에 꽂았다.

도도의 자전거였다.

나는 얼른 앞으로 뛰어나갔다. 지금 내 다리로 그의 뒤를 쫓아 달릴 수 있을 거라고는 생각하지 않지만 조금 전 오줌을 갈겨 놓은 냄새를 쫓아가면 간단히 해결된다. 소년이 출발하면 즉각 추적 개시다.

소년은 자전거 받침대를 발로 차더니 안장에 올라앉았다. 그때 나는 내 오줌 냄새와는 다른 종류의 강렬한 냄새를 느꼈다.

피였다. 그것도 아직 새로운 피 냄새다. 소년의 몸에서 냄새가 나고 있었다.

나도 모르게 움츠러들며 약간 뒤로 물러섰다. 티셔츠 소년은 자전거를 타고 달리기 시작했다. 주위를 제대로 살피지도 않고 난폭하게 차도로 내려가더니 점점 스피드를 내서 달렸다. 나는 넋을 잃고 쳐다보기만 했다. 저렇게 달리면 젊은 셰퍼드라도 쫓아갈 수 없을 것이다.

내 코는 피 냄새로 가득 차서 거의 마비될 지경이라 소년을 추적하기에는 더 이상 도움이 되지도 않을 것 같았다. 저게 무슨 피인지, 유감스럽게도 오늘 밤은 밝혀낼 수 없을 것 같다.

나는 터덜터덜 집으로 돌아왔다. 토끼가 있는 초등학교는 조토 제3초등학교만이 아니다. 다른 곳에도 있다. 내일이면 피의 축제에 희생된 것이 어디의 토끼들인지 정보가 들어올 것이다. 사실 그런 건 알고 싶지도 않지만 그렇게 생각하면서 잠이 들었다.

그러나 이번 일에서 나는 경솔했다. 그 피가 어디에 있는 토끼의 피일까만 생각했지 '누구'의 피인가에 대해서는 한 번도 생각이 떠오르지 않았으니까.

사흘째

준코 씨와 아침 산책을 나가려고 준비하고 있을 때 멀리서 순찰차 사이렌이 들려오기 시작했다. 스이조 공원 방향인 것 같았다.

"아침부터 무슨 일이람." 준코 씨도 얼굴을 찡그렸다.

산책을 시작하여 큰길로 나오니 교차로쯤에서 또 한 대의 순찰차가 달려가는 중이었다. 역시 스이조 공원 쪽을 향해 가고 있었다.

"잠깐 가 볼까."

준코 씨는 나를 끌고 달리기 시작했다. 말하지 않아도 나 역시 그녀를 그쪽으로 유도할 생각이었다. 준코 씨는 느끼지 못한 것 같지만(가요코가 아니기 때문에 당연하지만) 순찰차 바로 뒤에는 경시청 기동수사대의 차가 붙어 있었다. 기동순찰대가 나선다는 것은 사소한 싸움이나 폭력 사태 이상의 사건이 발생했다는 의미다. 걱정이 되었다.

스이조 공원의 울창한 숲이 보이는 곳까지 오니 동네 사람들이 여기저기서 튀어나와 모두 공원 쪽을 보거나 우울한 얼굴로 서서 이야기를 하고 있었다. 준코 씨는 속도를 늦추고 이마 위로 손바닥 그늘을 만들어 아침 햇살을 가리면서 공원 쪽을 바라보는 아주머니에게 말을 걸었다.

"무슨 일 있었어요?"

아주머니는 눈이 부신 듯한 표정으로 대답했다.

"살인이래요. 공원에 시체가 버려져 있대요."

바로 그곳에 자전거를 탄 남자아이 하나가 공원 방향에서 엄청난 기세로 달려와 아주머니 옆의 집 앞에서 급정거했다. 아주머니는 그를 불러 세웠다.

"가 짱, 어땠어?"

가 짱은 흥분을 누르지 못하는 모습으로 숨이 턱까지 차 있었다. "잘 몰라요. 벌써 접근 금지 밧줄이 쳐 있어서. 경찰들이

쫙 깔렸어요."

아마 가 짱은 자전거로 스이조 공원까지 구경꾼 정찰을 하러 갔었던 모양이다.

"또 공갈범 아닌가? 그 녀석들 칼을 갖고 있어서 위험해요."

가 짱은 그렇게 내뱉듯 말했다.

"공원에 경고 표지판이 서 있던데." 준코 씨가 중얼거린다.

"요즘 아이들은 무슨 짓을 할지 알 수가 없다니까." 아주머니는 화가 난 듯 말했다.

우리도 가까이 가 보고 싶었지만 스이조 공원 출입구는 밧줄로 봉쇄되어 있어서 안으로 들어갈 수가 없었다. 모여든 구경꾼들 중에 개를 데리고 나온 중년 남성이 있어서 나는 그 개에게 뭐가 어떻게 되는 건지 아느냐고 물어보았다.

기가 센 듯한 얼굴을 한, 아직 젊은 아키타견(일본의 천연기념물로 지정된 품종)이었다. "우리처럼 산책하러 나온 개가 주인과 함께 인간의 시체를 발견한 모양이야."라고 가르쳐 주었다.

"어느 집 개인지 알아?"

"글쎄. 거기까지는 몰라. 나도 여기 와서 우리 주인들이 하는 이야기를 들었을 뿐이라."

준코 씨가 나를 잡아당겼다. "마사, 안 돼! 남의 개한테 으르렁거리면. 죄송합니다."

죄송합니다, 라는 말은 아키다견의 주인을 향한 것이었다. 나는 딱히 으르렁거린 건 아닌데.

"아저씨도 이 스이조 공원에는 산책하러 자주 와요?" 아키다견이 물었다.

"여러 가지 우울한 사건이 일어나기 전에는 그랬지. 나를 맡은 주인은 아직 젊은 아가씨라 위험한 행동은 시키고 싶지 않아서 요즘에는 한참 동안 오지 않았어."

아키다견은 준코 씨를 올려다보았다. "젊은 아가씨라고요?"라며 정말 이상하다는 얼굴을 했다.

"어이, 타로, 너도 으르렁거리면 안 돼." 아키다견 주인이 그를 야단쳤다. 우리는 쓴웃음을 주고받으며 헤어졌다.

결국—이런 부분이 매스컴 같은 것이 발달해 있는 인간 사회의 이상한 점이지만—생활권 내에서 일어난 사건이라고 하면서 상세한 정보는 텔레비전을 통해 얻게 되었다. 그날 오전의 뉴스나 와이드쇼 보도는 취재가 늦게 이루어져서 미처 편성되지 않았던 듯 '공원 내에 변사체'라는 첫 보도는 정오 NHK 뉴스에서 흘러나왔다.

스이조 공원 동쪽 출입문을 들어서면 바로 옆에 작은 정자가 있다. 세련된 사각 지붕과 딱딱한 벤치가 있어서 가요코가 이따금 산책하다 피곤하면 잠시 앉았다 가곤 했던 장소라 나도 잘 알고 있다. 오늘 아침 5시경 그곳에 중년 남자가 쓰러져 있는 것을 산책하러 나온 노인이 발견했다고 한다. 그 모습이 이상해서

다가가 살펴보니 왼쪽 가슴에 흉기에 찔린 듯한 상처가 있고 중년 남자는 이미 죽어 있었다. 정자의 마루와 벤치에는 피가 튀어 있었다고 한다.

이 중년 남자의 복장은 검은 폴로셔츠에 감색 바지, 그리고 검은 운동화를 신고 있었다. 안경을 쓰고 있고 왼쪽 손목에 시계를 차고 있었다. 그러나 지갑과 운전면허증 같은 것도 지니지 않았기 때문에 아직 신원을 알 수 없다고 한다. 살인사건인지 여부는 확실치 않기 때문에 아나운서는 신중하게 시종 '변사체'라는 단어를 사용했지만 이 스이조 공원에서 불량 청소년 조직에 의한 강도 사건이 발생하고 있다는 사실을 언급하며 조토 경찰서에서는 그와 관련하여 수사를 시작하고 있다고 덧붙이는 것도 잊지 않았다.

도도.

나는 어젯밤 내 코를 마비시켰던 강렬한 피 냄새와 자전거로 황급히 달려가던 소년의 옆모습을 떠올리고 있었다. 그때 진동했던 피비린내의 출처가 그거였던가, 여기에 있었던 걸까. 이번에는 토끼가 아닌 인간이 피해를 입었단 말인가.

나는 그다지 놀라지 않았다. 작은 동물을 죽이는 사람은 시간이 지남에 따라 잔혹성도 점점 그 도를 더해 가다가 동족인 인간을 죽이거나 상처를 입힐 가능성이 꽤 높다. 그러나 지금 단계에서는 정보가 너무 적기 때문에 지나치게 추측만 부풀리는 것도 좋지 않을 것 같아 신중하기로 했다.

나는 오후에도 줄곧 텔레비전을 켜 놓고 있었다. 2시경부터 와이드쇼를 보면 조금 더 상세한 내용을 알 수 있을지 모른다고 생각했던 것이다. 가요코네 식구들이 있으면 조금 더 빨리 조금 더 확실하게 상세한 내용을 알 수 있을 텐데 답답했다. 낮에는 탐문하러 돌아다닐 수 없는 내 처지도 답답하다.

2시가 지나서 방영되는 와이드쇼의 첫 번째 화제는 연예인의 이혼 문제라 나는 콧잔등으로 리모컨을 조작하면서 어딘가에서 스이조 공원에 대한 사건을 다뤄 주지 않는 건가, 하고 애가 탔다.

그렇게 텔레비전 쪽에 신경을 집중하고 있었기 때문에 준코 씨가 쪽문을 열쇠로 열고 들어오는 것도 전혀 눈치채지 못하고 있었다.

"어머, 왜 텔레비전이 켜 있지?"

준코 씨가 기겁하면서 이렇게 소리를 질렀을 때 나도 펄쩍 뛸 뻔했을 정도로 놀랐다.

준코 씨는 전지가위를 들고 있었다. 가요코에게 약속했던 포토스 손질을 하러 왔을 것이다. 아무것도 들지 않은 손으로 내 코끝 쯤 바닥 위에 있는 리모컨을 집어 들더니 어이없는 얼굴로 나를 보았다.

"너 텔레비전 보고 있었던 거야?"

나는 천진난만한 표정을 지으며 꼬리를 흔들었다. 텔레비전이 뭔데요? 전기가 찌릿찌릿 오는 거? 난 몰라요. 개가 뭘 알겠어요.

"타이머 예약이나 그런 걸 해 놓았던 걸까……. 그래서 혼자 멋대로 켜진 걸까……."

준코 씨는 고개를 갸우뚱하면서 리모컨을 가까운 책상 위에 올려놓았다. 텔레비전을 꺼 버리겠구나 하고 포기하려던 참이었지만 그때 마침 내가 틀어 놓았던 채널의 와이드쇼에서 스이조 공원 사건에 대한 화제를 다루기 시작했다. 물론 준코 씨도 흥미가 있었을 것이다. 얼른 화면에 눈길을 주었다.

스이조 공원의 낯익은 문 앞에 여성 리포터가 서 있다. 자못 심각한 얼굴을 하고 카메라를 향한 채 게걸음을 하며 공원으로 들어가는 중이다. 그 거창하고 심각한 화면 끝에서 요란하게 브이 사인을 보내거나 손을 흔드는 지역 꼬마들의 모습은 애교로 봐 줄 수 있겠다.

나는 하마터면 웃을 뻔했다. 그러나 그 웃음은 코끝에서 증발했다. 여성 리포터가 이렇게 말했기 때문이다.

"…… 그리고 수사 결과 이 남성의 신원이 밝혀졌습니다. 도도 다카오 씨, 52세. 도내의 부동산 회사에 근무하는 회사원으로 사건 현장인 이 공원 근처에 살고 있습니다."

도도 다카오.

…… 도도?

화면에는 도도 다카오라는 이름과 그의 얼굴 사진이 나왔다. 안경을 쓴 갸름한 얼굴의 남성으로 사진이 나쁜 건지 모르지만 왠지 기운이 없는 듯, 몹시 지친 듯한 느낌의 얼굴이었다. 부동산 업자치고는 보기 드문 유형이 아닌가.

도도.

어디서나 흔히 볼 수 있는 성이 아니다. 토끼 살해의 제1용의자인 소년의 성이 도도. 오늘 아침 스이조 공원에서 발견된 변사체가 도도 다카오로 52세. 그 소년은 중학교 2학년이나 3학년. 어쨌거나 부자지간이라 해도 이상하지 않을 나이다. 아니, 필시 부자지간이 맞을 것이다. 이런 우연이 그리 흔한 건 아니니까.

그렇다면 어떻게 되는 거지? 불량한 아들이 아버지를 죽였다는 건가. 어젯밤 도도 소년이 몸에 휘감고 다녔던 것은 자기 아버지의 피 냄새였던 걸까.

"도도……." 준코 씨도 중얼거리고 있다.

"유카리가 봤다는 자전거 탄 남자아이의 이름이 분명히 도도라는 성으로 시작했어. 그렇지? 마사? 어머, 마사 왜 그래? 털이 곤두섰잖아."

준코 씨가 전지가위를 잡지 않은 손으로 나를 쓰다듬어 주었다.

리포터가 계속 말한다. "…… 도도 씨의 가슴에는 뭔가 끝이 뾰족한 가위 같은 흉기에 찔려 생긴 듯한 상처가 있다고 합니다. 그러나 흉기는 아직 발견되지 않았습니다. 사망 시간은 어젯밤 11시부터 새벽 2시경 사이로 추정되고 있습니다. 부인의 이야기에 의하면 도도 씨는 어제 저녁 8시가 지나 회사에서 돌아왔다고 합니다. 밤이 되어 다시 산책을 위해 외출했는지 여부는 부인도 알 수 없다고 합니다."

"이 사건은 살인사건이라고 보는 게 좋을까요?" 스튜디오의 아나운서가 질문을 던진다.

"글쎄요. 도도 씨의 시체 옆에 지갑 등이 없었고, 평소 도도 씨가 갖고 다녔기 때문에 집에도 없다고 하니까 이건 도둑을 맞은 게 아닐까 생각합니다. 이렇게 되면 강도 살인사건이라는 의혹이 농후해지겠군요."

"사건 현장은 이 공원 안일까요. 아니면 다른 데서 살해하고 시체를 옮긴 걸까요?"

"글쎄요, 정자 안에는 상당히 격렬하게 싸운 흔적이 있다고 하므로 사건 현장은 시체 발견 현장인 이 정자라고 생각해야 할 것 같습니다."

"그렇다면 이 공원에서 빈번하게 발생한다는 비행 청소년 조직에 의한 강도 상해 사건, 이른바 '아저씨 사냥'이 아닐까, 라는 생각도 할 수 있을 것 같습니다."

"조토경찰서 수사본부도 그런 의혹을 갖고 있는 것 같습니다."

"그렇습니까. 또 새로운 정보가 들어오면 부탁드립니다."

화면이 스튜디오로 바뀌었다. 나는 바닥에 납작 엎드렸다. 준코 씨는 "어머, 싫어. 정말 끔찍한 세상이야."라고 중얼거리면서 전지가위를 짤깍짤깍 움직이고 있다. 그러나 준코 씨는 나와 달리, 도도 소년의 피 냄새를 맡지 못했기 때문에 지금은 아직 두 사건을 즉각 연결시켜 생각하지는 않는 것 같았다.

광고가 시작되었다. 준코 씨는 리모컨으로 채널을 바꿨다. 이쪽에서는 느닷없이 50세 정도 된 남성의 얼굴이 클로즈업 화면으로 나왔다.

"…… 그렇습니다. 딱 2년 전의 일입니다. 사육장 안의 동물이 모조리 도살당했습니다." 화면의 남성이 말한다. 정수리의 머리숱이 거의 없고 남아 있는 머리칼도 반백이지만 풍채가 좋은 지적인 느낌의 남성이다. 누구지?

"밤에 몰래 숨어들었겠지요. 펜치 같은 것으로 이 철망이 비틀려 잘려 있었습니다. 예, 아이들은 심한 충격을 받았습니다."

나는 화들짝 놀랐다. 남성의 뒤에 비치고 있는 것은 조토 제3초등학교의 텅 빈 사육장이었다. 그렇다면 이 남성은? 학교 관계자일까.

"당시 나는 교장이 된 지 얼마 되지 않았지만……." 남성이 말을 잇는다. "저 역시 아무런 말도 할 수 없는 기분이었습니다. 아이들의 마음이 얼마나 상처를 입었을까 생각하면……. 그래서 직원들이 모두 협의하여 한동안 작은 동물을 기르는 건 보류하기로 했습니다. 그런데 이번에 이웃 학교에서의 의뢰를 받아들여 어린 토끼를 인수했던 겁니다. 그런데 갑자기 이렇게 되었습니다. 정말 분노를 느낍니다."

이 프로그램에서는 스이조 공원의 살인사건과 함께 조토 제3초등학교의 토끼 행방불명 사건도 다루고 있었던 것이다. 인터뷰를 하고 있는 사람은 교장이었다.

준코 씨도 손길을 멈추고 텔레비전을 뚫어져라 보고 있다. 유카리는 이것을 보고 있을까. 당황하지 않을까. 두려워하고 있는 게 아닐까. 이번 토끼 행방불명 사건은 2년 전 토끼들의 참살사건과는 전혀 다르다고, 이 교장선생님께 가르쳐 줄 수 없는 것이 안타깝다.

교장의 인터뷰 화면이 끝나고 사회자와 리포터의 얼굴이 나왔다.

"이렇게 된 이야기입니다만 사실은 또 한 가지 궁금한 일이 있습니다. 나카자키 교장선생님께 들은 바에 의하면 작년 연말쯤부터 이번 살인사건 현장이 된 스이조 공원에서 비행 청소년 조직에 의한 강도나 공갈사건이 드문드문 발생하고 있다고 하는군요."

"아, 예에. 같은 공원 안에서요."

"그렇습니다. 이 조토 제3초등학교가 있는 부근은 교외의 신흥주택지가 아닙니다. 이른바 달동네로 오래전부터 여기에 살고 있는 가족이 아주 많습니다. 그래서 초등학교의 토끼를 죽인 범인도 스이조 공원에서 강도짓을 하는 소년들도 지역 학교, 예를 들면 이 제3초등학교 졸업생일 가능성이 매우 높기 때문에 오히려 수사가 어렵고 범인을 밝히기 힘든 분위기도 있다고 합니다. 나카자키 교장도 그런 면에서 상당히 골머리를 앓았다고 합니다."

"그렇군요······."

"그러다가 이번에 스이조 공원에서 드디어 살인사건까지 일어나고 말았던 거군요. 이 사건이 비행 청소년 무리에 의한 강도살인사건인지 여부는 아직 밝혀지지 않았고 이번 토끼 행방불명 사건도 아직 단서조차 없는 상태이지만 어쨌거나 이 동네 어린이들에게 무슨 일이 일어나고 있다는 점과, 지역 연고에 의해 서로 편의를 봐 주고 왕래를 하고 지내는 경우가 많은 달동네에서도 거친 아이들이 나오고 있다는 점만은 분명하다고 하겠습니다."

그래. 잘도 정리해서 말하는군. 한동네 안에서 일어난 토끼 도살, 강도나 공갈, 그것이 도를 더해 가다가 결국 살인. 그 세 가지가 합쳐지면서 나타나는 건 '거친 아이들'. 그러나 저 리포터도 도도 다카오를 죽인 것이 그의 친아들이고 더구나 그 아들이 제3초등학교 토끼 살해의 범인이라는 사실을 알면 역시 기겁할 것이다.

바닥에 납작 엎드려 눈을 감고 나는 생각했다. 이번 사건이 도도 부자의 사건이라면 이건 가정 내 사건이다. 그리고 가정 내 사건은 특별히 복잡하게 꼬인 비정상적인 사건이 아닌 이상 범죄를 저지른 본인이, 혹은 그렇게 하지 않을 수 없었던 과정을 알고 있는 가족 중 누군가가 경찰에 출두하거나 형사에게 사정을 설명하거나 해서 해결되는 경우가 많다. 가정 내 사건에는 독특한 냄새가 있어서 직감이 예민한 형사라면 즉시 눈치챌 것이고, 그런 다음 가족에게 넌지시 도망칠 길을 만들어 주고 끝까지 감추려다가 참기 어려워진 가족 누군가가 이야기를 꺼내는 경우도 있다.

그러나 이번 사건에서 궁금한 것은 사건현장이 도도의 집 안이 아닌 스이조 공원이라는 점이다. 죽이고 나서—혹은 죽고 나서— 정자로 옮겨진 게 아니고 정자에서 살해한 것이다. 가정불화를 이유로 일어나는 살인 중에 살해 현장이 가정 밖에 있는 경우는 매우 드물다. 적어도 경찰견 시절의 나는 그런 사건을 조우한 적이 없고 하스미 사무소에 오고 나서도 들어본 적이 없다.

그러나 도도 다카오가 살해당했다고 여겨지는 시간대에 도도 소년이 선혈이 생생한 냄새를 풍기고 있었던 것만은 틀림이 없다. 어젯밤 내가 '드림랜드 다카마치'에 도착한 시간으로부터 역산해서 생각하면 도도 소년은 아버지를 처치한 후 '드림랜드'에 갔을 것이다.

아무튼 도도 소년이 아버지 살해와 관계가 있다고 봐도 거의 틀림이 없을 것이다. 더구나 아버지의 지갑이 사라졌다. 이건 어떻게 된 일인가?

혹시 도도 소년이 지역 불량배 그룹의 일원으로—그럴 가능성이 많다고 나는 생각한다—과거에도 스이조 공원에서 강도 공갈사건을 저지른 적이 있다면? 어젯밤 패거리와 어울려 우연히 습격한 것이 산책 중인 아버지였다면?

아니, 하지만 아버지인 줄도 모르고 좋은 먹잇감이라고 여기고 습격한 거라면, 살인이 정자 안에서 일어나는 건 이상하다. 소년의 무리가 범행 대상을 일부러 정자의 벤치로 끌고 가서 앉혔을 까닭이 없다. 무엇보다 도도 다카오가 굳이 위험하다는 경고 표지판이 서 있는 스이조 공원으로 볼일도 없으면서 산책하러 갔다는 것도 이상하다.

아예 이런 식으로 생각하면 어떨까. 도도 다카오는 아들의 비행을 알고 있었다. 패거리와 어울려 스이조 공원을 배회하면서 범죄를 저지르고 있다는 사실을. 혹은 토끼를 죽였다는 사실을. 그리고 어젯밤에 다시 훌쩍 집을 나간 아들을 뒤쫓아 그런 생활태도를 바로잡아 주려고 했다. 그러다가 말다툼이 벌어졌고 급기야 흉기에 찔리게 되었다.

이 경우에는 말다툼과 실랑이가 정자에서 일어났다고 해도 설득력이 있다. 아버지는 아들을 스이조 공원에서 발견하고 집으로 가자, 어서 집으로 가지 못할까, 일단 아버지 이야기를 들어봐라, 잠깐 앉자……. 그러나 이야기는 꼬이고 소년은 아버지를 찌른다. 소년은 얼른 아버지의 지갑을 훔친다. 이렇게 해 두면 스이조 공원을 배회하는 불량 소년 패거리들의 소행으로 위장할 수 있을지 모른다고 생각한 것이다. 도도 소년이 그 불량 소년 패거리와 관계가 있건 없건 위장 공작으로서는 해 볼 가치가 있었을 것이다.

그러나 도도 소년은 도저히 집으로 곧장 들어갈 수가 없었다. 친구들과 자주 몰려가곤 하는 드림랜드 다카마치로 밤중에 혼자 가서 머리를 식히려고 했다. 그때 마침 나와 맞닥뜨렸다.

그러나 흉기는 뭐지? 리포터는 가위 같은 뾰족한 것이라고 했다. 뭔가 석연치 않은 이야기다. 칼로 찔렸다고 하면 간단히 알아들을 수 있다. 요즘 아이들은 특별히 성격이 거친 아이가 아니라도 패션인지 부적 대신인지 깜짝 놀랄 만큼 예리한 칼을 갖고 다니기도 한다는데 그 도도 소년이 흉기 한두 개쯤 주머니에 넣고 다녔다 해도 이상할 게 없기 때문이다.

그러나 가위 같은 뾰족한 것이라니…….

그때 방금 텔레비전 화면에 비쳤던 조토 제3초등학교의 나카자키 교장의 얼굴이 내 머리에 떠올랐다.

'철망이 펜치 같은 것으로 비틀려 잘려 있었다.'

펜치. 가위 같은 공구다. 끝이 뾰족한 모양의 것도 있다.

그런가. 나는 일어섰다.

제3초등학교의 토끼들은 유카리에 의해 옮겨졌다. 그 일로 소동이 일어나기 시작하고 있다. 그러나 도도 소년은 어젯밤까지만 해도 아직은 토끼들이 없어진 것을 몰랐다. 그래서 다시 철망을 펜치로 자르고 침입하려고 몰래 밖으로 나갔다. 아버지가—전부터 토끼 도살에 대해 어렴풋이 눈치채고 있었는지 어젯밤 처음 보고 수상하게 여긴 것인지는 모르지만—그 뒤를 쫓아 스이조 공원까지 갔다. 이야기를 하고 말다툼이 되고, 실랑이가 벌어지고 소년은 갖고 있던 펜치로 아버지를 찌른다.

"마사, 왜 그래? 이번에는 잔뜩 풀이 죽었네."

준코 씨가 이상하게 여기고 있다.

준코 씨는 오로지 관엽식물의 화분 갈이와 가지 정리에 정신이 팔려 저녁 6시경까지 하스미 사무소에 있으면서 여기를 만지작거리고 저기를 잘라 내고 있었다. 잘라 낸 가지에서 뿜어져 나오는 식물 냄새와 흙과 비료 냄새에 나는 다시 코가 감각을 잃을 정도로 혼란스러웠다.

마지막으로 벤자민 화분 하나를 만족스러울 정도로 손질하고 난 준코 씨는 그것을 창가로 옮겼다. 작업을 하는 동안 열어 두었던 블라인드를 내리더니 끈을 잡아당긴다. 그리고 창 너머로 밖을 보더니 "앗!" 하고 소리를 질렀다.

얼른 밖으로 나가 보았다. 무슨 일인가 하고 고개를 쭉 빼고 살펴보니 열린 문 너머에 유카리가 있었다. 그녀의 손을 잡고 온 30대로 보이는 왜소한 남자가 고개를 숙이고 있다.

"유카리가 뜻밖의 폐를 끼쳐서 정말……. 고바야카와 준코 씨 되시지요." 그 남자가 말했다.

"저희 아빠예요." 유카리도 고개를 꾸벅 숙였다.

준코 씨는 잠시 망설이는 듯했지만 두 사람을 하스미 사무소 안으로 맞아들였다. 준코 씨는 하스미 사무실을 무단으로 이용하는 것에 마음이 내키지 않는 것 같았지만 내 입장에서는 그녀 개인의 집을 이용하는 것보다는 훨씬 낫다고 생각했고, 가요코의 식구들도 그렇게 생각할 것이다.

유카리의 아빠인 다카마치 씨는 오늘에서야 유카리로부터 토끼 사건을 들었다고 한다. 진심으로 미안해하고 있는 모습으로 자꾸만 준코 씨에게 고개를 숙였다. 그러나 다카마치 씨가 유카리를 처음부터 덮어놓고 야단을 친 것 같지는 않았던 모양이라, 유카리가 침착한 얼굴로 아버지 곁에 바짝 붙어 있는 것을 보고 나는 안심이 되었다.

"그야 뭐, 다소 아이답지 않은 방식이었는지 모르지만 토끼들이 걱정되어 자기도 모르게 데리고 나온 그 마음을 저는 충분히 이해합니다." 준코 씨도 웃는 얼굴로 말했다. "그러니까 아버님도 그렇게까지 사과하시지 않아도 됩니다."

다카마치 씨는 목덜미를 문지르며 민망한 듯 기어들어 가는 목소리로 "아, 예……."라고 말했다. 유카리는 무릎 위에 손을 놓고 반듯하게 앉아 있지만 조금은 긴장한 것 같았다.

"그렇게 말씀해 주시니 부모로서 살았구나, 하는 기분입니다. 그러나……."

다카마치 씨는 주위를 꺼려하는 얼굴을 했다. 아무도 없으니까 안심해도 되건만.

"여길 찾아오게 된 건 그 일 때문만은 아닙니다."

"예?"

"오늘 아침, 스이조 공원에서 있었던 살인사건에 대해 아십니까?"

"예. 텔레비전에서도 크게 보도했지요."

다카마치 씨는 다시 주위를 둘러보며 목소리를 낮췄다.

"그 일로 아직 텔레비전에서는 보도되지 않았을 테지만 사실은 범인이 잡혔다고 합니다."

"어머, 그랬어요?"

준코 씨는 화들짝 놀랐다. 나는 자세를 바꿔 앉았다.

"살해당한 도도라는 사람의 아들이 범인이라고 합니다. 오후가 되어 어머니 손에 끌려 경찰에 출두했다는군요."

역시 그랬구나.

"도도 씨는 부인과 두 아들이 있었다는군요. 출두한 사람은 작은아들인데 중학교 3학년이라고 합니다. 큰아들은 고등학교 2학년이고요."

"어머나……."

"중학교 3학년이니 진학 문제도 있었겠지요. 그래서 요즘 아버지와 다툼이 끊이질 않았다고 합니다. 게다가 형은 모범생에다 성적도 우수한 아이라는데, 동생인 그 녀석은 학교에서도 포기할 정도로 악명 높은 학생인 모양입니다. 그래서 경찰에서는 처음부터 동생을 수상하게 여기고 있었다는군요. 그보다 남편이 밤에 나가서 돌아오지 않는데도 경찰에 신고하지 않았다는 도도의 부인도 어떻게 된 사람인 것 같습니다. 아마 아들이 무슨 짓을 했을 거라고 짐작하지 않았을까요."

"글쎄요."

"변사체의 신원이 밝혀진 것도 경찰이 스이조 공원 부근에 변사체의 얼굴 사진을 들고 탐문하러 다니다가 도도 씨를 아는 사람과 맞닥뜨렸기 때문입니다. 그때까지 도도 씨의 가족으로부터는 아무런 움직임도 없었다는군요."

준코 씨는 고개를 끄덕였다. "그런가요. 그런데 다카마치 씨는 꽤 소상히 아시네요."

다카마치 씨는 머리를 긁적였다. "반은 경찰에서 듣고 반은 이웃의 소문입니다. 나도 지역 출신이고 우리 가게가 있는 그 상점가 사람들은 모두 부모 대부터 지역 주민이니까요. 서로 남의 집 사정 같은 것도 잘 알고 있는 편입니다."

흐음, 준코 씨는 입을 삐죽 내밀었다. 그녀는 이웃과의 교류를 싫어하는 사람은 아니지만 이런 형태로 갖는 농밀한 지연 관계를 별로 좋아하지 않는 것 같다.

"제가 세 들어 있는 가게의 건물 주인이 살해당한 도도 씨와는 초등학교 동창이라고 합니다. 조토 제3초등학교지요. 현재의 교장인 나카자키 씨도 모두 동창이라고 합니다. 재작년 봄에 몇 십 년 만에 동창회를 했다고 하는데."

"어머…… 모이면 재미있나."

준코 씨가 장단을 맞추느라 거드는 한마디를 다카마치 씨는 무시했다.

"원래 도도 씨의 작은아들이 삐딱한 불량소년이라는 건 상점가에서 유명하지요. 그 녀석, 상습적인 좀도둑이었고요. 그런데 나카자키 선생은, 지금은 교장이지만 도도 씨의 작은아들이 조토 제3초등학교 2학년 때 그의 담임을 맡은 적이 있답니다. 그래서 동창회에서도 그 이야기가 나왔겠지요. 나카자키 선생과 도도 씨 사이에 싸움이 벌어져서 초등학교 때 너한테 시달림을 받았기 때문에 내 아들이 엉망으로 비뚤어졌다느니, 그런 바보 같은 말이 어디 있냐느니, 하면서 대단했답니다. 그런데 그때 다른 동창생들도 너나 할 것 없이 도도의 아들이 돼먹지 못하다는 건 잘 알고 있기 때문에 아무도 도도 씨의 편을 들지 않았다고 합니다."

"그런 이야기는 좀 듣기가 싫네요." 준코 씨는 쌀쌀맞게 말했다. 나도 이런 말을 하는 다카마치 씨는 다카마치 씨대로 유카리의 선생들과 갈등을 빚어 유카리를 더 힘들게 하고 있는 게 아닌가 생각했다. 그렇지만 뭐, 지금은 봐 주자. 당사자 유카리가 아빠 옆에서 거북해하는 상황이기도 하고.

다카마치 씨는 자신이 남달리 탐색을 좋아해서 소문에 밝은 건 아니라는 부연설명까지 마치고 나더니 속이 후련한 모양이다. 본론으로 돌아갔다.

"그래서 그 도도의 아들이 출두한 후에 형사가 우리 가게에 탐문을 하러 왔습니다. 범인의 아들, 뭐라고 하더라, 알리바이를 조사하러. 어젯밤에 그 녀석이 우리 가게에 왔었거든요."

그렇다. 그 일이라면 나도 알고 있다.

"저기, 한 가지 물어봐도 되겠습니까?" 준코 씨가 끼어들었다. "도도 씨의 작은아들은 이름이 뭐지요?"

"예? 아, 그건 모르겠습니다. 형사도 말해 주지 않더군요. 가르쳐 줄 수가 없었겠지요. 소년법으로 정해진 사항이라."

"이웃의 소문으로도 이름까지는 모르는 겁니까?"

"특별히 신경을 쓰지 않았으니까요. 얼굴은 기억하는데 이름까지는."

준코 씨는 도도의 작은아들이 '그 녀석'이라고 불리는 게 싫었을 것이다. "그래서요? 형사가 뭐라고 하던가요?" 준코 씨가 다카마치 씨의 대답을 재촉하며 유카리에게 살짝 미소를 보였다. 아줌마가 아빠한테 퉁명스럽게 대하는 걸 용서하라는 듯.

"도도의 아들 이야기로는 어젯밤 12시경에 공원에서 어슬렁거리는 그를 찾으러 나온 아버지에게 들켜 야단을 맞다가 싸움이 벌어졌다고 합니다. 자전거를 훔치려고 열쇠를 부수기 위해 펜치를 갖고 있었는데 그걸로 찔러 버렸다고. 자기 혼자서 한 일이라고 한답니다. 그런데 말이지요······."

다카마치 씨는 정말 난감한 듯 머리를 긁적거렸다. "어젯밤 12시경에 그애는 우리 가게에 있었습니다. 단골이고 늘 밤중에 놀러 오니까요. 얼굴을 잘못 볼 리가 없습니다. 아무리 주의를 줘도 나를 노려보기만 할 뿐이었고, 녀석의 눈초리가 참 살벌했습니다. 말이 통하지 않을 것 같기에 그냥 내버려 뒀습니다. 부모가 누군지 보고 싶구나, 라면서요. 어젯밤에도 그랬습니다. 12시경에 스이조 공원에서 아버지 도도 씨를 죽였다고 하는데 그 시간에 그 녀석은 우리 가게에 있었습니다. 10시 반경에 와서 문 닫기 직전까지 줄곧 있었다고요."

한참 동안 준코 씨는 다카마치 씨의 얼굴을 뚫어지게 쳐다봤다. 유카리는 아빠와 준코 씨의 얼굴을 번갈아 보고 있었다.

"그럼 알리바이가 있는 거 아닌가요?" 준코 씨가 말했다.

"그렇게 되겠지요." 다카마치 씨가 고개를 끄덕인다. 1 더하기 1이 3이 되어 버리는 망가진 전자계산기를 두드리는 듯 불만스러운 얼굴이었다.

나도 기가 막혔다. 어젯밤에 나는 도도 소년의 몸에서 피 냄새를 맡았다. 그게 몇 시였지? 12시 전은 아니었다. 12시는 확실하게 지나 있었다. 11시 반경 집을 나와 조토 제3초등학교로 갔다가 드림랜드 다카마치에는 그다음에 들렀으니까.

도도 소년이 돌아간 시간은 드림랜드 다카마치가 문을 닫기 직전이었다고 한다. 그때부터 스이조 공원으로 가서 아버지를 처치했을 리는 없다. 그렇다면 피 냄새가 날 턱이 없었을 것이므로.

피 냄새가 났기 때문에 나는 소년이 아버지를 죽였다고 생각했다. 피 냄새가 났기 때문에 소년이 몇 시에 드림랜드 다카마치에 왔는지에 대해서는 주의를 기울이지 않았다.

"형사도 내 기억이 잘못된 게 아니냐고 했습니다. 다른 날과 착각하는 게 아니냐고요." 다카마치 씨가 말했다. 그때 그의 얼굴을 보고서야 왜 그가 여기 왔는지를 알았다.

"경찰에게 거슬리는 짓을 했다가는 좋을 게 없다고 생각합니다." 그는 겁을 집어먹고 있었다. 두려워하고 있는 것이다. "나는 도도의 아들을 두둔할 만한 이유도 없고 시민의 의무를 다하고 싶습니다."

다카마치 씨는 답답하다는 투로 말했다.

"하지만 지금 이 상태는 뭔가 거꾸로 된 것 같지 않습니까. 불편한 입장입니다. 난감합니다. 그랬는데 유카리가, 여기가 탐정사무소라고 하기에 그렇다면 이런 경찰 사건에도 익숙할 것이고 혹시 변호사라도 필요하게 되면 소개해 줄 수 있을지 모른다 싶어서. 그래서 찾아뵌 것입니다."

준코 씨는 한숨을 내쉬었다. "그런 일이었습니까?"

"어떻게 하면 좋겠습니까. 우리 부녀는."

"죄송합니다만 저는 단지 빈집을 봐 주기로 한 사람일 뿐 탐정사무소와는 관계가 없습니다. 그래서 아무런 도움도 드릴 수가 없습니다."

그리고 다카마치 씨를 향해 다시 말했다.

"하지만 다카마치 씨. 거짓말을 하는 건 아니지요? 도도 씨의 아들은 분명 어젯밤에 다카마치 씨의 가게에 있었지요?"

"그렇습니다만……"

"그럼 사실을 솔직하게 말하는 수밖에 없습니다. 그게 경찰에 거슬리는 일이 될 거라고 저는 생각하지 않습니다만."

"하지만……"

"사진을 보여 줬어요." 유카리가 결심한 듯 입을 열었다. "나도 아빠랑 같이 봤어요. 나도 가게에 자주 나와 있다고 했더니 형사님이 보여 주었어요. 그…… 범인이라고 여기는 남자아이의 얼굴을 구별할 수 있는지 없는지, 형사님이 사진을 잔뜩 가지고 와서."

목격자로 하여금 섣부른 예단을 하지 않도록 하기 위해 형사는 그런 수순을 밟는 경우가 있다. 처음부터 의혹 당사자의 사진을 보이지 않고 제3자의 것과 섞어서 확인시키려는 것이다.

"소년과를 단골로 드나드는 아이들뿐이었어요. 여섯 장 정도 있었는데 도도 씨의 아들도 포함해서 그중 네 명까지는 우리 가게의 단골이었습니다. 문제가 된 그 아들의 얼굴을 내가 착각할 리가 없습니다. 그런데 말입니다. 형사들이 돌아간 다음에 유카리가……."

다카마치 씨는 유카리의 머리에 손을 얹으며 말을 이었다.

"새파랗게 질린 얼굴이 되더군요. 그래서 나도 걱정이 되어 이것저것 물어봤습니다. 그랬더니 울면서 토끼 사건을 털어놓았습니다."

"그랬구나……."

준코 씨는 위로하는 눈으로 유카리를 바라보았다. 나도 유카리를 보았다. 그러나 위로하기 위해서가 아니었다. 왜 형사가 내미는 사진을 보고 새파랗게 질렸는지 그 이유를 묻고 싶었기 때문이다.

"그래서 사진을 봤어?" 준코 씨가 묻자 유카리가 고개를 끄덕였다.

"사진 중에 그…… 토끼들을 죽이자는 이야기를 했던 남자아이가 있었어요. 교복을 입은 중학생 정도의 남자아이."

"문제가 된 그 도도 씨의 아들입니다." 다카마치 씨가 끼어들었다. "그 녀석 어른을 향해 도발하듯이 일부러 교복을 입고 한밤중까지 얼쩡거리는 일이 있습니다. 도대체가 무슨 생각을 하는 건지."

준코 씨는 유카리를 재촉했다. "그래서? 그다음에 어떻게 했어?"

유카리는 침을 꼴깍 삼켰다.

"저기 그리고…… 얼굴을 아는 사람이 또 한 명 있었어요. 그날, 교복 입은 남자아이보다 늦게 와서 토끼들을 죽이는 이야기를 같이 했던 사복 입은 남자아이."

"나이가 좀 위인 남자아이였구나?"

"예."

"그 고등학생 얼굴이 사진 가운데 있었다고?"

"예." 유카리는 고개를 끄덕이면서 아버지한테 더 바짝 다가갔다.

"이 사람도 우리 가게에 자주 와요, 하고 내가 말했어요. 사실은 그 사람이 온 건 토끼 이야기를 한 그때뿐이었지만 어디의 누군지 알고 싶었기 때문에 그냥 거짓말로."

"응. 그래."

"그랬더니 형사님이 가르쳐 주셨어요." 유카리가 준코 씨를 보며 말했다. "이 사진의 남자아이는 고등학생이고 문제가 된 소년의 형이라고."

밤에 혼자서 가요코가 앉는 의자 발치에 누워 눈을 감고 나는 생각했다.

토끼 도살에 대해 의논한 것은 도도 형제였다고 한다.

그리고 그들의 아버지가 살해당했고, 동생이 자신이 했다며 출두했다. 형은 똑똑하지만 동생은 근방에서도 알려진 악명높은 불량소년이고, 실제로 범행이 있었던 날 밤에 나는 그의 몸에서 피 냄새를 맡았다. 그러나 동생에게는 알리바이가 있다.

도도 다카오 살해는 가정불화로 인한 살인이다. 그 냄새가 짙게 풍긴다. 지갑을 훔친 것은 강도 살인으로 위장하기 위해서다. 경찰은 그런 위장술에 속지는 않을 것이고 나 역시 그런 속임수에 걸려들지 않는다. 이 사건의 진실은 지갑의 분실이 아니고 일단 귀가한 도도 다카오가 왜 한밤중에 스이조 공원을 갔는가 하는 점에 있다.

뭔가 볼일이 있었던 것이다. 절박한 사정이 있었다. 그리고 나는 그것을 이렇게 생각했다. 작은아들의 토끼 도살을 말리기 위해서라고. 그러나 동생에게는 알리바이가 있다. 그리고 토끼 도살에 대해 거론했던 사람은 동생 혼자가 아니었다. 그렇다면······.

 토끼 도살은 형의 짓인가.

 저토록 저항도 할 수 없는 작은 생물을 죽여서 우울함을 해소하는 짓을 처음 '발명'한 사람은 누구였을까? 어떤 성격을 가진 녀석이었을까? 이웃에 평판이 자자한 불량소년일까. 아니면 겉보기에는 '우수한 모범생' 형일까?

 토끼 도살이 은밀한 악의의 표현, 평소에는 눌러 감추는 잔학성의 발로라고 한다면 그것을 실행하는 것이 '불량'이라고 단정할 수는 없다. '착한 아이'도 그런 짓을 할지 모른다.

 나는 일어났다. 낮에 와이드쇼에서 도도 가를 보여 주었기 때문에 위치는 대충 안다. 가서 도도 가 부근을 탐문해 보자. 그러면 확실하게 알 수 있다. 토끼를 죽일 만한 왜곡된 심리가 형제 중 누구에게 자리를 잡고 있는지.

 왜냐하면 이렇다 할 동기도 없이 단지 욕구불만을 해소하고 싶어서 초등학교에 숨어들어 작은 동물을 괴롭혀 죽이는 인간은 평소에도 이웃의 개나 고양이를 괴롭히거나 상처를 주거나 할 것이 분명하기 때문이다. 인간들은 느끼지 못해도 지역에 사는 동물들은 알고 있을 것이기 때문이다. 누가 위험한지. 누가 도살자인지를.

다행히 도도 가에는 금방 도착할 수 있었다. 벽돌담에 둘러싸인, 지은 지 10년이 채 안 되었을 멋진 단독주택이다. 마당에는 나무들이 드문드문 심어져 있는데 준코 씨도 손질을 할 수 없을 정도로 말라 비틀어지고 있었다.

건물 옆에 주차 공간이 있고 하얀 승용차와 자전거 두 대가 서 있었다. 두 대의 자전거 중 하나는 내가 오줌을 갈겨 표시를 해 둔 도도 씨의 작은아들 것임을 알았다.

대문의 전등도 켜 있지 않고 1층은 캄캄했다. 2층 바로 앞 창문에만 불이 켜져 있었다. 2층 안쪽 베란다가 있는 곳에서 뭔가가 반짝반짝 빛나는 것이 보였다. 궁금해서 자세히 보니 유리풍경이 매달려 있고 부드러운 밤바람에 흔들려 바로 앞의 방에 켜 놓은 전등 불빛을 반사하고 있었다.

밤이 깊어지기 전이 아니면 돌아다닐 수 없는 나는, 밤이면 집 안에 들어가 있는 실내견이나 새장 안의 새들로부터 이야기를 들을 수 없다. 그러나 돌아다니다 보니 떠돌이 고양이 한 마리와 도도 가 뒤에 있는 늙은 잡종견 한 마리, 그 잡종견이 소개한 도도 가 맞은편 집에서 키우는 고양이와 이야기할 수 있었다.

떠돌이 고양이는 말했다. 자기가 알고 있는 바로는 이 부근에서 고양이나 개나 새들이 이유도 없이 그저 즐거움만을 위해 죽임을 당하거나 상처를 입었다는 소문을 들은 적도 없고 본 적도 없다고.

"도도 씨 집에서 우리는 가끔 먹다 남은 음식을 얻곤 하는걸. 부인이 주는 거야. 그 집 아이가 줄 때도 있었지. 좋은 사람들이야. 그러고 보니 아저씨는 만난 적이 없는데."

뒷집 잡종견은 말했다. 도도 가에서는 싸움이 끊이지 않는다고.

"우리 주인님도 걱정하곤 했지. 110에 신고하려고 했던 적도 있어. 이번 같은 사태가 된 것도 어쩔 수 없지 않느냐고 우리 사모님이 말했어."

도대체 어떤 싸움이었을까.

"대개 도도 부인과 자식들이 한 편이 되어 가장을 상대로 싸우는 것 같았어. 부인은 종종 얻어맞기도 하는 것 같더군."

이웃 사람들은 그런 낌새를 알고 있었을까.

"보고도 못 본 척했겠지. 인간들은 그래. 뭐 그게 규칙인 것 같던데. 가장이 아들에게 살해당했다는 것도 자업자득인지도 몰라. 그 집에 대해서라면 맞은편 집 고양이가 잘 알 거야. 내가 살짝 짖어서 불러내 볼게."

그렇게 해서 만난 맞은편 집 고양이는 커다란 얼룩고양이였다. 인물은 별로 볼 게 없는 수고양이로 이마에 상처가 있다. 거세 수술을 받기 전에는 이웃 떠돌이 고양이를 상대로 싸움질만 했다고 자랑스럽게 말했다.

"인간은 돈이면 다 되는 종족이야." 얼룩고양이가 심오한 진리를 깨달은 듯한 얼굴로 말했다. "도도 가의 가장이 이상해진 건 경기가 나빠지고 나서부터야."

"부동산회사에 근무한다고 하던데."

"집이나 토지를 파는 거? 택시 운전을 하는 우리 주인이 종종 말했지. 10년 정도 전에는 집이나 토지를 굴려서 큰돈을 벌곤 했던 자들이 이제는 일거리가 없어서 운전사로 전락했다고. 도도 가의 가장도 회사 경기가 나빠져서 힘든 상황이 아닐까 하고. 한때는 경기가 좋았는데 말이지. 그 집에는 외제차가 두 대나 있었다고. 주차장에는 한 대밖에 세울 수가 없어서 다른 곳에 주차장을 빌렸어. 어느새 팔아치운 것 같긴 하지만. 그 집도 재건축을 한 게 외제차를 사기 전이었지 아마."

어쩌면 어마어마한 대출이 남아 있는 건지도 모른다.

"돈이 제대로 돌지 않아서 집안 분위기도 이상해진 건가?"

"적어도 도도 가의 가장이 부인을 때리기 시작한 건 경기가 나빠지고 나서야. 아들이 달려들어 말리곤 했지. 큰아들은 말리다가 덩달아 맞기도 했어. 작은아들은 말리다 안 되면 달려들어 같이 때리더라고. 성격이 다른 거겠지."

"잘도 아는군."

"우리 집에는 어린아이가 있어." 얼룩고양이가 말했다. "주인의 손녀지. 아직 세 살밖에 안 된 꼬마 아가씨야."

"귀엽겠다."

"도도 가에서 싸움이 벌어지면 그 꼬마가 무서워서 울음을 터뜨려. 그래서 나는 상황을 살피러 가지. 싸움이 심해져서 좀처럼 수습이 되지 않는 것 같으면 꼬마 아가씨랑 같이 자 주는 거야."

사랑스러운 어조로 말하던 얼룩고양이가 퍼뜩 무슨 생각이 난 듯 덧붙였다.

"그러고 보니 작년이었나, 재작년이었나. 이맘때였는데 도도 씨가 밤중에 돌아와서 열쇠를 잃어버렸다던가 하면서 문 앞에서 소란을 피운 적이 있었어. 쾅쾅 두드리고 소리를 치면서. 무던한 우리 주인이 화가 나서 경찰을 부르겠다고 했더니 얌전해졌지만. 도도 씨 그때 많이 취한 것 같았어."

"도도 씨는 술주정뱅인가?"

"퍼붓듯이 마시곤 하지. 술병이 잔뜩 버려지곤 해. 어젯밤에도 마셨던 게 아닐까 싶은데? 9시경이었나, 또 난동을 부리며 부인을 때렸으니까."

"어젯밤 9시경이라……."

"그렇다니까. 두 아들이 나서서 말렸어. 그리고 얼마 후에 작은아들이 나갔어. 뛰쳐나가는 느낌이었어. 자전거를 타고 쌩하니 날아가듯. 신호 따위는 아예 무시하는 것 같았어. 저러다가 사고라도 나서 죽을 수 있으면 차라리 그게 낫겠다 싶은 태도로 난폭하게 자전거를 타곤 하지, 그 아들은."

그건 나도 눈으로 봐서 잘 안다.

"그리고 시간이 한참 지나고 나서 도도 씨가 나갔어. 새까만 차림새를 하고. 그런 다음 즉시 큰아들이 나가고…… 돌아왔는지 어땠는지는 나도 몰라. 그런데 도도 씨는 돌아오지 않았던 거야. 적어도 자기 발로 걸어서는……."

"이 부근에서 고양이나 개, 혹은 새가 도도 가의 식구들에게 학대당하는 걸 본 적 있나?"

"전혀. 그 사람들은 항상 서로를 학대하느라 바빴어. 작은아들이 비뚤어지는 것도 당연하다고 우리 주인이 그러더군. 나도 동감이야."

"도도 씨의 아들들한테도 곁에서 같이 자 주는 고양이가 있었으면 달라졌을지도 몰라."

얼룩고양이는 서글픈 미소를 지었다. "큰아들은 적어도 정신적으로는 같이 잤는지도 몰라. 형제가 사이는 좋았거든. 형은 동생이 엉망으로 비뚤어진 것에 대해, 그렇게 된 것도 무리가 아니라고 생각은 하면서도 걱정하고 있는 것 같았어."

어떻게든 알고 싶은 것이 있어서 그 후에도 나는 탐문을 계속했다. 이번에는 조토 제3초등학교를 중심으로 원을 그리며 돌아다녔다.

드디어 주인이 조토 제3초등학교 출신이고 도도 다카오와 나카자키 교장에 대해서도 잘 안다는 시베리안허스키를 만났을 즈음에는 날이 밝아오고 있었다.

일부 사람들은 시베리안허스키가 힘은 좋지만 머리가 좀 아둔하다고 말한다. 분명 그들은 영리하지는 않다. 그러나 주인에 대한 충성심은 에누리 없이 견족 중에서도 최강이라 어설픈 시크릿 서비스(수상, 대통령, 왕실 등의 요인들을 호위하는 사람 또는 그 업무를 담당하는 정부 부서를 말한다) 따위보다는 신뢰해도 좋을 정도다. 그래서 이 허스키도 재작년 봄에 열린 조토 제3초등학교 총동창회에서 자기 주인이 나카자키 교장(당시는 교무주임이었다고 한다)과 도도 다카오의 싸움을 말리려고 덤볐다가 엉뚱한 부상을 입고 지금도 억울해하고 있다고 했다.

"소꿉친구라고 다 좋은 건 아니라고 우리 아버지가 그랬어."

이 허스키는 주인집 아이들을 따라 자기 주인을 '아버지'라고 부른다.

"도도라는 사람은 나카자키라는 사람이 교편생활에서 출세한 것이 마음에 들지 않았대. 자기는 경기가 나빠져서 엉망인데 옛날 친구는 주위에서 선생님, 선생님, 하고 받들어 모시는 게 영 마뜩치 않았던 모양이야. 그래서 싸움을 걸었다는군."

"그럼 두 사람의 불화는 어제오늘의 일이 아니었던 거네?"

"그렇지 않겠어? 동창회가 끝난 후에 나카자키라는 사람은 우리 아버지한테 사과하러 왔는데 그때도 두 사람이 도도 씨를 도마 위에 올려놓고 욕으로 난도질을 하더라니까. 도도 씨는 결국 사과하러 오지도 않았지만."

"그랬구나. 고마워."

나는 꼬리를 돌려 조토 제3초등학교로 향했다. 동쪽 하늘에 태양이 고개를 내밀고 내가 가는 길을 비추기 시작했다.

나흘째

아인슈타인은 금방 눈에 띄는 곳에는 잘 앉아 있지 않았다. 나는 정문 앞에 앉아 짧게 짖었다. 그러자 몇 초 후에 날갯짓 소리가 들리며 새카만 날개가 선회하면서 코끝으로 내려왔.

철책 위의 정해진 위치에 착지한 아인슈타인은 부리를 열었다. 머리 위에서 내려오는 그의—그녀의— 목소리가 들리기 전에 내가 먼저 입을 열었다.

"2년 전 토끼 도살의 범인을 알아냈어."

아인슈타인은 부리를 닫았다. 고개를 까딱까딱 갸우뚱거리며 나를 본다.

"그 자는 천벌을 받아 지금은 이 세상에 없어. 그래서 그 작자가 토끼를 다시 죽일 일은 더 이상 없을 거야. 그러니까 너는 안심해도 돼."

그렇다. 도도 다카오는 죽었다. 이제 제3초등학교 사육장으로 숨어들어 토끼들을 해칠 일은 없다.

"유가 그걸 어떻게 알아?" 아인슈타인이 물었다.

나는 지금까지의 일을 차례대로 설명했다. 똑똑한 까마귀는 내 이야기를 조금씩 음미하면서 듣고 있는 것 같았다.

"처음부터 나는 착각하고 있었던 거야. 유카리는 두 소년이 토끼 도살에 대해 주고받는 이야기를 우연히 들었을 때 그 소년들이 토끼를 죽이려고 하는 줄로만 알았지. 나도 그랬어. 그런데 유카리가 들은 말은 어디까지나 대화의 단편들이었어. 중요한 건 유카리가 듣지 못한 단편들이었다고. 그걸 깨달았을 때 사건이 모조리 뒤집혀 보이기 시작했어."

도도 형제는 둘이서 토끼 도살을 모의했던 게 아니다. 그들의 아버지가 제3초등학교에서 다시 토끼 사육을 시작했다는 사실을 알고 다시 끔찍한 짓을 저지르는 게 아닐까 걱정했던 것이다. '또 죽인다'라는 건 그들이 아니라 아버지의 소행을 가리킨 말이었다.

그런 다음에 어떻게 하면 아버지를 말릴 수 있을까에 대해서도 의논했는지 모른다. 두 사람은 대책을 논의했을 것이다.

"드림랜드 다카마치에서 게임을 하고 있던 동생에게로, 그때까지는 그 가게에 발을 들여놓은 적도 없는 형이 찾아왔고, 그러고 나서 둘이서 이야기를 주고받았을 모습도 이렇게 되면 부자연스럽지 않아. 아마 형은 다섯 마리의 어린 토끼가 초등학교 사육장에 왔다는 것을 알았고, 아버지가 알면 다시 끔찍한 짓을 저지르는 게 아닐까 걱정되어 동생에게 즉시 의논해 왔을 거야. 집 안에서는 이야기하기 어려워 게임센터 같은 시끄러운 곳에서 하는 게 오히려 안심할 수 있었던 건지도 몰라."

생각해 보면 도도 형제도, 형제의 어머니도 2년 전의 사건이 일어났을 때부터 도도 다카오 씨가 범인이 아닐까 의심했을 것이다. 의혹을 품을 만한 행동을 그가 취했기 때문이다.

그리고 문제의 밤이 찾아왔다.

"아버지는 언제나처럼 술을 마시고 주정을 하며 아내와 자식들을 때렸어. 어쩌면 아들들이 먼저 토끼 살해에 대해 이야기를 꺼내는 바람에 더 화가 났는지도 몰라. 이것이 밤 9시경이었어. 누군가가 상처를 입고 피가 흘렀지. 꽤 많은 피를 흘렸을 거야. 코피였는지도 모르지. 그리고 도도 씨의 작은아들은 그 냄새를 몸에 배게 한 채로 집을 뛰쳐나와 드림랜드 다카마치로 간 거야. 집을 떠나 머리를 비우기 위해서는 그것이 가장 편안하고 쉬운 방법이었지."

그 후에 도도 다카오가 집을 나선다. 온통 검은색 옷으로 몸을 감싸 눈에 띄지 않게 하고 가슴에는 철조망을 끊기 위한 펜치를 숨기고. 그는 아직 토끼들이 사육장에서 사라진 사실을 몰랐을 것이다.

"도도의 큰아들은 아버지보다 조금 늦게 집을 나섰어. 바로 쫓아가지 않은 이유는 나도 몰라. 어머니가 말렸는지도 모르고 상처를 치료하려고 한 건지도 몰라. 밤거리로 나온 큰아들은 제3초등학교로 갔지. 그러나 다행인지 불행인지 가는 도중에 스이조 공원으로 들어가는 아버지를 발견하지. 그 공원은 도도가에서 제3초등학교로 가는 길목에 있고 비행 청소년 무리가 불미스러운 사건을 일으킨 덕분에 밤에는 모두들 무서워서 가까이 가지 않게 되었지. 그래서 도도 다카오는 스이조 공원을 지나간 거야. 남의 눈에 띄지 않기 위해서였지. 큰아들은 아버지를 불러 세웠어. 그리고 아버지가 정상적인 보통 아버지로 돌아와 주기를 바랐던 거지. 정자 안으로 들어가 이야기를 나누려고 했어. 그러나 아버지는 제정신이 아니었어."

술 때문에. 뜻대로 되지 않는 자신의 불황 때문에. 어릴 적 친구는 출세를 했는데 혼자 뒤처져 가는 자신에 대한 분노 때문에. 자신의 행동을 거울로 보듯 갈수록 비뚤어져서 반항심만 늘어 가는 작은아들 때문에. 자신을 한심한 눈으로 보면서 사리가 분명한 얼굴로 설교하는 아들 때문에.

그리고 무엇보다도 이런 짓을 하고 있는 동안에도 사라져 가는 시간 때문에. 아들들은 아직 젊다. 하지만 도도 다카오에게는 남아 있는 시간이 얼마 없다.

"옥신각신하는 동안 큰아들은 아버지를 찔러 죽이지. 엉겁결에 살인을 저지른 큰아들은 그래도 정신을 차리고 흉기와 아버지의 지갑을 갖고 그 자리를 떠났어. 잘만 하면 불량 청소년 무리의 소행이라는 결론으로 끝날지도 모른다는 판단으로."

내가 말을 끊자 아인슈타인은 그 자리에서 크게 날개를 펼쳐 기지개를 켜고 나서 물었다.

"유의 생각이 옳은 걸까? 정말 그럴까? 어떻게 알아?"

아침 해가 눈이 부셔 나는 아인슈타인을 올려다보던 시선을 멀리 운동장 너머 사육장으로 옮겼다.

"나는 도도 가 주변의 동물들을 상대로 물어보고 다녔어. 지금까지 도도 가의 누군가가 그들의 동료를 괴롭혀 죽이거나 한 적이 없느냐고. 그런 일은 없다고 대답했어. 한 번도 없다고."

전에도 말했지만 작은 동물을 학대하고 죽이는 사람은, 언젠가는 인간에게도 끔찍한 짓을 하게 될 확률이 매우 높다. 동시에 그런 잔혹한 짓을 자꾸만 저지르게 된다. 그렇게 하여 자신의 내면에 깃들어 있는 잔학성을 발산시키지 않으면 평온하게 살 수가 없는 것이다. 그러나 도도 가의 누구도 집 근처에서는 동물을 학대하지 않는다고 한다. 그렇다면 그런 그들이 2년 전 여름에 갑자기 잔학함에 눈을 뜨고 다짜고짜 학교로 숨어들어 토끼를 죽였다고는 생각하기 어렵다.

그렇다면 이 경우는 '학교의 토끼들이 살해당했다'라는 사건을 들었을 때 우리가 얼른 떠올릴 수 있는 동기—마음이 비뚤어진 가학적인 인간이 살해를 즐기기 위해 죽였다는 논리를 의심해야 하지 않을까. 다시 말해 조토 제3초등학교의 토끼 살해는 단순한 살해를 위한 살해가 아니고 뭔가 목적이 있었던 게 아닐까, 나는 그렇게 생각했다.

처음 토끼를 죽인 사건은 도도 다카오 씨가 동창회에서 나카자키 교장과 대판 싸움을 벌인 그 해 여름에 발생했다. 둘은 어릴 적 친구다. 그러나 지금은 입장의 차이가 역력하다. 한쪽은 교장, 한쪽은 불경기에 시달리는 부동산 회사의 샐러리맨. 더구나 샐러리맨에게는 비행 청소년인 아들이 있고 그 아들이 얼마나 불량한지를 이웃들이 다 알고 있다. 그뿐 아니라 당사자인 교장은 그 아들의 초등학교 시절을 아주 잘 알고 있다.

샐러리맨에게는 불만스러운 일들만 일어났다. 마음에 들지 않는 것 투성이였다. 나날의 생활 속에서 그 불만은 쌓여만 간다. 그리고 2년 전 한여름, 푹푹 찌는 밤에 부동산 회사의 샐러리맨은 지금은 꼴 보기 싫은 어릴 적 친구가 임금으로 군림하고 있는 성으로 진출한다. 그의 보호하에 있는 학교로 간다. 그리고 거기서 가장 무방비 상태의 대상, 손해를 끼쳐도 심각한 수사가 벌어질 염려가 없는 약한 동물을 모조리 죽이고 속이 후련해져서 집으로 돌아간다.

"그게 토끼 살해였다고?" 아인슈타인이 물었다.

"그래." 내가 대답했다. "그건 토끼를 죽이는 게 목적은 아니야. 나카자키 교장을 향한 분풀이였지. 친구랑 싸워서 지고, 분해서 그 친구의 책상을 발로 차는 아이가 있잖아. 그거랑 거의 비슷한 유치한 심리지."

도도 다카오는 집 안에서 아내와 자식들에게 폭력을 휘두르곤 했다고 한다. 굳이 토끼를 목표로 하지 않아도 욕구불만의 배출구로서 폭력을 휘두를 대상은 그밖에도 많았을 것이다. 토끼를 죽이겠다는 생각을 한 것은 어디까지나 나카자키 교장의 성역을 더럽히고 그와 그의 보호하에 있는 아이들을 슬프게 함으로써 속이 후련해지기 위해서였던 것이다.

"전국 여기저기에서 학교의 토끼들이 죽임을 당하고 있지. 대부분은 그저 죽이는 행동을 즐기는 사람에 의한 살해에 지나지 않을 거야. 그리고 그런 짓을 하는 인간을 배출하고 있는 것은 경쟁만 부추기고, 다른 사람에 대해 무관심하고, 남의 아픔을 상상하지 못하는 자기중심적인 작금의 사회현상 그 자체라고 텔레비전에서도 역설하곤 하지. 그러나 이 학교의 토끼 도살만은 달라. 말하자면 고전적인 동기의 살해인 거지. 질투나 시기심이 일으키는 짓이야. 도도 다카오는 어릴 적 친구인 나카자키 교장을 해치울 수 없는 대신 그의 토끼를 괴롭힌 거지."

'인정이 넘치고 서로 보살펴 주는 가난한 동네'라고 텔레비전 리포터는 말했다. 그러나 거기에도 물 밑으로 고이는 앙금은 있을 것이다. 물이 따뜻하면 앙금은 다른 곳보다 더 빨리 썩는다. 만약 도도 다카오와 나카자키 교장이 어릴 적 친구가 아니고 생판 모르는 타인이었다면 토끼들은 죽지 않았을지도 모른다.

하지만, 도도 가의 내부에는 그래도 언젠가 파탄이 왔을 테지만.

"아인슈타인, 너한테 들은 이야기에서도 도도 다카오가 토끼 도살의 범인이 아닌가 하는 힌트가 있었어."

"와이? 무슨 소리야?"

"말했잖아. 범인은 손전등도 갖고 있지 않았다고. 학교 건물 쪽에 켜 놓은 단 하나의 불빛을 의지해 토끼들을 죽였지. 하지만 사육장을 나갈 때 범인의 실루엣 어딘가에 반짝 빛나는 게 보였다고."

"그랬지. 미가 그렇게 말했지."

"그때 반짝인 것은 도도 다카오의 안경이었어. 안경이 건물 쪽 불빛을 반사해서 반짝인 거지."

어젯밤에 도도 가의 2층에 매달린 풍경을 올려다봤을 때 퍼뜩 깨달았던 것이다.

"반짝인다고 하면 또 하나가 있지." 나는 계속 말했다. "2년 전 사건이 있던 날 아침에 너는 사육장 근처에 가 보기 전까지는 토끼들이 죽어 있다는 것을 몰랐다고 했어. 하지만 그럼 도대체 왜 사육장으로 간 거지? 사육장에 다가가면 사람들이 돌을 던진다며? 귀찮은 걸 싫어하는 네가 왜 굳이 그런 위험을 무릅썼던 거야?"

아인슈타인은 고개를 돌렸다.

"아침 햇살을 받아 뭔가가 반짝였던 거지. 사육장 근처에서. 땅 위에 있었는지도 모르고 뭔가에 걸려 있었는지도 몰라. 그래서 너는 사육장 쪽으로 날아갔겠지. 반짝이는 게 뭔지 궁금해서."

까마귀는 반짝이는 걸 아주 좋아한다. 유리 조각이든 반짝이는 동전이든 금속 조각이든 주워 모아 둥지에 모아 두는 버릇이 있다.

"거기서 네가 주운 반짝이는 것의 정체를 알아맞혀 볼까?"

내가 그렇게 말한 직후에 아인슈타인은 날아올랐다. 나는 그녀를—그를—쳐다보며 고개를 움직였다. 아인슈타인의 모습은 금세 시야에서 사라졌다.

그러나 나는 1분도 기다리지 않았다. 돌아온 아인슈타인은 내 코를 스치듯 바로 앞에 뭔가를 떨어뜨렸다. 아스팔트 위에 떨어진 그것은 짤랑 금속성 소리를 냈다.

열쇠였다. 낡은 열쇠고리가 달려 있다.

그렇다, 2년 전 여름 어느 날 한밤중에 도도 다카오는 여기에 열쇠를 떨어뜨렸다. 그래서 토끼들을 죽이고 집으로 돌아간 그는 현관 앞에서 크게 소란을 피워야 했다. 그게 그의 가족이 토끼 살육을 눈치챈 최초의 계기가 되었을 것이다.

"그거, 유한테 줄게." 아인슈타인은 말했다.

"아니, 이런 건 필요 없어. 이름이 쓰여 있는 것도 아니고 증거가 되지도 않아."

"그래도 미도 갖고 있기 싫어. 토끼 도살의 열쇠. 예쁘긴 하지만 싫어."

"그럼 원래 있던 곳에 버리고 오면 되잖아. 그게 원칙이지."

아인슈타인은 고개를 갸우뚱하며 나를 응시했다.

"유, 이래도 된다고 생각해?"

"어? 뭐가?"

"동생이 형을 두둔하고 있어. 동생은 아무도 죽이지 않았어. 하지만 잡혀 갔어."

"아, 그거."

도도의 작은아들을 대신하여 나는 아인슈타인의 배려에 감사했다.

"그거라면 괜찮아. 언제가 될지는 모르지만 형이 거짓말을 견디지 못하고 사실을 이야기하게 될 거야. 동생이 출두한 것은 모자 세 명이 의논을 하고, 동생이라면 가장 젊고, 죄도 가벼울 것이고 애당초 의심을 받는 입장이었으니까 경찰도 쉽게 믿어 줄 거라고 생각해서 한 일이겠지만."

게다가 도도의 작은아들은 자포자기에 빠지는 면이 있다. 나는 아무래도 상관없어―날아가듯 자전거를 타고 달리는 그런 모습은 그 나이에 벌써 인생을 포기하고 있다는 증거다.

그러나 항상 동생을 걱정해 온 형은 자신을 그런 식으로 두둔해 주는 것을 그리 오래 견딜 수 없을 것이다.

"아인슈타인, 가르쳐 줘."

"아직 뭐가 또 있어?"

"너한테 그런 식으로 말하는 방법을 가르쳐 준 주인은 어떤 사람이었지?"

내 눈에는 아인슈타인이 자세를 똑바로 하는 것처럼 비쳤다.

"미, 어릴 때 둥지에서 떨어졌어. 그런데 나를 구해 준 사람이 있었어. 은인이라는 게 그런 의미지?"

"그래. 맞아."

"주인은 지금 없어. 미국으로 갔어. 그때 미를 하늘에 날려 주었지. 남자아이였어. 지금은 이미 없어."

아인슈타인의 토막 영어로 보아 그 남자아이의 부모 중 누군가가 미국인이었는지도 모른다. 아니면 요상한 디스크자키였을 가능성도 있지만.

아인슈타인은 정문 위에서 나를 내려다보고 있었다.

"유, 알아? 미한테 가르쳐 줄래? 미국은 좋은 곳이야?"

"글쎄. 그건 나도 잘 몰라."

내 눈에는 인간이 있는 곳은 어디든 좋은 곳으로 보일 때가 있고 그 반대일 때도 있다. 굳이 말하자면 지금은 후자의 기분이다. 2년 전에 죽은 토끼들의 망령이 아직 주위를 배회하고 있기 때문일지도 모른다.

"벌써 아침이군. 미는 가야 해."

아인슈타인은 날아올랐다. 어디로 가는 건지 낮 동안의 생활권은 어디에 두고 있는 건지, 물어볼 수는 없었다. 게다가 뒤늦게나마 사무실로 돌아가는 길에 깨달은 것이지만 나는 결국 아인슈타인이 그인지 그녀인지조차도 묻지 못했다.

가요코네 식구들은 밤 8시 비행기로 돌아올 예정이다. 나는 그날 하루 종일 뒹굴뒹굴 자다 깨다 하면서 보냈다. 깨어 있으면 시간이 느려터지게 흐르는 것 같아서 짜증이 나 죽을 지경이었기 때문이다.

오후가 되어 다시 신야한테서 부재중 전화가 걸려 왔다.

"어, 오늘 돌아오는 건가? 아직 안 왔나 보군. 늦네. 대만 같은 데가 뭐가 재미있다고."

나는 킥킥 웃으며 오늘은 화내지 않고 신야의 혼잣말이 전화 응답기에 녹음되는 소리에 귀를 기울였다. 그 친구나 나나 빈집을 지키는 따분함은 마찬가지구나, 라는 생각이 들었기 때문이다.

그렇게 나른한 하루를 지내고 저녁 6시 뉴스를 보고 있는데 스이조 공원의 살인사건에 대한 속보가 나왔다. 도도의 큰아들이 경찰에 출두했다고 한다. 소년범죄이고 더구나 존속살해(尊屬殺害)이기도 하기 때문에 그날의 헤드라인으로 다룰 정도로 큰 뉴스였다.

예상했던 것 이상으로 빨랐다. 큰아들을 위해서도 또 그 아우를 위해서도 나는 기뻤다.

택시는 오후 9시 38분 30초에 하스미 사무소 앞에 도착했다.

"마사! 우리 왔어!"

이토코의 목소리가 들렸다.

"아아! 역시 우리 집이 좋아." 가요코가 여행 가방을 아무렇게나 던져 놓으며 말했다.

"마사. 집 지키느라 고생했지. 와아 이것 좀 봐요 아빠. 준코 씨가 화분을 모두 깔끔하게 다듬어 놓은 것 같네요."

나는 이토코에게 안겨 고양이처럼 목을 가르릉거리며 애교를 부리려고 열심히 노력했다. 그게 노력한다고 되는 일이던가.

가요코 일행은 준코 씨를 초대해 짐을 풀고 사온 선물을 하나씩 꺼내면서 큰 소리로, 이토코를 현지인으로 착각한 유럽에서 온 관광객이 길을 물어본 이야기며 가요코가 호텔에서 남자들의 유혹을 받을 뻔했다는 것, 뜸 박물원에서 하스미 소장이 길을 잃었던 일 등등 한밤중이 지나도록 소란을 피웠다. 여행 이야기에 너무 열을 올리다 보니 준코 씨는 흥에 겨워 토끼 사건을 보고할 틈을 찾지 못한 채 두 손 가득 선물을 들고 집으로 돌아갔다. 뭐, 토끼 건에 대해서는 내일부터 얼마든지 이야기할 시간이 있을 테니까.

그건 그렇고 준코 씨는 토끼들을 그대로 기를 작정인가. 뭐 아인슈타인은 그걸 더 좋아하겠지만.

일행은 새벽 1시경이 되어서야 겨우 잠자리에 들었다. 모두가 각자의 방으로 들어가고 나서 나는 천천히 자리에서 일어났다. 이제는 스이조 공원의 사건 때문도 토끼들 때문도 아니다. 하라쇼를 만나러 갈 생각이었다. 지난 이틀 동안 밤에는 계속 다른 곳을 돌아다니느라 그의 얼굴을 보지 못했다. 그 야윈 하라쇼가 어떻게 지내고 있는지 갑자기 걱정이 되었던 것이다.

미지근한 아스팔트를 꾹꾹 밟으며 걸어간다. 예쁘게 생긴 어미 개는 자신의 전용 집 안에서 숙면을 취하고 있었다. 강아지도 어미 개의 냄새를 찾아 한데 모여 잠들어 있었다. 나는 천천히 모퉁이를 돌았다. 밤의 열기 속에서 하라쇼가 사는 철공소 간판이 보인다.

평소 같으면 밤에 돌아다니는 나를 보고 잠자코 있을 하라쇼가 아니었다. 멀리서 기척을 알아듣고 아저씨, 아저씨 하고 짖어대며 불렀을 것이다. 그래서 나는 얼른 이상하다고 생각했어야 한다.

 그러나 '가족'이 돌아온 반가움과 흥분 때문에 나는 마음이 잔뜩 들떠 있어서 바로 옆에 가기 전까지 아무것도 눈치채지 못했다.

 하라쇼는 죽어 있었던 것이다.

 오른쪽 배를 바닥에 대고 그를 묶어 놓은 끔찍한 사슬 위에 누워 이미 차갑게 식어 가고 있었다. 내가 그의 냄새를 맡고 있는데 철공소 주변을 활동 무대로 하고 있는 떠돌이 고양이가 맞은편 집 지붕 위에서 말을 걸어 왔다.

 "오늘 낮에 철공소 아저씨한테 흠씬 얻어맞았어. 무슨 이유였는지 모르지만. 저녁밥도 주지 않은 것 같던데."

 "언제 죽은 거지?" 나는 물었다.

 "글쎄. 어두워질 무렵부터 누워 있는 걸 봤는데. 배가 너무 고파 일어서지도 못하는가 보다 했는데 숨을 쉬지 않더라고."

 하라쇼가 죽었다. 내가 다른 일에 정신이 팔려 있는 사이에.

 떠돌이 고양이는 노란 눈을 깜빡이며 하라쇼를 좀 삐딱하게 쳐다보았다.

 "멍청한 개였지. 한 번도 도망치려고 하지 않았어. 언젠가는 맞아 죽을 게 뻔했건만. 떠돌이 신세가 되는 게 그렇게 무서웠을까? 나는 도무지 그 마음을 모르겠더라고."

 고양이는 꼬리를 말고 지붕 너머로 모습을 감췄다. 나는 하라쇼와 단둘이 남았다.

그렇게 아침이 될 때까지 하라쇼 옆에 앉아 있었다. 머리 위로 밤이 한 바퀴를 빙 돌아 아침이 지평선 위로 고개를 내밀 때까지.

그러나 아침이 되어도 하라쇼는 다시 살아나지 않았고 그런 것쯤은 나도 잘 알고 있었다.

하라쇼는 다른 삶을 알지 못했다. 하라쇼는 주인이란 모두 그런 인간들인 줄로만 알았다.

'아저씨, 이게 내 운명이야.'

운명이라는 말을 하라쇼는 도대체 어디서 배웠을까. 아니지. 그게 아니지. 그건 내 꿈속에 등장했던 하라쇼의 말이었지. 나는 은근히 하라쇼의 처지는 하라쇼의 운명이라고 스스로를 타이르며 하라쇼의 고통에서 눈을 돌리려고 했던 걸까.

철공소 아저씨 같은 인간은 앞으로도 자꾸 늘어갈 것이다. 그런 인간은 어른 중에도 있고 아이 중에도 있다. 학교의 토끼를 죽이고 재미있어 하는 녀석도 있지만 애완동물을 기분풀이 대상으로 삼는 녀석도 있다. 살아 있는 동물의 생살여탈권을 쥐고 군림하는 건 누구라도 기분 좋은 일일 것이다. 포기하고 싶지 않을 것이다. 지나치게 학대하다 죽어 버리면 돈을 주고 다시 사면 된다. 생명이라는 것도 돈으로 쉽게 살 수 있으므로.

흘러가는 여름 밤하늘을 올려다보면서 나는 문득 생각했다.

지금까지 줄곧 낮이 주역이고 밤은 낮이 자고 있는 동안에만 낮의 눈을 훔치듯이 찾아오는 것이라고만 생각했다. 그러나 사실은 그게 아닌 게 아닐까. 주역은 밤이고 캄캄한 것이 진짜고, 낮의 빛이 오히려 밤을 꺼려하면서 어쩌다 우연히 우리를 비춰 주고 있는 게 아닐까.

아니면 이런 생각을 하는 내가 나이를 먹었다는 증거인가.

아침 해가 떠오를 무렵 나는 하라쇼에게 작별인사를 고하고 천천히 집으로 돌아왔다. 돌아갈 집이 있다는 것을, 집으로 돌아오기를 기다리는 사람들이 있고, 나의 귀가를 기다려 준다는 사실을 지금처럼 소중하게 여긴 적이 없었다.

하스미 사무소 지붕 위에 옅은 노란 색으로 빛을 뿜는 작은 별이 밝아오는 하늘 저 멀리 사라지면서도 열심히 빛나고 있는 것을 발견했다. 지금까지는 본 적 없는 별이었다.

저건 하라쇼의 별이 아닐까 하고 나는 생각했다. 만약 그렇다면 날이 갈수록 점점 더 멀리 하늘 높은 곳으로 올라가 주기를 나는 기원했다. 더 이상 누구의 손도 닿지 않을 곳으로.

하라쇼는 드디어 자유를 얻은 것이다.

사무실로 돌아와서도 나는 잠을 잘 수 없었다. 얼마 후에 부지런한 가요코가 일어나 사무실로 내려왔다. 커피를 끓이는 향긋한 냄새가 났다. 가요코는 책상에 앉아 모아 놓은 우편물을 정리하기 시작했다.

나는 천천히 일어나 가요코의 발치로 가서 그녀의 발목에 머리를 기대고 누웠다.

"마사, 왜 그래?"

가요코가 이상하다는 듯 물었다.

"왠지 기운이 없네. 집 지키는 동안 무슨 일 있었어?"

손을 뻗어 내 목을 쓰다듬어 주었다. 나는 가요코의 온기를 느끼면서 겨우 잠이 들었다. 준코 씨 옆에 있는 어린 토끼들처럼 쌔근쌔근.

그리고 스이조 공원 숲속에서 토끼들과 뛰어다니는 꿈을 꾸었다.

마사의 변명

사실은 마음이 몹시 무겁다.

하스미 탐정사무소에서 생활한 지 4년. 그 전에 경찰과 한솥밥을 먹었던 기간이 5년. 나도 이제 인간들이 저지르는 이상한 일을 하도 많이 봐서 웬만한 일에는 놀라지도 않는 배포마저 생겼다고 생각한다. 실제로 사건을 해결한 후 심하게 울적해진 적도 없다(나의 단짝인 가요코는 아무래도 젊은 아가씨라서 때로는 생각에 잠기기도 하지만 그녀도 차츰 나처럼 느긋해질 것이다. 그것이 그녀에게 좋은 일인지 나쁜 일인지는 또 다른 문제지만……).

그러나 이번만은 좀 그렇다.

소개가 늦었지만 내 이름은 마사. 하스미 탐정사무소의 경호견이다. 이마에 하얀 별 모양의 털이 있는 저먼셰퍼드이고 내 입으로 말하기는 좀 그렇지만 마음씨도 부드럽다. 인간은 종종 이런 표현을 한다. '나이를 먹어 모난 데가 없어졌다'라고. 그 표현에 따르자면 나도 나이를 먹으면서 둥글둥글 원만한 개가 된 것이다.

그렇다고 이번 건에 관해 나와 가요코가 침묵을 지키기로 결정한 것은 결코 단순한 온정에서가 아니다. 고발해 봤자 모든 것이 이미 시효가 지났기 때문이다. 공공연하게 드러내 봐야 고작 상처를 받는 사람만 늘어 갈 뿐이고 누구 하나 득을 볼 사람도 없다.

그리고 오히려 진상을 덮어 두는 것이 나중을 위해 좋은 일이다—그런 생각도 든다.

그래서 이번 이야기만큼은 말하기가 무척 어렵다.

그건 언제나처럼 조사 의뢰를 받는 데서 시작되었다.

의뢰를 해 온 사람의 이름은 미야베 미유키. 직업은 소설가. 그것도 추리소설을 쓴다고 한다. 그러나 나는 물론이고 가요코나 하스미 사무소 식구들 가운데 누구 하나 그녀의 이름을 알지 못했던 걸 보면 대단한 작가는 아닐 것이다. 본인이 명함 대신 갖고 온 책의 저자 소개를 읽어 보고 소장이 말했다.

"아아, 아직 신인이군."

그런 사람이 자기가 무슨 대단한 작가나 되는 양 "오전 중에는 잠을 자기 때문에……"라며 글쟁이다운 말을 해서 나와 가요코는 오후 2시 약속을 엄수하여 그녀의 소박한 작업실로 찾아갔다.

나이는 30세라니까 가요코보다 다섯 살이나 많다. 나이에 비해 침착함이 없는 사람이다. 얼굴도 동안이지만, 내기를 해도 좋다. 이런 유형의 인간 여자는 어느 날 갑자기 하루 만에 폭삭 늙어 할망구가 되어 버릴 것이다.

가요코가 나를 데리고 온 것을 보고 그녀는 과장되게 놀라는 모습을 보였다. 그래서 가요코가 설명했다.

"의뢰하신 내용을 검토하고 오늘 밤부터 잠복해 보는 게 좋겠다고 판단했습니다. 의외로 하룻밤 만에 명쾌하게 해결될지도 모릅니다. 빠른 게 좋겠지요?"

"그래서 이 개랑 같이 잠복을 한다는 겁니까?" 미야베 씨는 말했다.

"그렇습니다. 마사는 예전에 경찰견 생활을 한 개입니다. 제가 미처 듣지도 못하는 소리, 느끼지도 못하는 냄새를 마사는 알아냅니다."

"어머나." 미야베 씨가 말했다. "괜찮을까. 게다가 이 개는 나이가 많지 않나요? 일을 시키기가 안쓰럽군요."

괜한 참견이다. 나는 이런 의사(疑似) 동물애호주의적 발언이 질색이다. 그래서 이 의뢰인이 단번에 싫어졌다.

도대체 그녀의 의뢰 내용 자체가 웃긴다. 다른 탐정사무소 같으면 제대로 상대해 주지도 않을 것이다.

밤중에 그녀가 일을 하고 있으면 바깥 통로로 누군가가 쯔카케(발가락 부분이 나뉘어 있는 슬리퍼-옮긴이)를 신고 걸어온다는 것이다.

"예? 쯔카케?"

하스미 탐정사무소를 찾아온 이 선생으로부터 처음에 이 이야기를 들었을 때 가요코는 그렇게 말했다. 아니 그 말밖에 할 수 없지 않은가.

"발에 신는 쯔카케라고요?"

"그래요. 있잖아요. 샌들처럼 생긴 신발."

"예. 그건 압니다. 저도 어릴 때는 신었거든요."

"내가 어릴 때는 삐악삐악 샌들을 신었는데."

"아, 삐익삐익 소리 나는 신발이지요? 그래요. 신었지요."

신발 이야기를 하고 있을 상황이 아니잖아, 가요코. 나는 목 깊숙한 곳에서 작게 경고의 신음 소리를 내 주었다.

그때 우연히 눈길이 가서 알게 된 것인데 우리의 의뢰인인 여류 추리작가 선생은 발이 유난히 작았다. 지금도 얼마든지 삐악삐악 샌들을 신을 수 있을 것 같다.

"그래서 쯔카케를 신은 사람이 다가오는 게 무서운 겁니까?"

"꼭 무섭다고까지 말할 수는 없지만······."

"기분이 음산하다?"

"맞아요."라며 고개를 끄덕이고 의뢰인은 담배에 불을 붙였다. 이 선생은 주위 사람들은 아랑곳하지 않고 멋대로 담배를 피운다.

"매일 밤 정확히 새벽 2시가 지나면 들려옵니다. 이쪽으로 다가오는데 그게……."

그녀의 작업실 창 앞에서 발소리가 뚝 그친다고 한다.

"그게 벌써 열흘 이상 계속되고 있어요."

"창문을 열어 본 적은 있어요?"

"있어요. 하지만……."

"하지만?"

"아무도 없었어요. 당연하지요. 통로라고 해 봐야 집과 집 사이에 사람 하나가 겨우 지나갈 정도의 폭밖에 안 되는걸요. 그런데도 쯔카케 소리만 들리고…… 왠지 나를 데리러 오는 것 같아서."

여보쇼. 제발 그런 소리 말아요. 〈모란등롱(영화로도 만들어진 일본의 대표적인 괴담. 줄거리 중에 달그락달그락 나막신 소리와 함께 매일 밤 나타나는 요사스러운 미녀가 나온다 - 옮긴이)〉도 아니고. 나는 기가 막혔지만 가요코는 '이런 사람도 고객'이라고 나서자는 건지 그럼 한번 찾아가서 주변을 둘러보겠습니다, 하고 약속해 버렸다.

그래서 우리는 이렇게 미야베 씨의 작업실로 찾아온 것이다.

해가 지기 전에 작업실 주변을 둘러보았다.

아무런 특징도 없는 지극히 평범한 동네 한 모퉁이였다. 제법 번화가다운 것은 살림집에 섞여 작은 영세 공장이 드문드문 섞여 있다는 점이다. 판금 공장이나 인쇄 공장이 많다. 두부 공장과 번듯하게 한 되 들이 병에 담긴 간장이나 기름을 파는 가게, 그리고 공중목욕탕 굴뚝도 두 개 정도 보였다. 살기 불편한 동네 같지는 않은데 이런 동네에서 살고 있다 보면 미야베 씨는 평생 가도 화려한 작풍의 소설은 쓸 수 없을 것이다.

그녀의 작업실이라는 것도 자택의 목조 가옥 중에서 제일 안쪽에 위치한 방으로, 밖에서 곧장 드나들 수 있는 작은 문이 있을 뿐이었다. 햇볕도 잘 안 들고 통풍도 최악일 것 같은 방. 그러나 같이 사는 가족의 증언에 의하면 그녀가 좋아해서 거기에 있는 것이지, 심성이 좋지 않은 딸을 식구들이 다 같이 학대하고 있는 건 아니라고 한다. 그런 거야 뭐 아무러면 어떤가.

이 작업실은 북서쪽 모퉁이에 있고 창문 바로 바깥으로 L자형 통로가 나 있다. 이 통로는 이웃집과의 경계가 된다. 옆집 세면실과 욕실 창이 통로 쪽을 향해 열려 있다.

옆집은 미야베 씨의 집과는 대조적으로 세련된 신축 주택이다. 마치 촌스러운 동네의 공중목욕탕 안으로 갑자기 들어온 수영복 차림의 모델처럼 도드라져 보인다. 보기에 아름답고 살기에도 편할 것 같은 집이다. 애석한 것은 주위에는 집들이 다

닥다닥 붙어 있기 때문에 바람이 잘 통하지 않는다는 점일까. 어차피 바람이 빠져나갈 장소라고는 바로 옆 미야베 가와의 사이에 있는 L자형 통로뿐이다.

그리고 여기가 문제의 '쯔카케'가 걸어오는 통로이기도 하다는 것이다.

하지만 어느 누가 좋아서 2시가 지난 한밤중에 이런 답답한 통로를 돌아다닐까.

"아마 어디서 뭔가가 서로 부딪혀 쯔카케를 신고 걷는 것 같은 소리를 내고 있는 것 같은데요."

가요코도 사무실에서 소장에게 그런 말을 했다.

"매일 새벽 2시가 지나서 시작된다는 것이 힌트가 될 것 같아요. 그 시간에 뭔가가 있을 거예요."

여기에 오기까지 가요코는 몇 가지 사전 조사를 했다. 옆집에 사는 사람에 대해서도 정확하게 정보를 구해 세대주가 레스토랑을 경영하는 사람이라 매일 밤 귀가는 심야가 지나서라는 점도 파악해 놓았다.

이 점이 뭔가 일맥상통할 것 같지 않은가. 옆집 주인이 한밤중에 귀가하여 야식을 준비하거나 욕실에 들어가 있는 소리가 살짝 편집광 성향이 있는 작가의 귀에 이상한 발소리로 들리는, 왠지 많이 있을 법한 이야기다.

게다가 옆집의 세대주는 일 때문에 집을 신축하고 나서도 한참 동안 식구들과 떨어져서 지냈다고 한다. 그가 가족과 같이 새로 지은 집에서 생활하기 시작한 것이 정확하게 12일 전부터다.

생각해 보면 미야베 씨가 '쯔카케를 신고 걷는 발소리가 열흘 정도 전부터 시작되었다'라고 말한 것과도 대충 맞아떨어진다.

그런데 왜 하필 쯔카케일까?

그날 밤에 나와 가요코는 미야베 씨의 작업실 옆에 차를 세우고 그 안에서 새벽 2시가 되기를 기다렸다.

조용하고 아무런 특징도 없는 밤이었다. 새벽 1시 30분에 옆집 주인이 차를 운전하고 귀가하여 익숙한 동작으로 차고에 차를 넣고 집 안으로 사라졌지만 그 이외에는 사람들의 움직임도 보이지 않는다.

미야베 씨에게는 문제의 '쯔카케' 발소리가 가까이 오면 이 차로 전화를 하라고 말해 놓았다. 그리고 2시 5분이 지나 전화가 왔다.

"그래, 시작되었습니까? 그럼 거기서 움직이지 말고 계세요."

가요코는 지시를 해 놓고 차에서 내렸다. 살금살금 L자형 통로를 걸어간다. 손전등을 들고. 발에는 운동화를 신고 있다.

나는 그녀의 바로 뒤에서 따라간다. 미야베 씨의 작업실 창문으로 희미한 불빛이 새어 나오고 있었다. 바로 가까이에서 전등을 켜 놓은 창문은 보이지 않았다.

그리고…….

당연한 일이지만 내 귀가 먼저 소리를 들었다.

딸깍, 딸깍, 하는 소리를.

가요코도 들었는지 몸을 일으켰다.

"저쪽이구나."

돌아서서 두세 걸음 되짚어 걷는다. 바로 옆집 욕실 창문 밑이다. 블라인드 형으로 된 창문이 지금은 활짝 열려 있고 가요코가 손전등을 들어 올리자 그 틈새로 은빛으로 반짝이는 샤워 꼭지를 볼 수 있었다.

샤워 꼭지에 물방울이 묻어 있다. 조금 전까지 옆집 누군가가—아마 1시 반에 귀가한 주인이겠지—사용했을 것이다.

딸깍, 딸깍.

소리는 그 욕실 쪽에서 들려온다. 그리고 나는 확실하게 알아들었다.

타일로 된 욕실 벽에 뭔가가 부딪히고 있는 것이다. 뭔가, 플라스틱으로 된 뭔가가.

그리고 나는 또 하나 다른 종류의 소리를 들었다. 이 거리에서는 일단 틀림이 없고 내 귀가 아니면 들을 수 없는 소리. 극히 낮은, 모터가 돌아가는 소리. 그리고 깃털 같은 것이 바람을 가르는 소리.

뭐야, 환풍기잖아.

그걸 알았을 때 그 모터의 신음 소리가 멎었다. 동시에 딸깍, 딸깍, 하는 소리가 끊기고 발돋움을 해서 옆집 욕실을 들여다보던 가요코가,

"어머!" 하고 소리쳤다.

"간단한 일입니다." 가요코는 웃었다.

이튿날 낮이었다. 옆집 주인에게 부탁해 가요코는 문제의 쓰카케 소리를 내고 있는 물체를 빌려와서 미야베 씨에게 보여 주었다.

그건 낡은 온도계였다. 플라스틱으로 된, 아마도 잡지의 부록이었는지 뒤에 어린이용 학습참고서 출판사 이름이 들어가 있다.

세월을 느끼게 하는 물건이다. 그 출판사에 문의해 보니 분명 잡지 부록으로 '실험해 봅시다' 세트라는 품목으로 온도계를 곁들인 적이 있다고 한다. 20년이나 지난 일이라고 한다.

옆집에서는 이것을 욕실 벽에 걸어 놓고 있었다. 환풍기 흡입구 바로 밑에.

"옆집 주인이 집에 돌아와 욕실에서 샤워를 사용한 후 환풍기를 돌리면 벽에 걸어 놓은 이 온도계가 바람 때문에 흔들리면서 타일에 부딪혀 나는 소리였어요."

그리고 타이머 작동이 끝나면 뚝 그친다.

"하지만 그 소리는 이쪽으로 다가오고 있는 것처럼 들린다고요." 미야베 씨가 볼멘소리를 한다.

"그건 아마 착각일 겁니다. 가만히 귀를 기울이고 있다 보면 그렇게 들리기도 하겠지요."

미야베 씨는 아무 말도 하지 않고 낡은 온도계를 빤히 바라보고 있다. 이윽고 불쑥 말했다.

"옆집은 이런 고물 온도계를 어디서 구했대요."

"그게, 집을 새로 지을 때 토대의 흙이 조금 부족해서 다른 데서 토사(土砂)를 실어 왔다고 합니다. 이건 그 안에 묻혀 있던 거라고 하더군요. 낡았지만 옆집 주인도 어릴 때는 이 잡지의 부록으로 나온 물건들을 갖고 놀았기 때문에 반가워서 깨끗이 씻어서 사용했다는군요."

한참 동안 침묵을 지키고 나서 미야베 씨가 말했다. "이 온도계, 내가 가져도 될까요?"

표면상으로는 여기서 이야기는 끝이다. 사건이라고 할 수도 없는, 싱거운 일이었다.

그러나 나도 어쩐지 걱정이 되었고 가요코는 더 그랬던 모양이다. 시간을 내서 미야베 씨의 어린 시절에 대해 조사를 했다고 한다.

그 결과 밝혀진 사실이 있다.

20년쯤 전에 미야베 씨의 집 가까이에서 살았던 다나카라는 사람이 이야기해 준 것이다. 동네에서 원인모를 불이 나서 다나카 씨의 친구 하나가 죽었다는 것을.

"집 한 채가 몽땅 타 버렸어요. 토대까지 다 타 버렸지요. 불 탄 자리에 불도저가 들어가 모조리 파내서 어딘가로 싣고 가서 쓰레기로 버렸습니다."

아마 방화였던 모양이지만 범인은 잡히지 않았다.

"정말 슬펐어요. 그 아이랑 내가 친했거든요. 우리는 같은 자연과 동아리였어요. 1년 동안 매일 아침, 저녁 정해진 시간에 집 안과 바깥의 기온을 재서 기록하는 간단한 연구를 했어요. 초등학교 4학년 때였는데."

"어떤 온도계를 이용했습니까?"

다나카 씨가 대답했다. "잡지 부록으로 딸려 있었던 건데."

가요코의 부탁을 흔쾌히 받아들여 다나카 씨는 불에 타 죽은 친구의 사진을 보여 주었다.

"반상회 모임 때 찍은 거예요."

흑백 단체사진이었다. 끄트머리에 귀염성이라고는 전혀 없어 보이는 얼굴을 한 어린 시절의 미야베 씨가 찍혀 있었다.

"불이 나서 타 죽은 친구는 이 아이예요."

하고 다나카 씨가 손가락으로 가리킨 소녀는 미야베 씨의 바로 뒤에 서 있었다.

그녀는 맨발에 쯔카케를 신고 있었다.

그 뒤에 가요코가 한 일은 딱 한 가지였다. 미야베 씨의 옆집에 문의하여 집을 신축했을 때 토대에 채워 넣은 흙을 어디서 갖고 온 것인지 확인했다고 한다.

대답은 건축 청부를 맡은 건축자재 상점 쪽에서 들었다. 그래서 정확하게 알았다.

하지만 그것을 여기서 말하면 오싹한 인연 이야기를 하게 되므로 그만두겠다.

아이들은 불을 좋아한다. 정말이다. 사소한 장난기가 큰 비극을 불러일으켜 깊이 후회해야 하는 처지가 되는 경우는 누구에게나, 뭐 다 그렇다고는 할 수 없지만 드물게는 있을 것이다.

방화로 타 죽은 여자아이가 잠들어 있는 산소에 나랑 같이 참배하러 갔을 때 가요코는 주지 스님을 찾아가 이런 걸 물었다.

"혹시 최근에 여기로 뭔가 공양을 부탁하러 온 여성이 있었습니까?"

주지는 있었다고 대답했다. 작은 상자에 담긴 물건으로 내용은 보지 않았다고 한다.

"그럴 필요는 없어서."

"어떤 여성이었습니까?" 가요코가 물었다.

그러자 한동안 생각하고 나서 주지가 대답했다.

"얼굴까지는 기억이 없지만……. 공양을 위해 안으로 안내했을 때 그 여성이 거기에 신발을 벗었지요. 그게 마치 어린아이 것처럼 작은 운동화였기 때문에 놀랐던 건 기억이 납니다."

역시, 그랬군.

어쨌거나 모든 건 공소시효가 끝났다. 추궁할 수도 없다. 가요코도 나도 그 점에서는 도리가 없다.

미야베 씨는 현재 나름대로 열심히 일을 하고 있는 모양이다. 하지만 별로 일하는 사람처럼 보이지도 않았고 조만간 게으름이 몸에 배어 손을 떼기 시작할 것이다.

그러나 그건 말도 안 되는 이야기다. 그녀에게는 적당히 아무렇게나 살아갈 권리가 없다. 범죄나 살인을 다루는 추리소설을 쓰고 있다고 하니 언젠가는 (무의식중에라도) '죄를 고백하고 싶다!'라는 충동이 있을 테니까 그런 의미에서도 그녀에게는 게으름 따위는 용납되지 않을 것이다.

열심히 쓰지 않으면 속죄가 되지 않는다. 앞으로도 쭉, 나는 그녀가 하는 집필 작업에 눈을 떼지 않을 생각이다.

그래서 그녀가 열심히 일을 하는 동안에는—평가나 판매가 어찌 되던 간에—진지하게 일을 하는 동안에는 독자 여러분도 모쪼록 방화 살인죄에 대해서는 나처럼 놓치지 말고 봐 주지 않겠는가. 그렇다, 일종의 집행유예라고 생각해 주면 좋겠다.

뭐라고? 아, 그건 상관없다. 당신이 그녀를 만났을 때 의미심장하게 살짝 웃어 주는 정도는.

그것만은 내게 불가능한 일이므로.

명탐견 마사의 사건 일지

펴낸날	초판 1쇄 2011년 1월 10일
	초판 2쇄 2011년 4월 20일

지은이 **미야베 미유키**
옮긴이 **오근영**
펴낸이 **심만수**
펴낸곳 **(주)살림출판사**
출판등록 1989년 11월 1일 제9-210호

경기도 파주시 교하읍 문발리 파주출판도시 522-1
전화 031)955-1350   팩스 031)955-1355
기획·편집 031)955-1399
http://www.sallimbooks.com
book@sallimbooks.com

ISBN 978-89-522-1536-9   03830

※ 값은 뒤표지에 있습니다.
※ 잘못 만들어진 책은 구입하신 서점에서 바꾸어 드립니다.

책임편집 **김지혜, 최은하**